JN030253

QED 神《しん》鹿《ろく》の棺《ひつぎ》

高田崇史

KODANSHA NOVELS 講談社ノベルス

カバーデザイン＝坂野公一（welle《ヴェレ》 design《デザイン》）
カバー写真＝Adobe Stock
ブックデザイン＝熊谷博人＋釜津典之
地図制作＝ジェイ・マップ

君が代は
千尋《ちひろ》の底のさゞれいしの
鵜《う》のゐる磯とあらはるゝまで

源三位《げんざんみ》頼政《よりまさ》

目次

《プロローグ》

暗い天空まで届こうかという火柱だった。

地上に落ちてしまった龍が再び天に駆け昇ろうとしているかのように、緋色《ひいろ》の炎は辺りの空気を巻き上げながら夜空を焦《こ》がした。

その紅蓮《ぐれん》の炎と、沸き立つ煙を目にした村人たちは、取るものも取り敢えず駆けつける。

「お社《やしろ》じゃ」凍てつく寒さの中、白い息を吐いて野道を駆けながら、嘉助《かすけ》が叫ぶ。「お社が燃えとるで」

「神主《かんぬし》さんは、どうした」

後から転がるように追ってくる弥平《やへい》に、嘉助は青い顔で首を横に振った。

「分からん。とにかく行かずば」

息を切らして石段を上り、燃えさかる「お社」


——三神《みかみ》神社に着いた時は、すでに何人もの村人たちがいた。

しかし誰もが、手の甲や手拭《てぬぐ》いで火の粉と熱風を避けるのが精一杯で、何ら手の下しようもなかった。社殿の裏を流れる「あんど川」から水を汲《く》んで来ては、必死に炎に向かって打《ぶ》ちまけている村人もいたが、文字通り焼け石に水で、炎の勢いは一向に収まらない。

黒々とした山を背景に、境内《けいだい》だけが真昼のように明るく、木材が焦げる臭いと、竹が大きく爆《は》ぜる音だけが響き渡っている。

「神主さんは、どうしたかの」嘉助は息せき切って問いかける。「見かけたか、辰《たつ》さん」

「いんにゃ」呼びかけられた株木辰次《かぶきたつじ》は、硬い表情で答えた。「あっちで、源《げん》さんや松吾郎《まつごろう》たちが捜しとるようじゃが、まだじゃ」

「自分家《じぶんち》にも、おらんか」

自分家とは、社務所のことだ。神主の百鍋正蔵《はくなべしょうぞう》は、息子の孫四郎《まごしろう》と二人で、そこに暮らしている。

「二人とも見つかっとらん」

辰次が眉根《まゆね》に深い皺《しわ》を寄せて答えた時、

「おおい、誰かおるぞ」

という大声が上がった。

後谷《うしろや》の源治《げんじ》だ。誰かを見つけたのだろう。

「どこじゃ」

「こっちじゃ」

「早う、水を持って来い」

いくつもの怒声《どせい》が交錯する中を、嘉助や辰次らが走り寄ると、社の裏手の藪《やぶ》、源治の足元に見慣れぬ一人の若者が倒れ伏していた。

弥平が、汲んできた水を若者の燻《くすぶ》っている着物にぶちまける。

「誰じゃ」

「分からん」

「息はしとるか」

「おお」

「気はついとるのか」

「いんにゃ」

「政七《まさしち》、見てみろ」

辰次に言われて政七が、そろそろと若者に近づいた時、

「うう……」

若者は呻《うめ》き声を上げ、政七は弾《はじ》かれたように後ろに飛《と》び退《の》いた。

「生きとるぞ」

「旅人じゃな」

手甲《てっこう》も脚絆《きゃはん》も着けていなかったが、焼け焦げた帯の間に、護《まも》り刀《がたな》と印籠《いんろう》が見え、全身に酷《ひど》い火傷《やけど》を負っている。

「どうすべい」

「助けるしかなかろう」

辰次は弥平と政七に言いつけ、若者を火から遠ざかった場所に運び、嘉助たちには、川からどんどん水を汲んでくるように命じた。

「それと、膏薬《こうやく》があれば早く持って来い」

男衆の後から恐々《こわごわ》覗《のぞ》いていた女房たちに言うと、誰もが家へと走った。

やがて。

業火のような炎が燃え尽きると、焼け落ちた社の中から神主の正蔵と、孫四郎の遺体が見つかった。


翌朝、何とか意識を取り戻した若い旅人は、全身にボロ切れを巻かれ藁布団《わらぶとん》に横たわったまま、まだ苦しい息の下で「寒田彦三郎《さむたひこさぶろう》」と名乗った。

もとは武士の家だったが、一家離散してしまったために、江戸に住む親戚を頼って旅をしている途中だという。しかし、耳にすれば江戸では大火が立て続けに起こり、大勢の人々が命を落としてしまったとか。果たして彦三郎の頼る者も生きているかどうか知れないが、取りあえず有り金全部持って、江戸へ向かった。

その途中で凍える夜道に迷い、微《かす》かに見えた神社の明かりを頼って、社にいた神主らしき男に一夜を乞《こ》うたところ、快く受け入れてくれたので、地獄に仏とばかり社の隅で泥のように眠ったのだが――。

いきなり、神主親子に襲われたのだという。

おそらく、懐《ふところ》の路銀目当てだったのだろうが、神主の息子に背後から首を絞められながらも、彦三郎は必死に応戦した。

その際、一本だけ点《とも》していた蠟燭《ろうそく》が燭台《しょくだい》ごと倒れ、藁に火が燃え移り、更に床に壁にと燃え広がり、あっという間に社は丸焼けとなってしまった。後は、炎の中から這《は》い出《だ》すのが精一杯で、神主たちのことは知らぬ――。

確かに今は寒の入り。空気はからからに乾いているから、火の回りも早かったろう。

辰次たちは腕を組んでその話を聞いていたが、嘉助がふと尋ねた。

「それで、彦三郎さんは、どちらの国から」

すると、やって来たのは磐城《いわき》だが、もともとの生まれは信濃《しなの》だという。
しかも諏訪。
その答えに、場には緊張した空気が走り、辰次たちは互いに顔を見合わせた。
諏訪《すわ》。
毎年、鹿を何十頭も殺して首を刎《は》ねる国。
毎年、兎を串刺《くしざ》しにしては神前に飾る国。
これは。
百鍋の神主の気持ちが察せられる。
彦三郎を襲った心情も理解できる。
全員が目配せをして頷《うなず》き合い――、
二日後。
瀕死《ひんし》の彦三郎は、罧《ふしづけ》――簀巻《すま》きにされて、あんど川に流された。

数ヵ月後。

あんど川が氾濫《はんらん》した。

数日間降り続いた豪雨は上流に想像以上の増水をもたらし、周囲の土砂を呑み込む濁流となって、一気に下流の三神村へと流れ込んで来たのだった。

川近くの家屋は、ひとたまりもなかった。声を上げる暇もなく、大勢の村人たちが家財と共に流された。しかも上流では、未だに雨が降り続いているようで、あんど川の水は一向に引く様子もない。

村では、庄屋の赤頭徳左衛門《あかがしらとくざえもん》の屋敷に、それぞれの家を代表する男衆が集まった。

後谷の家からは、源治が。

株木の家からは、辰次が。

明越《あけごえ》の家からは、嘉助が。

阿久丸《あくろ》の家からは、松吾郎が。

沖墨《おきずみ》の家からは、政七が。

畔河《くろが》の家からは、作之助《さくのすけ》が。

神城《かみしろ》の家からは、この中では一番若い弥平が、呼び出された。

誰もが無言のまま俯《うつむ》き、徳左衛門の言葉を待っている。同時に、その言葉を心の中で知っている。

ゆえに、余計に硬い表情になる。

「どうすべいな……」

徳左衛門は、全員を見回してわざと尋ねるが、もちろん誰一人として口を開くものはいない。そこで、ゆっくり煙管《キセル》に手を伸ばし、ぷかりと一服してから更に尋ねた。

「どうしたら良いかのう、源」

「そりゃあ……」源治は口籠《くちご》もりながら、上目遣いで答える。「わしらは、徳さんの考えに従うべい」

「辰は」

「わしも同じじゃ……」

「松は」

「わしも……」

徳左衛門は全員に問いかけると、コンと煙管を叩いて煙草《たばこ》の灰を落とした。

「んじゃあ、決まりだ」

全員を睨《ね》め回《まわ》しながら静かに、しかし強い口調で告げる。

「立てねばな」

「…………」

誰もが膝《ひざ》の上で両手を握りしめたまま、小さく頷き、長く重苦しい沈黙の後、源治が吐き出すように呟《つぶや》いた。

「やはり……彦三郎の怨霊《おんりょう》だべい」

その言葉に、

「間違いね」

作之助と弥平が大きく頷いた。

村人全員に路銀を奪われ、あんど川に流された彦三郎が、龍神を呼び覚ましたのだ。その怒りでこの村を壊し尽くそうとしている。

森を揺るがせる疾風《はやて》は、彦三郎の声。

音を立てて降る豪雨は、彦三郎の涙。

それを「伏せる」ために「立てる」。

そのおかげで、寒村は存続してきた。

怨霊鎮めには、それしか方法がない。

そうしないと、村人の命が奪われる。

やがて――。

全員で順番に「南無阿弥陀籤《なむあみだくじ》」を引くと、今回は阿久丸の家に決まり、松吾郎の娘・とめに白羽の矢が立った。

そして数日後。

十六歳のとめは、静かにあんど川に沈んだ。

#《鹿鳴《ろくめい》》

目黒区《めぐろく》祐天寺《ゆうてんじ》「ホワイト薬局」は、少し遅い昼休みに入った。

こんな薬歴簿管理も、いずれパソコン入力になるようだが、今のところはまだ手書き。棚旗奈々《たなはたなな》は、キリの良いところで書きかけの薬歴簿をトントンと揃えると、調剤室隣の休憩室へと向かった。

ようやく花粉症のピークも過ぎたが、相変わらず薬局は忙しかった。来週末から、ゴールデン・ウィークが始まるので、誰もが念のためにと言って普段より多めに服用薬を持って行くからだ。

奈々が手を洗ってうがいをし、拵《こしら》えてきたサンドイッチをテーブルの上に広げた時には、既に薬局長の外嶋一郎《そとじまいちろう》は、コンビニ弁当をパクついていた。

いつの間にか薬歴簿管理は、奈々の仕事になってしまっているようなので、当然、外嶋の方が一足先に休憩に入る。理不尽なような気もするが、奈々も突然の休み（延長も含めて）など、無茶なお願いを何度も聞いてもらっているので、その辺りはお互い様というところ。

しかも外嶋は、奈々の急な休みの詳しい理由など、殆《ほとん》ど追及してこないので助かっている。基本的に、他人のことに関して余り興味がない男なのだ。

外嶋は今年の文楽の予定表を傍《かたわ》らに広げ、愛用の黒縁眼鏡《めがね》に片手を添えて目を細めながら一心に見入りつつ、コンビニ弁当を淡々と口に運んでいる。

以前の彼は、オペラ一筋《ひとすじ》だったのだが、女医の姉に連れられて渋々文楽を観に行って以来、すっかりはまってしまって、現在は国立劇場の会員になり、東京で文楽が演じられる際は、毎回足を運んでいるらしい——。

奈々の隣で、持参のお弁当を黙々と食べているのは、調剤事務で助手の相原美緒《あいはらみお》。

外嶋とは、お祖父《じい》さん同士が兄弟という、遠い親戚の女性だ。しかしそんな縁があって、この薬局で働くことになった。

美緒も入局当初は、ただ可愛らしい（騒がしい）だけの女の子だったのだが、今では立派な一人前の調剤事務。

見た目や仕草《しぐさ》は相変わらずだけれど、奈々の妹の沙織《さおり》と同じくらいの時期に結婚し、子供も一人いる。子供が幼かった頃は、しばらくお休みをして代わりの事務がやって来ていたが、手が離れて戻ってきた。奈々も頼りにしているので、とても心強い復帰だった。

美緒は結婚して苗字《みょうじ》が変わっているのだが、この薬局では——馴染みの患者さんも多いので通称——通り名として旧姓の「相原」の名札を着け、患者さんからもそう呼ばれている。


昼食を終えて、三人で食後のコーヒーを飲んでいると、

「そういえば——」

文楽の予定表から視線を外すと、外嶋が唐突に口を開いた。

「今年は、ホワイト薬局創業二十周年だ」

「ええーっ」美緒が叫ぶ。「私が小学生の頃に開業したんだ」

「正確に言えば、違う」外嶋は、人差し指で眼鏡のブリッジをくいっと上げながら答えた「薬局自体は、もっと昔からあったんだが、調剤薬局としての『ホワイト薬局』は、昭和六十一年（一九八六）に開業した」

「最初は親戚の何とかって叔母さんがやってたんでしょう。それを、外嶋さんが引き継いだ」

「そう」と外嶋は頷いた。「平成元年（一九八九）からね」

平成元年……。

奈々はまだ、明邦《めいほう》大学薬学部三年生。

遠い目になる奈々の隣で美緒は、

「良く続きました。素晴らしい」パチパチと手を叩いた。「そう言う私も、もう長い気がする。ええと、何年にここに入ったかなあ……」

「平成六年（一九九四）だ」

即答する外嶋を見て、美緒は驚く。

「おお。さすが外嶋先生！　よくご存知で」

「カルロス・クライバーが来日した年だからな」

「え」

「そのクライバーも一昨年亡くなってしまった」

「一ヵ月くらい落ち込んでた時だ」美緒は笑い、今度は奈々を見た。「じゃあ、奈々さんは？」

「私？」

奈々は、卒業と同時に入局しているから――。

「十五年目になるかな」

「これまた凄いですねー。ほぼ、ホワイト薬局の歴史と共にあるんだ」

「そんなことも」

「大したもんですよね。三人とも、この薬局に十年以上も勤めてるなんて……。そうだ！　何かお祝いを。それと、表彰状を」

「表彰状？」

「私たちに」

「相変わらず意味不明で、きみの論理には頭をフル回転させても追いつけない」

「とにかく二十周年でおめでたい年なんだから、みんなで旅行に行きましょうよ。伊豆《いず》か箱根《はこね》か熱海《あたみ》辺りの温泉で、パアーッと！」

訴えかける美緒を冷ややかに眺めて、

「何を言ってるんだ」外嶋は応《こた》える。「そんな予算がどこにあるというんだ」

「ケチだなあ」美緒は頬をふくらませた。「じゃあ、日帰りでも妥協します。だって、ずっとこんなに頑張ってるんだから」

「ずっと、と言ってもきみは、つい最近復帰したばかりだろう」

「細かいことは良いから」

よし、と外嶋は二人を見た。

「それなら、全員で文楽に行こうか」

「は？」

「今年は国立劇場で『仮名手本忠臣蔵《かなでほんちゅうしんぐら》』や『義経千本桜《よしつねせんぼんざくら》』が通しで上演される。何なら大阪まで行けば、国立文楽劇場で『菅原伝授手習鑑《すがわらでんじゅてならいかがみ》』もある。そうでなければ、国立劇場では、初心者向けの文楽鑑賞教室も開かれるから、これなら全くの素人の相原くんでも大丈夫。おお、そうだ、そうしようか――」

「げ……」美緒は思い切り顔を歪《ゆが》める。「それは、パス。お優しいお心遣いだけ頂戴《ちょうだい》しておきます」

「全く、文化的素養のない子だ」

「子じゃありません。母です」

「余計に始末が悪い」

と言ってから、

「しかし」と外嶋は真面目《まじめ》な顔で続けた。「相原くんの言うように、三人で旅行などしたら大変なことになるぞ」

「どして？」

「奈々くんがいるじゃないか」

「えっ」

「一緒に旅行している我々も、ややこしい殺人事件に巻き込まれてしまう」

「おお」美緒は大きく目を見開いて奈々を見た。「そうだった！」

「そんなこと」奈々は二人に食ってかかる。「あるわけないでしょう」

「いえいえ、かなりの高い確率であり得ます。これは過去の膨大なデータ集積の結果からきちんと証明されています」

「この十五年間で奈々くんは、どれくらいの事件に巻き込まれたんだろうか」

「えっ」

外嶋に振られて焦る奈々の隣から、
「そうそう」と美緒も頷く。「私が入局する前から
だから……四十回くらいですか？」
「そ、そんなことは」
――あるかも知れない。
何しろ、入局とほぼ同時に、京都・貴船《きぶね》の事件に
巻き込まれた。
でもあの事件は、後輩が関与して始まったものだ
から、奈々が直接関係しているわけではない……と
心の中で言い訳する。
そこから始まって、日本全国さまざまな場所で事
件に遭遇してきたのも事実。
「それで、何回くらい？」
重ねて尋ねてくる美緒に、
「さ、さあ……」奈々は、引きつりながら笑った。
「今までそんなこと全く意識していなかったから、
ちっとも分からないわ。本当に」
「ひょっとして、今度の連休も、どちらかへ？」
「いいえ」奈々は首を横に振って答える。「今のと
ころ、何の予定も」
「それは良かった」美緒は胸を撫《な》で下《お》ろす。「も
し、お出かけするとしても、近場でお願いします
ね。事件の悲惨さを多少は抑えられるかも……です
ので」
「何を言ってるの！」
奈々は笑いながら立ち上がると、白衣の袖《そで》に腕を
通して、
「さあ、午後の診療が始まるまでに、朝の薬歴簿を
片づけておかなくちゃ」
いつの間にか再び文楽予定表を一心に見つめてい
る外嶋と、大きく伸びをしている美緒を残し、調剤
室に向かった。

＊

その夜、奈々は久しぶりに、渋谷《しぶや》区神宮前《じんぐうまえ》のバー「カル・デ・サック」のカウンターにいた。崇《たかし》が、たまには美味《おい》しいカクテルでも飲みに行こうと言い出したのだ。

崇というのは、桑原《くわばら》崇。

奈々の母校・明邦大学薬学部の一年先輩で、学生時代に「オカルト同好会」へ入会する際に書いた「桑原崇」という名前を「たたる?」と先輩に読み間違えられ、それ以来誰からも「タタル」——「くわばら・タタル」と呼ばれるようになった。そして今でも、奈々や沙織も、そのあだ名で通している。

崇とのつき合いも長い。昼間の薬局での話ではないが、それこそ奈々が入学して以来だから……十九年目!

何という縁だろう。

縁、といえば去年。

妹の沙織と、崇の同級生で奈々とのつき合いも十九年を数えるフリー・ジャーナリストの小松崎《こまつざき》良平《りょうへい》が、結婚した。

沙織は子連れの再婚になるのだけれど、小松崎は二人にとても優しくしてくれているようだった。思い返してみれば、小松崎はずっと沙織のことを気にかけてくれていたような気がする。

大学時代には体育会系空手部の主将まで務めた小松崎の体型から、沙織は彼のことを「熊崎《くまさき》さん」と呼んでいた(崇は以前「熊つ崎」と呼んでいたが、最近では「熊」の一言で済ませている)。

しかし、結婚して自分も「小松崎」になったのだから、これから何と呼ぶのだろうと余計なお世話で思っていたら、相変わらず「熊崎さん」と呼んでいるようだ。これも「通り名」の一種ということか。

平日の夜ということで「カル・デ・サック」は空

いていた。

　崇と並んで腰を下ろす六人掛けのカウンターには、奈々たちの他に誰もおらず、大きなポトスやパキラで仕切られている背後のボックス席にも、二、三組の客がいるだけ。

　スローなジャズが、ようやく聞き取れるほどの低い音量で流れ、カウンターの端の大きな花瓶《かびん》には、今夜もマスターが活けた花が、暗いステージでスポットライトを浴びたように華やかに飾られていた。

　カウンターの向こうでは、いつも通りの白いスタンドカラーのシャツを黒いベストに包み、黒いボウタイをきっちりと正確に締めているマスターが、静かにカクテルグラスを磨いている。

　席に着くと崇は、例によってギムレットを。奈々は、世界で一番美味しいオレンジ・ジュース——ミモザを注文する。

　カクテルが運ばれてくると乾杯して、スモークサーモンサラダや、クラブハウスサンドを頼んだ。

　今夜は何か特別な話でもあるのかと思っていたが、特に何もないらしく、ただ純粋に美味しいカクテルを飲みたかったというだけのようだった。

　でも、こんな贅沢《ぜいたく》な時間も、たまには必要。

　この店のカウンターに腰を下ろし、シャンパングラスに立ち上る小さな泡を眺めているだけでも、今日一日の疲れや肩の重みが、弾ける泡のように消えてゆく気がする。

　明かりの落とされた店内。緑のパーティション。静かに流れるスローなジャズ。それらを、お茶の達人と噂のあるマスターが用意してくれる。

　無駄なく、美しく、打ち水が打たれた庭に囲まれている茶室に座っているような気分になる。微かに緊張しているけれど、同時に心の底からくつろげる空間——。

　ミモザを空けると、次にブルー・ムーンを注文しながら奈々は、今日のホワイト薬局での外嶋たちとの会話を、崇に伝えた。すると崇も、三杯目のギム

レットに口をつけて、

「ほう」と頷いた。「もう、そんなにか。俺も、馬齢を重ねた気がすると思った」

「そんなことも……」

「しかし、奈々くんのおかげでその間、色々な事件を体験できて楽しかったことも事実だ」

「わ、私ですか！」

「他に誰か？」

「い、いえ」奈々は唇を尖らせながら答える。「別に……」

「ああ、そうだ」崇はグラスを空けると、お代わりを注文する。「今度の連休で、どこかに行かないか。たまには、のんびりと神社でもまわろう。といっても、遠出をして雑踏にまみれるのも嫌だから、できれば近場で」

「はい」

「どこが良いかな……」崇は視線を上げる。「京都や奈良は、間違いなく混んでいそうだし」

「京都は去年行きましたものね。その後で下関《しものせき》も少しだけ」

「鎌倉《かまくら》も何度も行っているし、諏訪も行った。それに、伊勢《いせ》はもう充分堪能《たんのう》したし」

崇は笑った。

数年前に足を運んだ伊勢では、崇も奈々も二人揃って命を落としかけたのだ。しかもその同じ年、奈々は京都・嵐山《あらしやま》の渡月橋《とげつきょう》、桂川《かつらがわ》で溺《おぼ》れて九死に一生を得ていた。

そう考えれば、外嶋や美緒の話も、あながち間違いとは言えない。確かに、どこかに出かけるたびに何かしらの事件に巻き込まれ——。

いや。そんなことはない！

何の事件にも巻き込まれず帰って来たこともあった……ような気もする。断言する自信はなかったけれど。

その後、カクテルをお代わりしながら、名古屋《なごや》・熱田《あつた》神宮とか、もっと近場の静岡《しずおか》・三嶋大社《みしまたいしゃ》にしようかなどと楽しい予定を検討し合ったが結局決まらず、奈々は美味しいデザートまで食べて、二人は「カル・デ・サック」を出た。

　夜になるとまだ肌寒い春風に吹かれ、殆ど人気《ひとけ》のなくなった竹下《たけした》通りを原宿《はらじゅく》駅に向かって歩いていると、奈々の携帯が鳴った。

　こんな時間にかけてくるのは。

　予想通り小松崎だった。

　奈々はディスプレイを見せ、その名前を確認してあからさまに渋《しぶ》い顔を見せる崇の横で「もしもし」と携帯を耳に当てる。すると、例によって大きなドラ声が返ってきた。

「おう、奈々ちゃん。元気か」

「え、ええ。小松崎さんも、お元気そうで」

「ああ。俺も沙織も大地《だいち》も、みんなで逞《たくま》しく生きてる。今、ちょっと大丈夫か?」

「はい」

「そっちの、いつも意気軒昂《いきけんこう》とはいえない男と話をしたいんだが、近くにいるか?」

「え、ええ。タタルさんなら、隣に」

「そこらへんでゴロゴロしてたら、ちょっと代わってもらいてえんだがな」

「今外にいるので、ゴロゴロはしてませんけど」

　笑いながら奈々は、しかめ面で眺めていた崇に携帯を手渡す。

「この粛然《しゅくぜん》として静謐《せいひつ》な春の夜に、一人で何を騒いでいるんだ」

「酔っ払ってるな」

「酒あり、飲むべし、吾酔《われ》うべし」

「いいか。おまえが喜びそうな話を持ってきてやったんだ。ちゃんと聞け」

「この間も言ったが、何度でも繰り返しておく。警察絡みの話はごめんだ」

「いや違う」小松崎は即座に否定した。「おまえの好きな神社関係の話だ」

「神社?」

「実は、俺の後輩のジャーナリストで、波村優治《はむらゆうじ》って、三十を過ぎたばかりの男がいるんだがな、そいつの故郷の茨城にある寂れた神社で、大きな陶器の瓶《かめ》が、いくつも発見されたっていうんだ。海を泳ぐ亀じゃねえぞ。何かを入れておく瓶だ」

「瓶か」

「ああ。それだけなら何でもねえ話なんだが、その中の一つに白骨死体が入ってたんだと。白骨っていっても、かなり昔の物で変色しちまってるし、傷《いた》みも激しく、男か女かも分からねえらしい。万が一事件性があったにしても、とうの昔の話だろうけどな。警察の話じゃ、昭和前半だろうってな」

「その瓶はかなり大きな物なのか？」

「白骨死体は、膝を抱《かか》えるようにして入ってたというから、まあ、そんな程度の大きさだろうな」

「なるほど」

「それで今、警察はもちろんだが、地元の郷土史家や大学の教授たちも動いてるらしい。白骨が入ってた瓶は、それごと検案と科捜研に回されるようだが、その他の瓶が、この連休中一般に公開されるんだとよ。まあ、名もない田舎《いなか》の小さな古社だから、わざわざ遠方から見に行く物好きも少ないと思うが、波村の奴が『小松崎さん、いかがですか？』なんて尋ねるもんだから、俺なんかより、もっと興味を示しそうな男がいると答えておいた。それで、タタルに電話してるってわけだ」

「その神社の名前は？」

「河鹿《かじか》郡って所にある三神《みかみ》神社っていうらしい」

「茨城の三神……聞いたことがない」

「タタルが知らねえんじゃ、こいつは大したもんだ」小松崎は笑った。「水戸《みと》から、栃木県《とちぎけん》の宇都宮《うつのみや》を目指して進んで行った途中の山奥に、鎮座《ちんざ》しているらしいんだがな」

「創建は？」

「分からねえな。由緒も不明だとよ。現在は宮司もおらず、すっかり荒れ果ててると言ってたな」

「創建、由緒ともに不明?」

「昔に何回か火事を起こして、その際に関係文書が丸焼けになっちまったらしい。その後も何度か再建されてるが、またボロボロになっちまったと。いや、正確に言えば、由緒がないことはないんだが、かなり時代が下ってから改めて書き直されてるようだと言ってたな」

「祭神は分かるか?」

「そう聞いてくると思って、波村に確認しておいた。ええと――」小松崎はメモに目を落としたようだった。「武甕槌神《たけみかづち》。経津主神《ふつぬし》。そして建葉槌神《たけはづち》。これで『三神』ってことだろう」

「建葉槌神……か」

崇は眉根を寄せて首を捻《ひね》った。

「武甕槌神は、常陸国《ひたち》一の宮・鹿島神宮《かしまじんぐう》。経津主神は、下総国《しもうさ》一の宮・香取《かとり》神宮の主祭神だが、建葉槌神が加わっていることが――全くなくはないが、ちょっと珍しい」

「どんな神なんだ?」

「武甕槌神と経津主神は、出雲《いずも》国の大国主命《おおくにぬしのみこと》に国譲りを迫ったことで知られているが、建葉槌神はそこには登場しない。詳しい話はまたにするが、武甕槌神が手こずった東国平定に大きな貢献をした神と言われてる」

「そんな名前は、初めて聞いたぞ」

「実態が殆ど謎に包まれているからな。小さな神名辞典だと、名前すら載っていない」

「タタルにも、分からねえのか」

「残念ながら今のところは」

「どうだ。この連休で一緒に行ってみねえか。茨城までなら、俺が車を出すぞ。ここからならば二時間もあれば行かれるし、東関道《とうかんどう》は走りやすいしな」

「そうだな……」

と言って、チラリと奈々を見た崇の行動を見透かしたように、

「せっかくだから、奈々ちゃんも一緒にどうだ?」

小松崎は言った。「どうせ車だ。二人で行くのも三人で行くのも変わらない」

「あ、ああ。ちょっと待ってくれ」

と言って崇は、今までの話を手短に奈々に伝える。すると奈々は、

「私もご一緒して構わないなら、ぜひ」

と答え、崇がそれを小松崎に告げると、

「じゃあ、久しぶりに三人で旅行だ」楽しそうに笑った。「出発の日にちは、五月四日でいいか?」

「ちょっと待ってくれ……」

「都合が悪いのか?」

いや、と崇は答えた。

「できれば、その前日に出発したいな。わざわざ足を運ぶんだから、他にいくつか神社をまわりたい。今言った、鹿島神宮。香取神宮。息栖《いきす》神社。大洗《おおあらい》磯前《いそさき》神社。酒列《さかつら》磯前神社。それと——」

「分かった分かった」小松崎は苦笑いした。「そっちの二人さえ良ければ、そうしよう。つき合う」

「沙織くんは?」

「大地と一緒に留守番してもらうから、こっちは俺一人だ。しかし、そうなるとホテルを手配しなくちゃならねえな。ゴールデン・ウイークだから温泉付き旅館は無理だとしても、水戸近辺のビジネスホテルなら何とかなるだろう。波村に頼んでみよう」

「よろしく頼む」

崇は言って電話を切る。そして歩きながら奈々に、今の話を詳しく伝えた。

「ついさっき話していた旅行計画が、突如茨城になった。常陸国だ。しかも小松崎と一緒という」

「かえって申し訳ないです」奈々は応える。「小松崎さんに車まで出してもらって。でもその神社は……いくら昔の話だとしても、大きな瓶の中に白骨死体って、ちょっと不気味ですね」

いや、と崇は首を横に振りながら原宿駅の改札をくぐった。

「とてもあり得る話かも知れない」

「えっ」

「というより俺は、瓶そのものに惹《ひ》かれたんだ。それと、三神神社の祭神に」

「どういうこと？」

と尋ねたが、崇はその問いかけには答えず、口を閉ざしたまま何か考え事を始めてしまったので、奈々は濃い緑の香りを吸い込みながら、崇の隣に立って山手《やまのて》線を待っていた。

＊

五月三日。

奈々と崇は、小松崎の運転するランドクルーザーに乗り込み、朝一番で東京を出発した。

一度も渋滞に巻き込まれることもなく、首都高から東関道——東関東自動車道に入り、快調に飛ばし始める。

もう十年ほど前に崇と沙織と三人で茨城まで足を運んだことを奈々は思い出した。その時は、國王《こくおう》神社や延命寺《えんめいじ》など「平将門《たいらのまさかど》」を追って行った。その後、千葉・成田山《なりたさん》までまわるという、今冷静に思い返してみれば、物凄《ものすご》い強行軍だった。

しかもその数ヵ月後には、やはり将門を追って、相馬野馬追《そうまのまおい》祭まで見に行っている。その時は、小松崎もいたはずだ。

〝若かった……〟

などと思い出に耽《ふけ》っていると、運転席からバックミラーで奈々たちを覗き込んで小松崎が言った。

「おい、タタル。そろそろ、これから訪ねる鹿島神宮と香取神宮と息栖神社——『東国三社』の説明を頼むぞ」

この三社を訪ねたいと崇が言った時、奈々は不思議に思った。まさか、最近流行しているという「東国三社、パワースポット巡り」ではあるまい。

きっと崇なりに何か考えがあってのことだろうと、実は奈々も気になっていた。すると、

「そうだな。熊が車を出してくれたおかげで資料もたくさん持って来られたから、いくらでも話せる」

崇は自分の横の席に胸のあたりまで積み上げている資料を、ポンと叩いた。

「では、基本から行こうか」

「そうしてくれ」

「まず、今向かっている『常陸国』の名称についてからだ」

「なに？」

小松崎は呆《あき》れたような声を上げたが、奈々は想定内。やはり、そこからだ。

だが「常陸」と書いて「ひたち」などと、普通は読めない。宛《あ》て字《じ》なのだろうけれど、そうだとしたら、その理由は？

奈々が尋ねると、

「実に不思議な名前だ」崇は言った。「しかし、この名称の中にこの国の全てが表されている」

「本当ですか」

「また大袈裟《おおげさ》なことを言ってるんじゃねえか」

鼻を鳴らす小松崎に「本当だ」と崇は答えた。

「この『常陸国』という名称の歴史上の初見は『日本書紀』だといわれている」

と言いながら、早速、積んであった『書紀』に手を伸ばしてページをめくる。

「天智天皇《てんちてんのう》十年（六七〇）三月《やよい》。常陸国から、十六歳の中臣部若子《なかとみべのわくこ》が『貢《たてまつ》』られたとある。ということは、この頃すでに『常陸国』という名称で定着していたと考えられる」

「当時は『常』の文字に『ヒ』や『ヒタ』という読みはあったんですか？」

「もちろん、ない」崇はあっさりと答えた。「どんな辞書を繙《ひもと》いても『ジョウ』『つね』『とこ』としか載っていない。もともと『常』は大嘗祭《だいじょうさい》などでも立てられる『日月を描いた旗』という意味を持っていて『天子の建てる旗』を表している。そこから『永久の』とか『固定された』という意味になっていったんだ」

「それがどうして『ヒタ』に？」

「国名を常陸と名づけた理由として『常陸国風土記』には――」

今度は『風土記』を開く。

「『人々が往来する道が湖や海の渡し場によって隔《へだ》てられてはおらず、郡や郷の境界が山から河へ、峰から谷へと、次々に続いているので、直通《ひたみち》、すなわち陸路だけで往来できるという意味』

なのだと書かれている。つまり『直通』の意味を取って『常道』そして『常陸』となったという。あるいは、日本武尊《やまとたける》が、

『東国の異族の国を巡察されたとき、新治《にいはり》の県《あがた》を行幸された』

その際に、

『新たに井戸をお掘らせになったところ、流れ出た泉は清らかに澄んでいて、たいそうすばらしいものであった。そこで、乗り物をお停《と》めになって水を賞美しながら手をお洗いになったところ、お着物の袖が泉に垂れてぬれてしまった。それによって「袖を漬《ひた》す」ということばを取って、この国の名称とした』――という」

そりゃあ、と小松崎が笑った。

「きっと単なる創作だな。誰かが勝手に作った物語だろう」

「最近は熊も、鋭い指摘をするようになった」

「タタルのおかげでな」

「しかし」崇は言う。「ここまででは、どうして『ヒタチ』が『常陸』になったのかという理由が、まだ判明しない」

じゃあ、と奈々は尋ねる。

「その理由は？」

「まず、その前に『ヒタ』という言葉からいこう。この『ヒタ』というのは山奥の奥、という意味ではないかという説がある。そしてこれは『飛騨《ひだ》』の語源になっているのだという。しかし今のところ、江

戸時代の国学者・伴信友《ばんのぶとも》の、常陸は『日高地《ひたか》で、日高見——蝦夷《えぞ》に通う地』という説が、最も強く支持されている。また、本居宣長《もとおりのりなが》によれば、『日高』は『天を高く見る地』というが、明治から昭和前半にかけて活躍した歴史学者の喜田貞吉《きたさだきち》は『か』を、場所を表す接尾語と考えて『ヒタ』は『鄙《ひな》』『夷《ひな》』ではないかと唱えたが、これに関しては否定的な説が多いようだ」

「確かに、ちょっと苦しい気もします……」

「あるいは」

眉根を寄せる奈々を見て、崇は続ける。

「喜田は『常陸』という地名は、特定の場所を指すわけではなく、朝廷の支配の及んだ地で『紀伊国日高郡《きいひだか》』『豊後国日高《ぶんご》——日田郡《ひた》』、そして今出た『飛騨』も同じ語源ではないかと言っている。実際『和名抄』などでは、豊後の『日高』を『ヒタ』と読んでいるようだしね。つまり、この『ヒタ』は、眺めの良い『山襞の地《やまひだ》』、という説が有力なようだ。あとは、地形から見た時の語源として『直土《ひたち》』、つまり『一面、平《たいら》な地』という説もある」

「今の『山襞の地』と、いきなり矛盾してるじゃねえかよ」

「または」崇は小松崎の言葉を無視して続ける。「『干台地《ひたち》』で、水の少ない台地だという。まあ『ヒタ』や『チ』の意味としては、こんなところかな」

実に色々と考えるものだ。

でも、そうなると。

「それが、どうして『常』という文字に繋《つな》がるんですか？」

「柳田國男《やなぎたくにお》の弟で、言語学者・民族学者の松岡静雄《まつおかしずお》は、

『「常陸」とは「常」にヒタ（一様）の意があり、「陸」は「陸奥《みちのく》」のミチで、語源はチであるから仮字に用いた』——のだという」

「タタルさんも、同じ考えなんですか？」

「決して間違いではないだろうが、本質を外してい

ると思ってる」

　崇はあっさりと答え、『風土記』をめくった。

「この本には、こうある。『総記』なんだが、意訳すると、

『ここ常陸国は、開墾された土地と山海の幸とに恵まれて、人々は満ち足りていて、家々は富裕で賑《にぎ》わっている。農耕に従事してその仕事に励む者があれば、たちまち多くの富を手に入れることができ、養《よう》蚕《さん》に力を注ぐ者があれば、知らぬ間に貧しさから逃れることができる。山と海と野原に囲まれたこの国は、海山の産物豊かな宝庫であり、物産の楽園である』ために、『古《いにしえ》の人、常世《とこよ》の国といへるは、蓋《けだ》し疑ふらくは此《こ》の地《くに》ならむか』

　──昔の人が「常世の国」と呼んだ神仙境は、この地のことではないかと思われる、と書かれている。素直に考えて、こちらの方が真実に近いんじゃないか」

「もしかして、神仙境──『常世』の『常』を取って名づけた？」

「おそらく、そういうことだろうと思う。しかしそうなると、大きな問題が出てくる」

「何だ？」小松崎はバックミラーを覗き込む。「神仙境のどこが問題なんだ」

「豊かなことだ」

「どうして豊かなのがマズイんだ。良いことじゃねえか」

　そのために、と崇は言った。

「朝廷に狙われたんだ」

「かえって、目をつけられたってわけだな。そんな素晴らしい国なら、朝廷の奴らが指をくわえて、ただ羨《うらや》ましそうに眺めてるわけもねえもんな」

　そうだ、と崇は頷く。

「常陸国が、素晴らしい楽天地で神仙境の『常世の国』だということを知った朝廷は、その地を自分たちの物にするべく、すぐさま侵攻してきた。『茨城』の県名の元になった『茨城郡《うばらきぐん》』に関しても、

『常陸国風土記』に、こんなことが書かれている」

崇はページをめくった。

「ここも少し意訳すると――。

朝廷の軍勢は、穴の中で生活していた『国巣《くず》』つまり、土着の人々が外に出て遊んでいる時を狙って『茨棘《うばら》』――棘《とげ》だらけの茨などの草木を、彼らの穴の中に仕掛けておいた。そして突然、馬に乗った兵士たちを大勢使って彼らを追いたてたんだ。国巣たちは、いつものように大慌てで穴に逃げ込んだが、誰もが茨棘に引っかかって傷つき、大勢の人々が命を落とした。その茨棘にちなんで、この『茨の城』を、『県《あがた》の名に着けきといひき』――とある」

「そんな残酷な……」

「ここに書かれているだけの話だから、事実ではないかも知れない。しかし、似たような行為はあったはずだ。実際に、現在の霞《かすみ》ヶ浦《うら》の北辺に広がる『行《なめ》方郡《かた》』はもっと悲惨だった」

崇は続ける。

「継体《けいたい》天皇の時代、ある人物が谷を占有した土地に、夜刀《やと》の神たちがやってきて、さまざまな妨害をした。そのため、その男は怒って夜刀の神を打ち殺した。それから、山の上り口に標識として杖《つえ》を立てて言った。

『ここから上は神の土地とすることを許そう。だが、ここから下は人間の田とする。今後私は神を祀《まつ》るものとなって、永く敬《うやま》い祭ってやろう。だからどうか祟《たた》らないでくれ、また恨まないでくれ』

そして、

『社《やしろ》を設《ま》けて、初めて（夜刀の神を）祭りき』

――と。もちろん、この『夜刀の神』に関しては『風土記』にも、

『俗《くにひと》の云《い》はく、蛇を謂《い》ひて夜刀の神と為《な》す』

――土地の人々の言うことには、蛇のことを夜刀の神という。

とあるから、当然『蛇』と呼ばれ、また『谷《やと》の神』として、その地に暮らしていた人々のことだ」

これも以前に聞いた。陽の差し込まない谷間や低湿地に追い込まれてしまった、先住民たちのことだ。そして、そんな地を這《は》うようにして生きていたので「蛇」と呼ばれた。

男の口上も長々と書かれているが、話は単純。

先住民だった夜刀の神を打ち殺した男が、「祟らないでくれ」「恨まないでくれ」と祈っているのだから、「祟られる」「恨まれる」ようなことをしたわけだ。先ほどの「茨棘」のように、何かしらの卑怯な手段を用いて夜刀の神たちを「打ち殺した」のだろう……。

奈々が納得していると、

「孝徳《こうとく》天皇の時代には」更に崇は続ける。「その谷の池に堤を築いていると、畔に立つ椎《しい》の木に、やはり『夜刀の神』たちが集まってきた。そこで、その工事を命じられていた男は、工事に携わっていた人々に向かって命令した。

『目に見ゆる雑《くさぐさ》の物、魚虫の類《たぐい》は、憚《はばか》り懼《おそ》る所なく、随尽《ことごと》に打ち殺せ』――邪魔をしている物たちを全員打ち殺せ、とね」

まただ。しかも、夜刀の神たちを「魚虫の類」と呼んでいる……。

「ここでいわれている『椎の木』に関しては」崇はつけ加える。「さまざまな説があるが、俺は『弑《しい》の木』――殺戮《さつりく》現場に立つ木、だと思ってる」

「また、ずいぶんとひでえ話だな」小松崎が、大きく嘆息した。「大体予想はしていたが、相変わらず朝廷の奴らは無茶苦茶だ」

「まだある」

「まだあるのか」

「潮来《いたこ》という地名の由来だ」

「霞ヶ浦の東南辺りにある、現在の潮来市だな」

そうだ、と崇は頷いた。

「当時から、鹿島神宮・香取神宮・息栖神社の三社詣《もう》での船客で賑わっていた町で、今は水郷《すいごう》観光の中心地になってる。しかし、この地名もなかなか読みづらい」

「『潮』の訓《よ》みは『しお・うしお』だろうからな」

「だから『古くから諸説あり、アイヌ語など外来語説もあるが不審。鏡味完二《かがみかんじ》は巫女《いたこ》説をとるが、古くはイタクであるため疑問』と言われてきた」

「もとは『イタク』だったのか」

「『和名抄』などには『板来《いたく》』とあるようだし、それを水戸光圀《みとみつくに》が『板』を、水戸地方の方言の『潮《いた》』に変えたという伝説も残っている。但しこれは、事実かどうか保証はない。また、これは『分処《いたこ》』で、霞ヶ浦と北浦《きたうら》の分かれるところを示しているという説もあるが、これに関しては古代の地図を見れば、一目で成り立たないことが分かる」

「じゃあ結局、何だってんだ」

苛々《いらいら》と尋ねる小松崎に、崇は言った。

「こういう説がある。

『「分《いた》」は「分岐」の意ではなく「刻《きざ》む」という意である』」

「土地を刻んだのか？」

「いや違う」崇は首を横に振った。「もちろん、土着の人たちをだろうな」

「人間をかよ！」

「前に行った穂高《ほたか》で見た安曇《あずみ》族の人々や、俺が北九州で見てきた隼人《はやと》たちのように」

なるほど、と小松崎は言う。

「無残《むざん》に殺されたんだな」

そうか。

奈々は思い出す。

隼人に関しては良く知らないが、穂高では元々の土地の人間を「鬼」と呼んで「八つ裂き」にしたという伝説が残されていたではないか。そして、頭や胴体、手足をバラバラの場所に埋めた、と。それと同じことだ——。

「沢史生《さわしせい》も、こう言っている」崇は資料を開いた。

「その辺りには、『夜尺斯《やさかし》・夜築斯《やつくし》という国栖《くず》人がいて、土地の人々の頭領をしていた』のだが『この戦闘で賊どもを痛く斬り殺したところが板来（潮来《いたこ》町《まち》）の里』と呼ばれるようになった、と」

「それは、ちょっと穿《うが》ち過ぎじゃねえか」

いや、と崇は『風土記』を開き、

「ここに書かれている」と言ってパラパラとページをめくった。「やはり、朝廷軍に激しく抵抗していた『国栖《くず》――国巣』たちがいた。業を煮やした朝廷の兵士たちが追いかけると、彼らは素早く逃げ帰って砦《とりで》を閉ざして守りを固めてしまう。いわゆる、ゲリラ戦を展開したんだ。そこで、朝廷軍の大将は策を練った」

そいつは、と小松崎は苦笑する。

「また、小狡《こずる》い手なんだろうな」

「その通り」崇は頷いた。「朝廷軍は浜辺に集まり、さまざまな珍しい歌舞音曲を披露したんだ。すると、一体何をやっているんだろうと思った国栖たちは、男も女も全員、浜辺に様子を見にやって来た。その間に、朝廷軍は国栖たちのいなくなった砦を確保し、そのまま背後から浜辺を襲撃した。おかげで国栖たちは、一網打尽だ」

「全員、捕まっちまったのか」

「焼き殺されたそうだ」

えっ。

「そんな――」

顔をしかめる奈々の隣で、崇は『風土記』に視線を落とす。

「『尽《ことごと》に種属《やから》を囚《とら》へ、一時《もろとも》に焚《や》き滅《ほろぼ》しき』

――とね」

「酷すぎます……」

しかし、奈々の声が届かなかったように、

「その結果として」と崇は続けた。「『痛く殺す』と言った地が『イタク』と呼ばれるようになったと書かれている」

「本当かよ！」

「その他にも『臨《ふつ》に斬《き》る』と言った地が『布都奈《ふつな》』の村と呼ばれた、とも書かれている。また『安《やす》く殺《き》る』と言った地を『安伐《やすきり》』の里といい、更に——」

「もういいよ」小松崎が嫌な顔で遮《さえぎ》った。「目的地に到着する前から、気が重くなっちまう」

「そうですね……」

同意する奈々の言葉に、

「どこへ行っても、朝廷のやることは変わらねえな」小松崎は苦笑する。「手段は一つ。『問答無用』だ。そして、国栖たちの暮らしていた土地は、全て朝廷の物になったってわけか」

「そもそも」崇が言った。「『うばら』の『うば』は『奪う』から来ているという地名語源説がある。奪った理由は単純で、そこが豊穣《ほうじょう》で肥沃《ひよく》な土地だったからだ」

「農業も漁業も盛んな国だったばっかりにな」

「あと、鉄もだ」

崇の言葉に、

「やっぱり鉄かよ」小松崎はハンドルを握ったまま声を上げた。「となりゃあ、そっちが本命かも知れねえな」

「以前に、平将門を追って、やはり常陸国に行ったろう。そこでも見たように、将門は産鉄民に守られていたじゃないか。『将門の体は鉄でできている』とまで言われて。あれは喩《たと》えじゃなく、そのままの意味だった。将門は多くの『鉄』で守られている、という」

確かにそうだった。

しかし結局、何だかんだと理屈をつけられて将門は滅ぼされ、やはり同じように、豊富な資源と肥沃な土地は、朝廷に奪い獲《と》られてしまった……。

「特に」と崇は言う。「筑波山麓《つくばさんろく》の一帯では、愛知県豊橋《とよはし》市で見つかった物と同様の、いわゆる高師《たかし》小僧——鉄バクテリアによって、枯れ葉や枯れ木の根に付着した鉄の塊《かたまり》が見つかっている。つまり、製鉄の適地だったんだ。それが、山の名前にもなったという説もある」

「というと?」

「『銑場《ずくば》』だ」

「ああ……」

「いわゆる『銑鉄《せんてつ》』『生鉄《なまがね》』が採れた産鉄地だな。ちなみに『銑場』の『銑』を『せん』と読むと、水《み》戸《と》市の『千波《せんば》湖』になり、『千波』を『千葉《ちば》』と読めば、将門の後裔《こうえい》といわれる千葉県の豪族・千葉氏につながる」

確か、あの時もそう言っていた。

これで、筑波山から千波湖から、千葉までが繋がる――と。

でも、と奈々は尋ねる。

「そこまでは納得しましたけれど、でもどうして『ヒタ』が『常』の文字に？『日高』や『日田』や『鄙』や『夷』や『直』でも構わないいんじゃないですか」

「『記紀』などを見ると」崇は答える。「大国主命と共に国造りを行った少彦名神《すくなひこな》は、国造りを終えると『常世の国』へ行っている。また『書紀』垂仁《すいにん》天皇二十五年、天照大神《あまてらすおおみかみ》に関する有名な文章。『時に天照大神、倭姫命《やまとひめのみこと》に誨《おし》へて曰《のたま》はく、「是《こ》の神風の伊勢国は、常世の浪《なみ》の重浪《しきなみ》帰《よ》する国なり」』つまり、以前にも言ったと思うが『常世』というのは『常夜《とこよ》』で、『あの世』のことなんだ。泉の水も黄色く濁《にご》る黄泉《よみ》国。故《ゆえ》に、わざわざその一文字を取って『常陸』となった」

「えっ」

「一見、『風土記』の総記にあるように『神仙境』を表しているように見える。しかし実際は――」

「攻撃と略奪を繰り返された『楽園』は、住んでいた人々にとっての『あの世』になっちまったってことか」小松崎が嘆息した。「ひでえ話だ」

「表記は同じだがな」崇は苦笑する。「違うのは、楽天地・神仙境の『常世の国』と、死後の世界の『常夜の国』という点だけで」

「そういう意味だったんですね……」

奈々は、窓の外に見え始めた遠い山脈を見る。

もうそろそろ千葉県に入ったのだろうか。そして、遥《はる》か遠くに見えるのは、常陸国の山並みなのだろうか。

〝そういえば……〟

以前に崇から、こんな話も聞いた。

水戸黄門《みとこうもん》が諸国漫遊のみぎり、駿河《するが》の人と山自慢をしたという。しかし、どう競《くら》べてみたところで、高さでは筑波山は富士山《ふじさん》に到底かなうはずもない。単純に標高で三千メートルほども差がある。

そこで黄門さんは悔しまぎれに、

筑波山蹲《つくば》ってさえこのくらい
　立ったら富士を突ん抜くべい

——筑波山は蹲って（うずくまって）いてもこれくらいの高さがあるんだ。立ったら富士山なんか比べものにならないね。

という、見栄《みえ》を張った微笑《ほほえ》ましい歌だ。

負けず嫌いの黄門様らしい。

奈々が懐かしく思い出していると、

「さて、そんな国に鎮座している神宮と神社だが、やはり順番通りに鹿島神宮から説明しておこうか」

「それは構わねえが」小松崎が念を押す。「佐原香《さわらか》取《とり》インターで降りるから、まわる順番は、香取——息栖——鹿島になる。何やらパワースポット巡りじゃあ、鹿島——息栖——香取と行くと聞いたことがあるが、行程の都合上反対回りだ。こういうのは、逆パワースポットになっちまうのか？」

「パワースポットに興味はない」

「それは良かった。しかし、もう半分以上来てるから手短にな」

「じゃあ、到着までに祭神に関する話だけしておこう。あとの詳しい話は順番に、現地で参拝しながらするとしよう」

「そうしてくれ」

小松崎はそう言うとアクセルを踏み、崇は二人に向かって話を続けた。

「昔、堅苦しい御託ばかり並べる人間を嘲《あざけ》る時に、あいつは『延喜式《えんぎしき》のように気詰まりだ』と言ったという」

　バックシートに寄りかかり、窓の外を眺めながら崇は言った。

「この『延喜式』というのはもちろん、平安中期に編修された養老律令《りつりょう》の施行細則——禁中の年中儀式や制度などが、実に事細かに記されている書物のことだ。この書物は全部で五十巻あるんだが、巻九・十は、天皇が新年祭に幣帛《へいはく》（供物）を分与する——班幣《はんぺい》の対象になる神々、つまり当時の朝廷から重要視されていた官幣《かんぺい》社の一覧表になっている。これがいわゆる『延喜式神名帳《じんみょうちょう》』だ。そこには、二千八百六十一社・三千百三十二座の天神地祇《てんしんちぎ》が記されているんだが、全国で三社のみが、神宮号を持っていることが記されている」

「たったの三社ですか」

「そうだ」

「当然、伊勢神宮は入っているでしょうけど……あとの二社は、どこですか？」

「どこだと思う？」

「そりゃあ、出雲だろうがよ」

「違う。そもそもあそこは出雲大社だし、しかもその頃は『杵築《きづき》神社』と呼ばれていた」

「三種の神器の草薙剣《くさなぎのつるぎ》を祀っている、熱田神宮ですか？」

「違う。熱田神社だった」

「では、奈良の石上《いそのかみ》神宮」

「おお……奈々ちゃんも、すっかり詳しくなったもんだ」

　小松崎が驚いたが、

「違う」崇は言った。「石上神宮は『記紀』では、きちんと『神宮』になっているが、『延喜式』では『布都御魂《ふつのみたま》神社』と記されている」

「じゃあ、どこなんですか」

身を乗り出しながら尋ねる奈々に向かって、崇は答えた。

「鹿島神宮と、香取神宮」

えっ、と奈々は叫ぶ。

「それって両方ともこれから向かう神社じゃないですか！」

そうだ、と崇は奈々を見た。

「松尾《まつのお》大社も、伏見《ふしみ》稲荷大社も、諏訪《すわ》大社も、春日《かすが》大社も、まだ単なる『神社』だった頃に、これら三社だけが『神宮』の称号を持っていたんだ」

「何故そんな？」

「非常に不思議だね」崇は片頬を緩ませた。「当時の常識に照らし合わせて考えれば、伊勢以外の『神宮』は、大和《やまと》国——奈良県や、丹波《たんば》国・山城《やましろ》国——京都、あるいは筑前《ちくぜん》国・筑後《ちくご》国——北九州あたりに存在していてもおかしくはない。というより、それが普通だろう。それなのに、たった三社のうちの二社が、常陸国と下総国に存在していた」

「確かに……。その理由は？」

「岡田精司《おかだせいし》は、

『軍事上、交通上重要なところにある神社だからというのが定説です』

と言っているが、これはちょっと違うだろう。確かに常陸国や下総国は、東北——蝦夷を見据えた時に重要ポイントになる。しかし、そんな要衝だけを考えるなら、いくらでも存在している。去年、奈々くんと行った、滋賀《しが》県・瀬田《せた》の唐橋《からはし》や、京都・宇治橋などは平安の頃、いや、もっと以前から『軍事上、交通上』における、最重要地点とされていた」

それはそうだ。

だからこそ、瀬田の唐橋や宇治橋では血を血で洗うような激しい戦いが、何度も起こっているのではないか。

「……ということは？」

「ただ単純に、当時の朝廷が鹿島・香取二社の祭神を奉斎しなくてはならない理由があったとしか考えようがない。つまりそこには、それほどまでに恐れなくてはならない神が鎮座していたことになる」

　やはり、そういうことだ。

　そのために「祀り上げる」必要性があった。

先ほどの『常陸国風土記』ではないが、こうやって大事に祀るから「どうか祟らないでくれ、恨まないでくれ」と祈ったのだ。その理由も、おそらく先ほどと同じ。

　卑怯な手段を使って、その神を殺害したからだ。だから、心の底から恐れている。

　その経緯や策略は分からないとしても、鹿島神宮と香取神宮に、そこまで朝廷を恐れさせた神々が鎮座している？

　奈々が訊くと、

「それが」と崇は答えた。「鹿島神宮主祭神の武甕槌神と、香取神宮主祭神の経津主神だ。以前にも出てきているから、もう知っているかも知れないが、簡単に触れておこうか」

「お願いします」

「そうなると、出雲国・大国主命の国譲りの神話も関係してくる。こちらも、もう何度も聞いたことがあるだろうが、念のため簡単に説明しておくか」

「おう、頼む」小松崎が、ハンドルを握ったまま応えた。「歳のせいで、忘れっぽくなっちまってるからな」

　そんなこともないだろうと思い、奈々が笑っていると、

「では」

　と言って崇は、資料を片手に口を開く。

「『古事記』『日本書紀』『日本書紀・一書《あるふみ》』『出雲《いずもの》国造　神賀詞《くにのみやつこのかんよごと》』『旧事本紀《くじほんぎ》』『古語拾遺《こごしゅうい》』など、本によって少しずつ違ってくるから、大体おおまかなところをまとめてみよう。ちなみに、非常に大きな出来事のはずなのに、何故か地元の『出雲国風土記』には記載がないから『風土記』はパスするが、この事実だけで既に充分怪しいな。さて――。天界

から地上を眺めた天照大神は、葦原中国《あしはらのなかつくに》は、自分の孫神が統治すべき国であると考えた。そこで、御《み》子神《こがみ》である天忍《あめのおし》穂《ほ》耳《みみ》命を降ろしたが、彼は『葦原中国は、とても騒がしいので、自分が統治するのはとても無理です』と報告して逃げ帰って来てしまう。そのために天照大神は、やはり御子神の天《あめの》菩《ほ》比《ひ》神らを次々に送るが、誰もうまくいかなかった。次に派遣されたのは、武甕槌神と、天鳥船《あめのとりふね》神——あるいは、経津主神だった。武甕槌神は、出雲国の稲佐《いなさ》の浜に降りると、十握剣《とつかのつるぎ》を抜いて砂浜に逆《さか》さまに立て、その切っ先に胡座《あぐら》をかいて座り、素直に国を譲るかどうか、

『否《いな》、然《さ》！』

と大国主命に迫った。すると大国主命は、自分の代わりに子の事代主《ことしろぬし》神が答えると言う。そこで、美《み》保《ほ》岬で釣りをしていた事代主神に使者を送ると、

『恐《かしこ》し。この国は天つ神の御子に立奉《たてまつ》らむ』

事代主神は言って『天《あま》の逆手《さかて》』——具体的には判明していないようだが、呪《のろ》いの拍手といわれている——を打ち、青柴垣《あおふしがき》を作り、船を踏み傾けて海の中に消えた。つまり、入水《じゅすい》してしまった。

そこに今度は、やはり大国主命の子・建御名方《たけみなかた》神が現れ、

『自分の国にやって来て、こそこそと話をしているのは誰だ』

と怒鳴り、武甕槌神に力比べを挑んだ。しかし、武甕槌神の手をつかんだ瞬間、手がたちまち氷柱《つらら》に変じ、また剣の刃に変わった。それを見た建御名方神が怖《お》じ気《け》づいたところを、今度は武甕槌神が建御名方神の手を取り、葦《よし》の若葉をつむように、くしゃりと握りつぶしてしまった。

あわてふためいて逃げ出した建御名方神を武甕槌神は追いかけて、信濃《しなの》国の諏訪《すわ》湖まで追いつめた。そこで武甕槌神は命を奪おうとしたが、建御名方神は恐れ入って、

『此地《ここ》を除《お》きては、他処《あたしところ》に行かじ』

――私はここを離れてはどこにも行きませんと、一生諏訪の地から外には出ないと誓って降伏したために命を取ることだけは許された。

武甕槌神は、出雲国に戻ってその旨を大国主命に伝えると共に、改めて『国譲り』を迫ると、命はついに天孫に服従することを誓約した。

但し、立派な宮殿のように、大空に千木《ちぎ》を高々とそびえさせた神殿を造って欲しいと要求する。それを建ててもらえれば、命に従って葦原中国を天孫に献上し、

『僕《あ》は百《もも》足らず八十《やそ》坰手《くまで》に隠《かく》りて侍らむ』

――自分は永遠にそこに住もう、と誓約した。

『ここに葦原中つ国は天孫の支配する国となり、建御雷之男神の報告を受けた天照大神は、瓊瓊杵《ににぎ》尊を天降《あまくだ》らせるに至った』のである――ということだ。

そのために、平安後期の『梁塵秘抄《りょうじんひしょう》』には、

『関《せき》より東の軍神《いくさがみ》、鹿島、香取《かんどり》、諏訪の宮』

と謡われている」

長々と説明を続けた崇は、ペットボトルのお茶をゴクリと飲んだ。しかし、そこで終わりかと思ったら、更に続ける。

「武甕槌神と経津主神は、共に藤原《ふじわら》氏の氏神として、奈良の春日大社に祀られている。その他にも、東北鎮護の社として知られる鹽竈《しおがま》神社にも祀られている。また、香取神宮の、十二年に一度の午年《うまどし》の式《しき》年神幸《ねんじんこう》祭――軍神祭では、香取神宮の神輿《みこし》が甲冑武者などと共に、利根《とね》川に舟渡御《ふなとぎょ》して、鹿島神宮の出迎えを受ける。それほど、武甕槌神と経津主神は縁が深い。また、武甕槌神は『武甕槌神』『建御雷男神』などと記されるが、『建布都《たけふつ》神』『豊布都《とよふつ》神』という別名があるから、この二神を同神とする説もある。実は俺も、そう考えているんだが、それはどこか頭の隅に置いておいて、今のところはまだ別々の神としておこう――」

なるほど、と小松崎は頷く。

「今言った諏訪の神は当然、建御名方神だな。そい

つの代わりに、建葉槌神が入ってりゃあ、明日訪ねる三神神社の祭神と同じだったんだが……。しかし、少しは関係がありそうだ」

「大いにあるかも知れないな」

でも、と奈々も尋ねる。

「その重要な場に、建葉槌神はいらっしゃらなかったんですか。武甕槌神と経津主神だけで」

「建葉槌神は、もう少し後の東国平定の際に登場するんだ」

崇は『書紀』を開く。

「神代《かみのよのしものまき》下だ。武甕槌神と経津主神が葦原中国をほぼ平定したが、唯一人だけ激しい抵抗を続けている神がいた。それが、

『天《あめ》に悪《あ》しき神有《あ》り』

と呼ばれた、『甕星香香背男《みかぼしかかせお》』『天香香背男《あめのかかせお》』あるいは『天津甕星《あまつみかほし》』だった。そこで武甕槌神と経津主神は香香背男を誅伐《ちゅうばつ》に出かけたが、余りの強さになかなか勝てない。そこに登場したのが、建葉槌神だ。すると見事に香香背男を倒し、葦原中国は平定された」

「そんなに強かったんですか！」

「『書紀』には、

『倭文神《しとりがみ》建《たけ》葉《は》槌《づち》命を遣《つかわ》せば服《うべな》ひぬ』

としか戦いの模様は書かれていないから、具体的にどうだったのかは分からない」

なるほどな、と小松崎がバックミラーで奈々たちを覗く。

「さて、そろそろ佐原香取インターに到着だ。まずは、香取神宮から行こう。インターを出たら、二、三分で到着だ。準備は良いか、タタル」

そう言うと、アクセルを踏み込んだ。

《麝香《じゃこう》》

神社の前のだだっ広い草むらに、刈屋忠志《かりやただし》は車を停めた。

もちろん、忠志の他には誰の車も停まっていない。普段でも殆どそうだったが、今日は特に早く到着したせいもある。というのも、朝っぱらから古女房と口喧嘩《くちげんか》してしまったせいだ。

血圧が高いのに酒を止めないなんて、良い歳をして何を考えてるんだ、などとうるさいことを言われたから「素面《しらふ》でおまえなんかと暮らせるもんか」と捨て台詞《すぜりふ》を残して家を飛び出してきた。

忠志は、目の前に延びる石段に向かう。

それにしても、この神社は実に不可思議だ。

半分以上苔《こけ》に覆われ、気をつけていないと足を滑らしてしまいそうな古い石段を慎重に上りながら、思った。

社殿は見る影もないほどに荒れ果てて、雑草も茂り放題になっているし、所々欠けている石の鳥居に掛かっている額も、かろうじて「三神神社」と読み取れるほどだ。

地元の人間によればこの神社の創建は古く、平安時代にまで遡《さかのぼ》るのだという。具体的な年は分からないものの、征夷大将軍《せいいたいしょうぐん》・坂上田村麻呂《さかのうえのたむらまろ》が蝦夷《えみし》を討伐した際に建てたと伝わっているらしいから、それが本当なら、今から一千年以上も前の話になる。

今までに何度も台風や洪水や火事に見舞われ、全壊、あるいは全焼を繰り返してきているため、社の歴史が確認できる由緒書きや古文書は、全て焼失・喪失してしまったらしい。創建の伝承も、村の長老が口伝で残したものだから、果たしてどこまで信《しん》憑性《ぴょうせい》のあるものなのかは分からない。

それにもかかわらず、こうして——大風が吹けば再び倒壊してしまいそうではあるが——必ず再建され、三神村の鎮守として存続している。

執念とも思えるその歴史も判然としないが、それ以前に三神村自体が正体不明な村だ。

人口、わずか数十人。それなのに、近隣の村に吸収も編入もされず、独立した一つの「村」として存続している。遠い昔は養蚕《ようさん》業が盛んだったようだが、近年は特にこれといって目立った産業もなく、殆ど自給自足の寒村なのだから「村」という名称は、とっくに消え去ってしまっていても全くおかしくはない——。

忠志は、目の前の古色蒼然《こしょくそうぜん》たる本殿に向かって軽くお辞儀をすると参道を外れて、雑草が覆い被さっている細い道を歩く。

宝物殿に向かうのだ。

宝物殿といっても、殆ど倉庫のようなものだ。ただ、運良く全壊・全焼という災難は免《まぬが》れてきたので、その価値の程は全く分からないにしても「古い物」が仕舞われていることは間違いなさそうだ。

そこで先日、年代物の大きな素焼きの瓶、しかも蓋《ふた》付きの瓶がいくつも発見されたのである。

宮司が常駐しなくなって以来、もう何十年も開けていなかったが、長年の風雪に耐えかねて壁の一部分が壊れ、それを見つけた地元の子供が恐い物見たさに入り込んで——発見したのだという。

更に驚いたことには、その瓶の一つから人間の白骨死体が見つかった。

何十年も前の物らしいので、事件性どうのこうのという話にはなっていない。もしかすると、戦後すぐの白骨死体ではないかという話も聞いた。

瓶自体もかなりの歴史を持っているようだったし、その中に白骨死体ということで、ローカルニュースとしては、かなり大きな話題になった。

そのため、ニュースを耳にした考古学者や、大学の研究室関係者や、郷土史家連中が、一斉に押しかけて来た。

しかし、全く管理する人もいない、ほぼ野晒《のざら》し状態の神社だから、いきなり何人もの人間にやって来られても全く対応できなかった。更に役所への問い合わせも何件かあったようで、以降はきちんと規則を決めて、時間制で公開されることになった。

この不便な山奥、専門家以外の見物人が列を成すこともないと思われたが、誰でも勝手に無断で立ち入って構わないというわけにもいかない。いかに寂れているとはいえ、神域の「宝物殿」なのだ。

そこで、誰か管理する人間を置こうという話になったのだが、この村の人間は、誰もが気味悪がって断ったし、そんなことを気にしないだろう若者は一人、二人くらいしかおらず、彼らも両親や祖父母に「勝手に近づいちゃいかん」と止められたらしい。

それなら、定年退職して暇そうにしている隣村の忠志はどうだ、山道を車で一時間もかからんだろう、と役場から声をかけられ、こうして毎日、決まった時間に見回りにやって来るはずだったが……そういうわけで今日は、いつもよりかなり早い。

きちんとした肩書きを持っている先生方は役所を通して来るので、いきなり直接ここに見学に来る物好きな人間は今のところいないが、不埒《ふらち》な見物者がやって来ないとは限らない。

他の神社仏閣では、そこらに悪戯《いたずら》をしたり、鳥居や本殿にわざわざ恥を晒《さら》すように自分の名前を落書きする者もいると聞く。これは、末代までの恥だと思うが、気にせぬ若者もいるのだという。

そんな愚か者が出没しないように見回るだけの、気楽な仕事ではある。

今日も宝物殿の錆《さ》びた鍵を開け……ようとしたのだが、すでに開いていた。

鍵を掛け忘れたか？

一瞬、ドキリとしたが、盗まれて困るような物はないだろうと思い、そうっと覗き込むと、何か昨日とは雰囲気が違う。

何が違うのか分からなかったが、首すじがひやりとする。

忠志は外に回ると、学者の先生たちが来た時に使う作業灯や投光器を点《つ》けるための、自家発電のモーターを動かした。

室内に戻って電気のスイッチを入れると、昨日は綺麗に並んでいた瓶が、いくつか斜めに壁に立てかけられている。

おかしい……やはり誰かが入ったのか。

そう思って何気なく後ろを振り返ると、本殿近くの草むらに瓶が一つ転がっているのが見えた。

やっぱり誰かが悪戯したらしい。あんな所まで持ち出して、遊んでいたのだ。これでは忠志が役場の人間に、監督不行届《ふゆきとど》きだ、けしからんと怒鳴られてしまう。

とにかく元に戻しておかなくては。

忠志はその瓶に足早に近づき、手をかけて中を覗き込むと――。

息が止まり、ガクガクと足が震えた。

何度も瞬きをして目をこすり、
もう一度見直したが、夢でも幻でもなかった。

「こりゃあ……」

忠志は瓶から手を放し、大声で叫んだ。

「け、警察じゃあ」

昨日までは空だった瓶の中には、後頭部から血を流した老人が、膝を抱えるようにして入っていたのである。

忠志は、ブルブルと震える手で、どうにかこうにか携帯を取り出した。

＊

東関道を佐原香取インターで下り、すぐに香取神宮一の鳥居をくぐる。幅が広く信号の少ない上下四車線の道は、そのまま神宮へと延びていた。

「本来は」崇が言った。「ここから、もう少し北へ行った利根川《とねがわ》沿いに建っている鳥居から参道に入るべきなんだろうが、現在は誰もがこちらから入る」

「利根川沿いですか？」

尋ねる奈々に「ああ」と崇は頷いた。

「津宮《つのみや》の鳥居だ。この鳥居は『浜鳥居』と呼ばれて、香取大神が海路、この場所から上陸されたと伝えられている。『利根川図志』には、ここが香取神宮の一の鳥居だと書かれているというから、本来の表参道はそちらだったんだろう。だから、江戸時代にはとても賑わったらしい。現在は水が引いてしまっているから、土手を下りた川辺に建っているようだが、その当時は水中に建っていたという」

「水中ですか！　珍しいですね……と言っても、安芸《あき》の宮島《みやじま》・嚴島《いつくしま》神社の大鳥居も有名ですけど」

「そうだな――」

崇は言ったが次の瞬間、目を輝かせて、

「今、何と言った？」

「えっ。嚴島神社の立派な大鳥居です。海の中に建っている」

「そうか……」崇は車の天井を仰いで、大きく嘆息した。「そうだった」

「何だ？」小松崎がハンドルを握りながら笑った。

「まさか、忘れてたんじゃないだろうな」

「いや」崇は真面目な顔で答える。「今、奈々くんに言われるまで、忘れていた」

「なんだと」

「嚴島神社の祭神は、市杵嶋姫命《いちきしまひめ》。つまり、宇迦之御魂神《うかのみたま》だ。大きな共通点があるじゃないか」

「どこに？」

呆れたように言う小松崎を放って、崇は何かぶつぶつと口の中で独り言を繰り返す。

奈々は全く理解できなかったが、まあ、こういうことは良くある。そう思って、それ以上は追及せず、窓の外の流れる風景を眺めていた。

車はすぐに、香取神宮駐車場に到着する。

三人は車を降りると、まるで古い温泉街の入り口のように「歓迎」と書かれた大きな看板に出迎えられて、参道に入る。

両側に十軒ほど並んでいる土産物店や草だんご店を横目に進むと、正面に鬱蒼《うっそう》と繁る香取の森を背にした朱塗りの大鳥居と、「香取神宮」と刻まれた立派な社号標が見えた。これが二の鳥居らしい。

奈々たちはその鳥居をくぐり、参道両側に並ぶ桜並木と、一基ごとに可愛らしい鹿が刻まれている石灯籠《いしどうろう》に導かれるように、右左にうねった緩やかな上りの玉砂利道を歩く。

すでに空気が変わってきた。深呼吸すれば、その清らかで澄んだ空気が胸一杯に満ちる。

「この左手に」道端に立っている案内板を見ながら崇が言った。「奥宮や要石《かなめいし》や、末社《まっしゃ》の押手《おして》神社などがあるんだが、帰りに旧参道を歩きながら寄ろう。まずは本殿からだ。さて、この神宮の説明をしておこうか」

「お願いします」

奈々たちのリクエストに応えて、崇はゆっくり口を開いた。

「祭神は先ほどから言っているように、大国主命の国譲りに関与した、経津主命《ふつぬしのみこと》。またの名を、伊波比主命《いわいぬしのみこと》、あるいは斎主命《いわいぬしのみこと》。旧官幣大社だが、現在は別表《べっぴょう》神社——一般の神社とは違って、神社本庁が直接包括する神社になっている。もちろん、下総国の一の宮だ。昔から伊勢の『上参宮』に対して『下参宮』と呼ばれて、広く尊崇《そんすう》を集めている。何しろ、神武《じんむ》天皇十八年創建とされているからね」

「えっ。どれくらい前の話？」

「神武天皇即位が紀元前六百六十年とされているから、創建年を紀元前六百四十二年として、二千六百四十八年前だ」

「……そうなんですね」

としか言いようがない。

苦笑いする奈々の横で、

「この」と崇は続ける。「亀甲山《かめがせ》の森に囲まれた神域は、県の天然記念物に指定され、その面積は約三万七千余坪といわれている」

「三万七千坪……。ちょっと想像がつきませんね」

「ここで、東京ドーム何個分と言われても、肝心の東京ドームに足を運んだことのない人間にはピンとこないだろうが」崇は笑った。「二・五個分くらいかな。但し、これはあくまでも『神域』の話で、その他に境外社有地があるが」

「凄いですね——と言っても、やっぱり想像できませんけど」奈々は、玉砂利を踏みしめながら笑った。「でも、とにかくこの広い神域の中に、経津主神がいらっしゃるんですね」

ああ、と崇は頷く。

「経津主神は『日本書紀』に登場して、一書《あるふみ》によっては経津主神を中心に記す文章もある。しかし『古事記』には、何故かこの神の名前は見えないんだ」

「えっ。どうしてですか？」

「謎だな」

崇はあっさりと言って続けた。

「『日本書紀』の一書によれば、伊弉諾尊《いざなきのみこと》が、自分の子である軻遇突智《かぐつち》を、十握剣《とつかのつるぎ》で斬り殺した時に、剣から滴《したた》り落《お》ちた血が天安河原にある五百箇《いおつ》磐石《いわむら》となった。経津主はその岩の御子神だという。また、別の一書によれば、五百箇磐石に滴り落ちた神として語られ、磐筒男《いわつつのお》・磐筒女《いわつつのめ》の御子神とされている。また『古語拾遺』によれば、

『経津主神（是、磐筒女《いわつつめ》神の子。今、下総国の香取神是《これ》なり）』

とあって、結局その素性《すじょう》がはっきりしていない」

日本の神さまは、こういうパターンがとても多い。だから、いつもこんがらがってしまうのだ。誰が誰だか、全く分からない。そもそも、分かるように書かれていない。

それとも『記紀』の著者が、こんがらがるように、わざとそう書き残しているのか——。

奈々が唇を尖らせていると、

「経津主神の名前は」崇が続けた。「『刀剣で物がプ

ッツリと断ち切られるさまを表す「フツ」と、神であることを表す「ヌシ」とからなり、この神が刀剣の威力を象徴する神であることを示している』という説が一般的だ。神名のフツは諸説あるが『物を断ち斬る音』だという、ね」

「そう……なんですか」

「さあ、どうだろう」崇は意味ありげに笑った。「素直に考えて、そう思えないし、俺はまた違う考えを持っている」

それは——。

と尋ねようとした奈々の機先を制するように、

「とにかく、この『東国三社』をまわってからだ」

崇は言った。

「経津主神は、武甕槌神と共に東国や東北の各地を鎮定し、この香取神宮に鎮座されたという。神宮では相殿に、武甕槌神・天児屋根《あまのこやね》命・比売《ひめ》神を祀っていて、奈良の春日大社と同祭神だ」

「でも、春日大社といったら、藤原氏の氏神を祀っている神社ですよね。経津主神や武甕槌神は、藤原氏の氏神なんですか？」

「藤原氏の氏祖である中臣鎌足《なかとみのかまたり》は、この辺りの出身だという伝承もあるらしいが、それはおそらく後付けで作られた伝説だろう。だから俺は、全く違うと考えている」

「じゃあ、どうして春日大社と同じに？」

「当然、藤原氏はその権威が欲しかったんだろうが、その辺りに関しては後でゆっくりと詳しく説明しよう」

「ああ、そうしてくれ」小松崎が言った。「今話されても、ゴチャゴチャになっちまうから」

「そうしよう」

崇は苦笑して続けた。

「『日本書紀』の一書には、この経津主神は、岐神《くなど》に導かれて葦原中国を巡って、朝廷に反抗する者を次々に滅ぼしていったと書かれている」

「岐神というのは、この間の長野・安曇野《あずみの》でたくさん見た、道祖神《どうそじん》のことですよね」

「猿田彦《さるたひこ》神だな。単体でも祀られているが、多くは天鈿女《あめのうずめ》命と共に祀られている」

三人は、参道左右に水をたたえている「亀甲の池」「菖蒲《しょうぶ》ヶ池」「宮下の池」の三つの「神池」を眺めながら進む。

参道は左に折れ、大きな石鳥居の前に出た。

鳥居をくぐって右手には、重厚な萱葺《かやぶき》屋根を載せた、桁行《けたゆき》三間、梁間《はりま》二間という、切妻造《きりつまづくり》の大きな勅使門《ちょくしもん》が建っていた。

もともとは、勅使を御迎《おむか》えする斎館を兼ねていた、神宮大宮司の私邸の表門だったらしい。それにしても、屋根が重すぎないのかといらぬ心配をしてしまうほど、立派な門だった。

正面には、巾が二十メートルもあろうかという三十段ほどの石段の上に、両脇に狛犬《こまいぬ》を従えた、角柱十二本の脚門を持った色鮮やかな朱塗りの総門が、杉の緑を背景に威風堂々と建っている。


石段を上りきると、参道は直角に折れていた。

突き当たりの手水舎《てみずや》で手を清めて口を漱《すす》ぐと、奈々は手水舎横に立っている由緒板に視線を走らせる。そこには「香取神宮の御由緒」として、

「御祭神　経津主大神
大神は天照大神の御神勅を奉じて国家建設の基を開かれ国土開拓の大業を果された建国の大功神であります――云々」

とあった。また、

「毎年四月十四日の例大祭には宮中より御使が参向される勅祭の神社であります」

と結ばれている。

これは確かに凄い。

何しろ、二千六百年以上もの間（かどうかは分か

らないにしても）、勅祭――天皇の詔《みことのり》によって、勅使が参内してきたわけなのだから……。

感心しながら右手に進むと、こちらには更に立派な楼門が建っていた。

三間一戸、入母屋造《いりもやづくり》、鮮やかな朱塗り二層の楼門は、元禄《げんろく》十三年（一七〇〇）に、徳川綱吉《つなよし》によって造営されたのだという。もとは栃葺《とちぶき》だったそうだが、現在は銅葺《どうぶき》になっていた。

二階の梁に掲げられている「香取神宮」の額は、海軍大将・東郷平八郎《とうごうへいはちろう》の筆によるものだそうだ。

しかも、楼門左右に安置されている随身《ずいじん》は、向かって右は武内宿禰《たけしうちのすくね》。向かって左は中臣鎌足で、二人とも弓を手にして太刀を佩《は》き、怪しい人間は決して通さないという構えだ。

武内宿禰は大和政権初期に活躍し、景行《けいこう》・成務《せいむ》・仲哀《ちゅうあい》・応神《おうじん》・仁徳《にんとく》の五代の天皇に仕えたという人物で「住吉《すみよし》神」にも比定される。

一方の鎌足は言うまでもなく藤原氏の氏祖なのだから、これはずいぶん豪華な人選ではないか。この二人を「随身」にしてしまう経津主神は、一体どれほど偉大な神だったのだろうか……。

しかし神宮の由来が、あの由緒板の通りであれば、この二人が随身となってもおかしくはない。

奈々は心の中で納得しながら、楼門右前の黄門《こうもん》桜と呼ばれる水戸光圀手植えの桜を眺めつつ楼門をくぐり、石段を五段上って拝殿まで進んだ。

その拝殿を一目見て、奈々は思わず息を呑む。

今までの朱塗りの総門や楼門とは全く違う。一転して、黒を基調にした、とてもシックな造りになっていたのだ。

小松崎も拝殿の唐破風を見上げて、

「おお」と声を上げた。「こりゃあまた、随分渋い作りだと思っていたら、近くで見ると、また派手な色彩の彫刻がズラリと並んでるじゃねえか」

「建物自体は、黒漆《くろうるし》塗り、檜皮葺《ひわだぶき》の権現造《ごんげんづくり》だが、こうして長押《なげし》の蟇股《かえるまた》には、東照宮のような彫刻が施されているから、黒を基調にしている建物の中でひときわ目を惹くし、かえって重厚感がある」

崇は、資料を眺めながら右手方向を指差した。

「あの建物が以前の拝殿だったようだ。現在は、祈《き》禱《とう》殿——神楽殿になっていると書かれている」

そちらは確かに、ごく普通の建物——拝殿だった。こちらの拝殿と競べてしまうと、やけに地味に感じる。

奈々たちは並んで拝殿前に立ち、参拝する。

それが済むと、拝殿脇から幣殿《へいでん》、本殿へと周囲を歩いた。現存する三間社両《さんげんしゃりょう》流造《ながれづくり》の建物としては、日本最大級らしい。

本殿は、拝殿同様、黒漆一色で統一され、やはり所々には金色をメインにして煌《きら》びやかな彫刻が施されている。

千木《ちぎ》は外削《そ》ぎの男《お》千木。棟に載っている鰹《かつお》木《ぎ》は九本。立派な「男神」だ。

ぐるりと一周して、樹齢およそ千年、樹高約三十三メートルという、立派な神木の杉の木を眺める。周囲約十メートルという幹には、注連縄《しめなわ》が巻かれ、白い紙垂《しで》がヒラヒラと風に揺れていた。

続いてそのまま本殿脇の古参道を歩いて、神宮裏手の「桜《さくらの》馬場《ばば》」へ。

昔はこの場所で、毎年六月に流鏑馬《やぶさめ》が行われていたという。しかし今は、雑草に埋もれた一本の細道が通っているだけだった。

桜馬場の向かいには鹿園《ろくえん》があり、数頭の鹿が日差しの中で寛いでいた。雄の頭には、まだ小さく生えてきたばかりのような角が載っていたが、秋になる頃には、きっと立派に育って頭上を飾っているに違いない。

その他「下総国式内社の碑」などを見終えて再び楼門をくぐると、右手に折れて旧参道に出る。

旧参道は、左右に広がる畑や民家の間を真っ直ぐ一本通っている田舎の細道、という雰囲気だ。

途中で一度右折して、経津主神の祖父と祖母といわれている、石裂神《いわさく》と根裂神《ねさく》が祀られている「裂々《さくさく》神社」に立ち寄った。奈々は初めて聞く神名だったが、崇によれば栃木の方でも祀られている神様らしい。一間社の小さな祠《ほこら》のような社だったが、まだ香取神宮の二十年に一度の式年遷宮が行われていた頃には、仮殿の役目を担っていたというから、由緒ある社のはずだ。しかし現在は、かなり寂れてしまっていた。

再び旧参道に戻り、初夏の日差しに照らされながら田舎の細道を歩く。すると、

「こっちだ」崇は道端の立て札を指差す。「要石と、末社の押手神社に参拝する」

「地震を抑えてくれているという石ですね」

「何やら現在では、パワースポット云々と言われているらしいがね」崇は苦笑する。「この要石は、鹿島神宮にもあるんだ。但し、形が少し違う。鹿島の要石は凹形の『陰石』で、香取の要石は凸形の『陽石』だ」

つまり、香取と鹿島で一対——ペアになっているということか。

奈々が納得していると、崇は続けた。

「これらの石には、古い伝説がある——。

神代の頃。この地方の地中には大きな鯰《なまず》が棲《す》みついており、大地震が頻発していた。そこで鹿島と香取の神——武甕槌神と経津主神は、地中深く石の棒を挿し込み、大鯰の頭を武甕槌神が、尾を経津主神が見事に貫いたので、地震は治まったという。そこで神たちは、二度と大鯰が目を覚まさないように、大きな石を載せて埋めた。地上に見えているのは、その石のほんの一部で、殆どが地下深く埋もれているため、実際の大きさは計り知れないといわれている。『香取神宮志』にも、

『大神等地中に深く石棒をさし込みその頭尾をさし通し給へりと。当宮は凸形、鹿島は凹形にて地上に一部をあらはし、深さ幾十尺なるを知らず。

貞享《じょうきょう》元年（一六八四）三月、徳川光圀、当神宮

参拝の砌《みぎり》、この根を掘らせしも根元を見ることを得ざりきと云《い》ふ。当神宮楼門の側の「黄門桜」は、その時のお手植なり』
　黄門さまも、その大きさに興味を抱いたとみえて、七日間かけて家来に掘らせてみたらしい。しかし、どこまで掘っても、その石を掘り出すことはできなかったという」
「そいつは、ただの『石』じゃねえな。『巨岩』か『磐座《いわくら》』だ」
　小松崎は笑った。
　まるで民家の庭に入っていくような道を歩きながら、崇は言う。
「鎌倉時代の『伊勢ごよみ』に載っている、
　ゆるぐともよもや抜けじの要石
　　鹿島の神のあらんかぎりは
という詠み人知らずの歌が、要石と地震を詠んだ最古の歌とされている。さあ、ここだ」
　辺りは再び鬱蒼とした山裾の林となる。そこに「要石」という立て札が立っていて、横の十段ほどの石段を上ると、そこには胸ほどの高さの石の瑞垣《みずがき》に囲まれた、約二メートル四方の空間があった。
　側には、やはり細長い駒《こま》札が立てられ、
「要石
　香取、鹿島の大神、往古この地方尚《なお》ただよえる国であり、地震が多く地中に住みつく大鯰魚《おおなまず》を抑える為《ため》地中深く石棒をさし込みその頭尾をさし通した。
香取は凸形、鹿島は凹形である。
伊能穎則《いのうひでのり》
『あづま路は香取鹿島の二柱うごきなき世をなほまもるらし』」
　とあった。
奈々は、石の瑞垣に取りつくようにして中を覗く。すると、正方形に区切られた地面には玉砂利や小石が敷かれ、その中央にポツンと、掌《てのひら》に載るか載らないかほどの小さな苔むした岩――石が置かれていた。

いや。「置かれていた」のではなく、地面から顔を出していた（ように見える）という方が正しい。大鯰を押さえている岩の一部にしては、さすがに余りにも小さすぎる。

そんなことを言うと、

「殆どが地下に埋もれていると言ったろう」

崇は笑ったけれど……。

それにしても「ほんの一部」すぎないか。

これなら、水戸黄門が掘ってみようと思い立ったその気持ちも理解できた。確かに、本当の大きさを知りたくなる。

次に、末社・押手神社。

要石の正面に鎮座している、一間社の小さな社だった。珍しい名前の神社だと思い、祭神を見ると「宇迦之御魂神」とあり、狛狐《こまきつね》――お狐さまが二体、社殿の前面左右におり、社前には小さな狐の置物が並んでいた。

〝宇迦之御魂神……市杵嶋姫命？〟

さっき崇が言っていた、市杵嶋姫――嚴島神社との共通点というのは、このことか？

いや。まさかそんなこともないだろう。

その証拠に、崇の態度は普段通りだ。ここに市杵嶋姫がいらっしゃることは、最初から知っていたに違いない。

それよりも。

どうして彼女が「押手」なのだ？

いや。そもそも「押手」というのは何。

車に戻ったら崇に訊こうと思いながら、二人の後について今来た道を戻り、再び旧参道に出る。

次は、経津主神の荒魂《あらみたま》を祀る「奥宮」へ行く。

旧参道を左に折れて歩いて行くと、今度は「奥宮」と書かれた立て札が見えたので、矢印の指示通

り左に入ると、

「香取神宮　奥宮」

と刻まれた石の社号標と、木々に包まれ、注連縄の張られた木製の鳥居が見えた。

十段ほどの狭い石段を上って鳥居をくぐると、林の中の一本道を進む。すると、わずかにカーブした参道の正面に、前後左右ぐるりと瑞垣に囲まれている小さい社が姿を現した。

周囲を歩いてみたが、ほんの数センチの狭い瑞垣の隙間からしか、社殿を覗き見ることができない。中の社殿もしっかり閉じられているようだった。

「神宮では」と崇が言った。「いずれ日にちを決めて開扉することも考えているそうだが、今回は仕方ないな」

参拝を終えて顔を上げた時、奈々は自分の目を疑った。

〝何で……〟

社の屋根――棟の千木は内削ぎ。

鰹木が四本――偶数本載っていた。

瞬きして、もう一度数える。

しかし間違いない。

ということは、この奥宮の祭神は、

〝女神？〟

そんなバカな。

駒札にも「御祭神の荒魂」と、きちんと書かれている。

経津主神が女神だというのか。

「タタルさん」

思わず声をかけたが、崇もやはり無言のまま腕を組み、奥宮の千木と鰹木を眺めていた……。

奥宮横の、林の中の一本道を下って駐車場に戻り、車に乗り込むと、

「おや。波村からメールが届いてた」小松崎は携帯に視線を落とす。「向こうで何かトラブルがあったらしい。詳しいことは分からないようだから、改め

て連絡をくれるそうだが……今のところは、まだ予定変更云々というレベルじゃないな」

　そう言って小松崎は携帯をしまい、

「次は息栖《いきす》だな」エンジンキーを回しながら言った。「直線距離なら近いんだが、利根川やら常陸利根川やらを渡らなくちゃならねえから、少し時間がかかる。その間に、タタルの話を聞こう」

「その前に」動き出した車に揺られながら、奈々は言う。「ちょっとタタルさんに、お訊きしたいことがあるんですけど」

「何？」

　奈々を見る崇に「はい」と答えて、さっきの「押手神社」の「押手」の意味。そして、奥宮の千木と鰹木が「女神」仕様になっていたこと。この二つを尋ねた。

「俺もタタルに訊こうと思ってた」小松崎が、アクセルを踏み込みながら言った。「何だ、あの『押手』ってのは」

「ああ」崇は答える。「『押手』というのは、もちろん『約束』『契約』のことだ」

「契約、ですか？」

「約束手形のようなものだな。古い昔の『契約の印』や『印璽《いんじ》』だ。京都・下鴨《しもがも》神社にも『印璽《おしての》社《やしろ》』という社がある。契約の神さまとして人気だそうだ」

「でも、どうしてあの場所に？」

「大鯰と契約を結んだんだろう。二度と地下から出てはならないという」

「でも、そんな契約だけで大丈夫だったんですか」

「実は『押手』というのは、血染めの手形。いわゆる『血判』なんだ。武士たちの世界に良く登場する、血判状だ」

「それほど強い約束ならば、大丈夫——」

　ところが、と崇は笑う。

「大丈夫じゃなかったから、何度も大地震が起こったんだ。その度に人々は、武甕槌神と経津主神に祈った」

「そうだったんですね」

と奈々は頷くと、次に奥宮が女神を祀る形式になっていた話をする。内削ぎの千木と偶数本の鰹木の、女神を祀る造り……。

「奥宮に関しては」崇は顔を曇らせた。「いくつか仮説は立てられるが、今のところまだ確証はない。ただ、沢史生《さわしせい》が、あの奥宮はまるで、

『「牢屋」の如きたたずまいである』

と感想を述べている」

奈々も、そう感じていた。

昼なお暗い林の奥に、ポツリと一社だけ鎮座し、何人《なんぴと》も寄せつけないように——訪ねて来ても会えないように——参拝者を拒絶するかの如く、周囲を瑞垣で固く囲まれている……。

まさに「牢屋」だ。

「ということで、申し訳ないがこちらに関しては、もう少し待ってくれ。先に香取神宮の祭礼に関して話しておこう。非常に特徴的で、他に類を見ない祭が二つ三つあるから」

「お願いします」

奈々の言葉を受けて、崇は口を開く。

「例大祭や新嘗祭《にいなめさい》や大祓《おおはらえ》などの祭は毎年のことだし、花笠姿の早乙女や稚児《ちご》も参加する『御田植《おたうえ》祭《まつり》』は、伊勢神宮・住吉大社と共に『日本三大田植祭』として有名だし、十二年に一度、鹿島神宮と提携して開催される『式年神幸祭《しきねんじんこう》』には、甲冑姿や伝統装束姿で何千人——一説では八千人という氏子たちが供奉《ぐぶ》する、とても大規模な祭だ。但しこの祭は、鹿島神宮とも連動して行われるから、後で詳しく話そう——。しかし、何と言っても目を惹くのは、十一月に執り行われる『大饗祭《たいきょうさい》』だ。名前を聞いたことは？」

「ありません」

「全くねえな」

二人の応えを受けて崇は資料を引っ張り出すと、

それに目を落としながら続けた。

「一説によれば、経津主神が部下たちを一堂に招いて開く宴といわれ、一斗二升——約十八キロの蒸《む》し米を、利根川の真菰《まこも》で編んだ『巻行器《まきほかい》』という十六台もの器に盛る。これだけでも、なかなかの壮観だが祭の真髄はこれからで、霞ヶ浦や利根川で捕ってくる鮒《ふな》、鯉《こい》、そして秋刀魚《さんま》、鮫《さめ》の切り身などが並ぶ。更に三方の上に、厚く輪切りにした聖護院《しょうごいん》大根を台にして置き、その上に短冊切りにした鮭《さけ》の身を何重にも重ねて、だらりと下がるように盛る。ちょっと見ると、血まみれの人間の頭のようだ」

「また、そんなことを!」

奈々はたしなめたが。

想像するに……その通りかも知れない。

「ちょっと不気味な雰囲気になってきました」

「だが、祭のメインはこれからだ」

崇は資料に視線を落として読み上げる。

「鴨《かも》の『羽盛《はねもり》』といって、雌雄一羽ずつ番《つがい》の鴨を用意し、それぞれの翼の骨を折り、捌《さば》いて内臓を取り出す。次に首と翼と尾に竹串を挿し込み、羽を広げて飛び立つ姿を形作ったら、雄の嘴《くちばし》を閉じ、雌の嘴を開けておく。『阿吽《あうん》』という意味だろうな。それを大根の上に飾りつけ、周りには生の鴨肉を撒《ま》き、その背中には先ほど取り出した内臓を飾る」

「ちょっと不気味どころじゃねえな。血生臭《ちなまぐさ》い」

「鬼気迫る祭だ」崇は同意した。「実際に、この祭が執り行われる神饌殿《しんせんでん》には、血の臭いがきつく立ち籠めるというからな」

「そりゃあ、そうだろう」

「その他にも、柚《ゆず》、干し魚、海苔《のり》、牛蒡《ごぼう》、黒芋、そして神酒など、神前には三十八台もの神饌が勢揃いして、そこから祭が執り行われるという」

「何とも言えない祭だ……」

小松崎は言ったが、

「でも」奈々は、ふと思い出す。「もう、十年近く前に行った諏訪《すわ》でも、そんなお祭があるとおっしゃっていませんでしたか？　そういえば、今の香取神宮の大饗祭のお話も、その時にチラリと伺ったような気がします」

「そんな昔のこと、良く覚えてるな、奈々ちゃん」

「ええ」奈々は小松崎に応える。「かなり、ショッキングな話だったので」

「そうだったな……」

「ほう」と小松崎が、バックミラーで覗いた。「そんな祭があるのか。おい、説明しろ」

「……何を？」

「諏訪の祭だよ。血生臭いって祭だ」

ああ、と崇は頷くと、

「『御頭祭《おんとうさい》』だ」と言って、話し始めた。「例の国譲りで、武甕槌神に敗れた建御名方神《たけみなかた》を祀っている、諏訪大社の『上社《かみしゃ》・前宮《まえみや》』で行われる祭だ」

諏訪大社は、上社と下社に分かれ、上社がまた、諏訪市の「本宮」と茅野《ちの》市の「前宮」に分かれ、下社が下諏訪の「秋宮」と「春宮」に分かれている。

その一社、「前宮」での話だ。

「境内にある十間廊《じっけんろう》という細長い建物に、やはりたくさんの神饌——贄《にえ》が並べられた。まず『御頭祭』という名称の通り、七十五頭の鹿の生首」

「鹿が七十五頭だと。しかも、首だけか」

「それを始めとして」崇は当然のように続ける。「頭から尻まで串刺しにした白兎《しろうさぎ》。猪《いのしし》の皮焼きと、猪肉。鹿の脳味噌和え。栄螺《さざえ》。蛸《たこ》などなど。いわゆる『禽獣《きんじゅう》の高盛り、魚類の調味』が、ズラリと並べられたという。現在の祭では、鹿の剥製の頭が三頭になっているがね。淋しくなった」

「何を言ってやがる」

「実際に行ってみると、とても風通しの良い縦長の道場のような建物だったが、当時はさすがに血生臭かったろう」

「そりゃあ、そうだろうよ」小松崎が呆れたように言う。「それが、ずっと続いてたのか」

「江戸時代までといわれてる」

「大変なこった」

　だが、と崇は声をひそめた。

「昔は、もっと凄惨な『贄』が執り行われていたという」

「そりゃあ、何だ？」

「神饌の前面の庭には、御杖柱《みつえばしら》という、五色の絹を垂らした檜《ひのき》の柱が立てられる。昔はここに、紅の衣を着せた子供が縛りつけられたらしい」

「子供を縛りつけてどうする」

　もちろん、と崇は答えた。

「打ち殺す」

「何だと！　そりゃあ、いくら何でも――」

「『贄』にしたんだろうな」

「と言ってもな！」

「たとえば、奈良の倭文《しずり》神社の祭では、底の深い『わっぱ』のような檜製の曲げ物に切り餅をいくつも飾り、その上に芋を載せて四色の御幣を何本も垂らす。これを、大蛇に差し出すという前提なんだが、この神饌の名前こそ『ヒトミゴク』だ」

「……人身御供《ひとみごくう》、ってことか」

「遠い昔は、実際に子供を捧げていたらしい。それがいつしか、芋と切り餅で、子供を模《かたど》った神饌に変化した」

「そりゃあ、そうだろうよ」小松崎は吠えた。「だが、子供を大蛇に差し出すなんてのは、ひでえ話だ。大蛇が、その神社の祭神なのか？」

「いや、祭神は別にいる」

「じゃあ、そいつは一体誰だ。そんな悲惨なことを許す奴は」

「祭神は――」

　と言って崇は固まった。

「どうした。分からねえのか？」

　小松崎が尋ねても崇は口を開かず、じっと前を見つめていた。いや、前を見つめているという表現は正しくない。動かないのだ。

「どうしたんですか」

奈々が心配そうに問いかけると、

「ああ……」崇は口を開き、ふうっと一つ嘆息した。そして二人を見る。「今日のきみらの会話は凄すぎて、ついて行くのがやっとだ」

「……奈々ちゃんの言葉じゃねえが、どこか具合でも悪いのか？」

しかし崇は、その問いかけを無視して答えた。

「読みこそ違え、倭文神社だからな。当然、祭神は建葉槌神だ」

「えっ」奈々は声を上げる。「そういえば、建葉槌神は『倭文神』だと……」

「そういうことだ」

「でも、建葉槌神は、香香背男を倒した、最強の神だとおっしゃっていましたよね」

「おいおい」小松崎が尋ねる。「その最強の神が、どうしてまた人身御供なんかを要求するんだよ」

「分からんな」

崇は、ボリボリと頭を掻《か》くと、

「ああ、こっちにもあるじゃないか」自分の膝をパンと叩いた。「大甕倭文《おおみかしとり》神社が。主祭神は、もちろん建葉槌神。そして、甕星香香背男《みかぼしかかせお》。面白い。行ってみよう」

「場所はどこだ？」

「日立《ひたち》市だ」

「ちょっと遠いな」小松崎は首を傾げた。「今日は予定が立て込んでいるから、明日の帰りにでも寄ってみるとするか」

「頼む」崇は急に元気になる。「さて、次の祭だ」

そうだった。

今は「香取神宮の祭」に関しての話を聞いていたのだ。

崇の話題はいつも、突然あちらこちらに飛ぶので、何の話をしていたのか分からなくなることもしばしばで、いつも振り回されてしまう。でも、最終的にはきちんと戻って来るのだけど——。

「今の、甕星香香背男に関連した祭なんだが」崇は言う。「香取神宮では、毎年一月に『星鎮祭《ほしずめさい》』、いわゆる『大的《おおまと》神事』という祭が執り行われる」

「ほしずめ?」

「星を鎮めると書いて、そう読むんだ。おそらく『ほししずめ』が詰まったんだろう」

「なるほど」

「この祭は、神宮の弓道場に設けられた、特別に大きな的を目がけて、烏帽子《えぼし》を被った直垂《ひたたれ》姿の二人の射手が矢を射る。その後、的の手前に盛られた砂山――『星塚《ほしづか》』に竹串を突き立てて、星の神を鎮めるという祭だ。この星塚は、香香背男の霊を祀る場所とされていて、昔は常に神宮境内にあったそうだが、現在はこの『星鎮祭』の時にだけ、弓道場内に設置されるという。そして、この祭によって、香香背男を矢で射落とした経津主神を称えるとあるが……。ということは結局、甕星香香背男にとどめを刺したのは、経津主神ということか。しかも、剣ではなく矢で」


崇は独り言のように呟いた。

「でも」奈々は尋ねる。「武甕槌神と経津主神たちの手に負えなかったから、建葉槌神が登場したんじゃないんですか」

「そうだな……」崇は首を捻る。「伝承が交錯してしまっているのか、それとも、また何か違う意味が隠されているか」

「塚に竹串を刺すという行為も面白いですね。武甕槌神と経津主神が、大鯰を押さえ込んだ時と一緒で。きっと、同じような意味合いなんでしょうね」

「そういうこと……だな」崇は上の空で答えると、「ああ、そうだ」と言って資料をめくる。

「この神宮にはもう一つ、珍しい祭があるんだ。『団碁《だんき》祭』という」

「だんき?」

「『団碁』と書いてそう読むんだが、別名を『八石《はっこく》八斗団子《はっとだんご》祭』とも呼んで、八石八斗の玄米で作った膨大な量の団子を、神前に供える祭だ。しかも、またしても例の血まみれの鴨も登場する」

「よっぽど、鴨に恨みでもあったのか」

「さあな」崇は笑う。「そしてこの祭は唯一、御神酒《おみき》を供えない祭なので、これは比売神のために執り行われるといわれている」

「比売神って……どこかに祀られていましたか？」

「相殿神といわれているが」

　崇は奈々を見た。

「ひょっとすると——」

「奥宮！」奈々は叫ぶ。「経津主神の荒魂といわれているのに、女神を祀る造りになっていた」

「……あり得るな」崇は呟いた。「ゆっくり考えてみよう。これは想像以上に、奥が深そうだ」

「それは良いが」小松崎が二人を見た。「そろそろ到着するぞ。息栖神社だ」

＊

　茨城というと一般的には、琵琶湖《びわこ》に次ぐ大きさを持つ霞ヶ浦や、日本三大河川の一つの利根川、百九十キロも続く海岸線にある大洗《おおあらい》海水浴場や「西の河豚《ふぐ》、東の鮟鱇《あんこう》」といわれる鍋などの連想から、湖や川や海のイメージが強いかも知れない。

　しかし、全国三位の耕地面積を誇るこの県は、気候も温暖な上、さまざまな動植物の北限・南限であるため、水産物と共に数多くの農作物の収穫が可能な、文字通りの「楽天地」なのである。

　快調に飛ばす車の左右の窓一面の緑の田畑を見るともなく眺めながら、茨城県警捜査一課警部補・沼《ぬま》岡喜三郎《おかきさぶろう》は思った。

　沼岡は内陸部出身のため、これほど水産業が盛んだということは、小学生になってから知った。それほど深い「山」で育った沼岡だが、今回の現場である三神神社の存在は、最近まで知らなかった。

しかも、その神社の鎮座している三神村は、以前はそこそこの人口があったようだが、現在はわずか数十人が暮らしているだけという。よく「村」として存続しているものだと訝《いぶか》しむレベルの規模だ。

今回、高齢男性の遺体が発見された三神神社は、朽ち果てていると言っても良いほどの古社らしい。戦後、宮司が退職した後も社を閉じるわけでもなく、かといって他の神社の兼務社ともならず、約六十年もの間、放っておかれたというから存在自体が奇跡に近い――。

「事件《ヤマ》は殺人《コロシ》で間違いないのか」

運転席でハンドルを握る折田《おりた》一彦《かずひこ》巡査に問いかけると、

「いえ」と折田は、前を向いたまま答えた。「男性の死因は、頭蓋骨陥没骨折及び脳挫傷ですが、かなりの高齢と思われますので、何らかの事故だった可能性もあります。しかし、あんな状態で発見されていますので」

「瓶の中か……」

数日前に、その三神神社の「宝物殿」という名の古ぼけた倉庫から、大量の素焼きの大きな瓶と、その中の一つに死体が入っていたのが発見された。その死体は白骨化が進んでいたため、現在は科捜研に回っている。

今回の男性の遺体も、それと同じように瓶の中に入って境内に転がっているところを見つかったのだ。詳しい死因などは、鑑識が調査中だし、後ほど検案にも回るのでそこで確定するだろう。

しかし、瀕死の状態で自ら瓶の中に入るなどということは考えられないわけで、当然そこには最低でも、もう一人の人間が関与していたことになる。それが取りあえずの問題だ。

「被害者の身元は？」

「今のところ不明ですが、あの村の住人であればすぐに判明すると思います。何しろ、人数が限られていますからね。すでに地元の警官が聞き込みに入っているようなので、到着する頃までには判明するでしょう」

だが、と沼岡は軽く嘆息する。

「これが殺人だったとして、どうしてわざわざ死後にあんな瓶に入れたんだろうな。まさか、棺桶代わりというわけじゃあるまい」

「例の白骨死体発見のニュースを見て、それに影響されたということも、なくはないでしょうが……」

「今までの状況を考えると、その何者かが遺体を隠そうとした様子は、全くないようだな。それどころか、むしろ早く発見して欲しかったようにも思える。あそこは今、毎日管理人が訪れているって話じゃないか。必ず発見される」

「確かにそうですね」

折田は頷きながら大きくハンドルを切り、今までの広い片側二車線の道路から、両脇に民家の建ち並ぶ細い道に入る。

「もしも遺体を隠そうとしたなら、現場はかなり深い山奥ですので、山林に埋めた方が遥かに手っ取り早かったでしょう」

「事件そのものの痕跡も隠蔽《いんぺい》できたろうしな」

しかも今、三神神社は、大量の瓶と白骨死体発見で話題になっている。それまでは殆ど誰も訪れなかった神社に、毎日のように誰かが足を運び、ついに管理人まで置かれるようになった矢先の出来事だ。やはり、人目につくように遺体を瓶の中に入れたとしか思えない。単なる愉快犯か。

あるいは事故だったとすると、関与していた人間が焦り、パニックに陥《おちい》って、ニュースになっているように瓶の中に遺体を入れたという可能性は——。

〝ないな〟

沼岡は苦笑して否定する。

車は山道に入った。

アスファルトの舗装道路はここまでで、車は砂ぼこりを立てて揺れながら走る。時折、左右に続く雑木の枝が車体をこすった。

しばらく行くと、川が見えてきた。安渡《あんど》川だ。この川を少し遡った所にある村が現場らしい。

山奥に行くにつれて、逆に川幅は段々と広くなり、すぐに山間の集落がある大きな盆地に到着した。もっと上流の川の水が一旦この盆地に集まり、大蛇のように大きくうねりながら土地を潤《うるお》し、再び下流へと向かうわけだ。

今のようにきちんとした堤防がなかった時代、この辺りで安渡川がしばしば氾濫を起こしたと聞いたが、この地形を見れば納得できる。確かに、山奥の村としては水の利などは良く、作物もそれなりに実ったろう。しかし、台風や豪雨に見舞われた時などには、かなり辛く厳しい地形だったに違いない。

それでも人々は、この地で暮らしていたわけで、そこには沼岡たちの想像を超える苦労があったのではないか……。

三神神社は、安渡川近くの高台に位置していた。その麓《ふもと》のだだっ広い空き地に、折田は車を停める。周囲にはすでに何台ものパトカーや、鑑識たちの車が勝手放題に停まっていた。

沼岡たちは車を降りると、神社の石段を上って境内を目指す。上り終わって、今にも崩れそうな鳥居をくぐると、境内は何人もの警官や鑑識で溢れかえっていた。

正面に見える本殿は、噂通りかなり年季が入っており、屋根も大半が緑の苔に覆われている。その本殿へと向かう石畳は、何故か一度大きく折れ曲がり、その周囲は雑草で埋め尽くされていた。

途中に一本、細い道ができている。右手に見える「宝物殿」へと向かう道だ。大勢の鑑識が立ち働く中、沼岡たちはその道を通って建物の中に入る。

すぐ二人の姿を見つけた顔見知りの鑑識が、挨拶をしながら近寄って来ると「遺体は、あちらに」と告げた。

報告書の通り、かなりの老齢男性だった。手足も体も枯れ木のように細く、青白い頭部に僅《わず》かに残った白髪には、乾いた血が赤黒くべったりとこびりついている。

「死因は、後頭部陥没骨折で間違いないでしょう。ただ、直接殴打されたものではなく、社殿の基壇――土台の石に打ちつけた模様です」

「というと」

「血痕が見つかりました。こちらです」

鑑識に導かれて、沼岡たちは本殿近くへと移動する。そこにも雑草が生い茂っていたが、鑑識の指し示すブロックのように積まれた土台の石の一部に、血痕らしき物が見えた。

「現在、周囲の足跡を調べていますが」鑑識は顔をしかめる。「何しろ最近の話題で、この周囲には新しい足跡だらけなもので」

そうだろう、と沼岡は納得する。宝物殿の瓶を見に来たついでに、神社を参拝して行く人間も多いはずだ。


しかしこれで、男性が自ら勝手に仰向けに倒れたのか、それともそこに他人の手が加わっていたのか、という問題に絞られたものの、新たな問題が浮上した。

この場所で男性が亡くなり、遺体を早く発見してもらいたかったなら、本殿前に放置しておけばすむことだ。苦労して瓶に入れるなどという行為は不要になる。

男性と共にいたと思われる人間は、何故、遺体をわざわざ瓶に入れたのか……。

沼岡は遺体搬送の許可を出すと、その場は鑑識たちに任せて、折田と二人で境内を見て回る。沼岡は地元の警官をつかまえ、分かっていることだけで良いからと言って、この神社の説明を頼んだ。

地元といっても隣村の駐在所の人間なので、それほど詳しくはありませんが、と断ってからその警官は説明する。

神社の創建も由来も不明。ただ、かなり昔から鎮座している社らしい。

祀ってある神さまは、何とかという戦《いくさ》の神さまのようだが、名前は忘れてしまった。

神さまに関しては沼岡も詳しくはないので、これは後回しにする。

宝物殿の裏手にあるのが、遥か昔、宮司一家が住んでいたという建物だという。もちろん今は、見る影もないあばら屋となっている。

「戦前までは、宮司が居たんだな」

「はい」と警官は頷いた。「地元の、赤頭《あかがしら》という家が宮司で、あの建物に住んでいたそうです。ただ、もっと昔は違って、百鍋《はくなべ》という家の人間だったそうですが、その家がなくなってしまい、赤頭家が宮司を引き受けたとか」

「なるほど」

その建物を通り過ぎて進むと、本殿裏手に当たる場所は、木の杭で囲まれた空間になっていた。やはり生い茂る雑草で覆い尽くされているが、特に何か建物があったようには思えない。

「この空間は何だ？」

「さあ……」

首を捻る警官に代わって、折田が応える。

「盆踊りをするには狭すぎるし……他の神社で見かける、車のお祓《はら》い所みたいですね」

「こんな場所まで車は入ってこられないだろう。裏道でもあれば別だが」

「何かの神事が行われていたんでしょうか。それこそ、お祓いとか」

「そんなところかな」

沼岡が言ってその空間を横切ると、すぐ脇には安渡川が流れていた。神社が高台にあったから、川面《かわも》までは距離があるだろうと思ったが、想像していた以上に近かった。石段を数段降りれば川だ。

安渡川は、大きなカーブを描きながら、ゆったりと流れている。この辺りは川幅も広く流れも緩やかで、朽ちた船着き場のような物まで見える。もちろん、船はない。

「きっと昔は、向こう岸まで船で渡っていたんだろうな」

と言う沼岡に、

「しかし、警部補」折田は首を傾げる。「向こう岸に、船着き場のような物は見当たりませんが」

「本当だな」

手をかざして眺めながら、沼岡は同意する。かなり上流にも下流にも、そのような物は確認できなかった上に、対岸にはこちら側のように、川に降りる石段も見当たらない。

「朽ちてなくなってしまったか、それとも別の場所に船着き場跡があるか……そんなところだろう」

その言葉に折田が頷き、そこで地元の警官を持ち場に戻した。

沼岡たちが、本殿脇に鎮座している、どんな神さまが祀られているかも分からない小さないくつもの祠を眺めながら境内を一周し終わると、聞き込みに行っていた若い警官が二人のもとに走って来た。

「どうした」

尋ねる沼岡に、警官は息を切らして報告する。

「男性の身元が割れました。やはり、この村の住人のようです」

「おお、そうか。それで？」

はい、と警官は答えた。

「赤頭善次郎《ぜんじろう》、九十一歳です」

「赤頭？」

「ご存知ですか」

いや、と沼岡は答える。

「今さっき、名前を聞いた。昔、この神社の宮司だった家だとか」

「その通りです。とっくに宮司の職を退いて、独り暮らしをしており身内の人間もいなかったので、村の人間に遺体の写真は見せられず確認はできませんでしたが、特徴その他、間違いないだろうということです。それにここ数日、赤頭さんの姿が見えなくなっていたので、事件を聞いて、彼に違いないと村で噂をしていたそうです」

高齢とは思ったが、九十一歳だったとは。

これで、殺人の線は薄くなった。こんな高齢の人間を、敢《あ》えて殺すなどとは考え難《にく》い。おそらく、何らかの原因による「事故」だったのだろう。

だが、何故「瓶」に……？

「分かった」沼岡は、硬い表情で頷き、折田に言った。「その線で捜査を進めよう。まずは、第一発見者の事情聴取からだ」

「はい」

折田は答えて、二人は発見者・刈屋忠志のもとへと向かった。

＊

小松崎の言葉通り、車はすぐに大きな白い石鳥居脇の駐車場に入った。

貫《ぬき》が左右の柱を貫通している鹿島鳥居だ。

車を降りると崇は、神門《しんもん》に続く参道とは逆方向に歩き始める。

どこに行くんだろうと奈々が振り向くと、崇の前方にも白い鳥居が見えた。

「あれが、一の鳥居だ」崇は歩きながら二人を見た。「昔はあの鳥居まで、鹿島・香取・息栖とまわる東国三社参詣《さんけい》船——木下茶船《きおろしちゃぶね》が着いたらしい」

そう言われれば、鳥居の向こうの川縁《かわべり》には水門があり、鳥居近くの入り江には、何艘《そう》ものボートが気持ちよさそうに浮かんでいた。

崇は言う。

「そして、あの一の鳥居の両脇には、霊泉が湧く井戸があるんだ。それを見に行く」

道路を横切り、三百メートルほど歩いて一の鳥居まで辿り着くと、鳥居の足下には白い駒札が立っていた。そこには、

「忍潮井《おしおい》
男甕（おがめ）右側
女甕（めがめ）左側」

と書かれ、左右に井戸があった。

左の井戸には背の低い鳥居が、右の井戸には背の高い鳥居が建っている。

〝ここにも「甕」が……〟奈々は眉をひそめた。

傍らに用意されている説明板を読むと、

「江戸時代に入るまでの利根川は一本の川ではなく、直接東京湾に注ぎこみ、現在の利根川中・下流域は常陸川と呼ばれていました」

と書かれていた。

やがてこれらの川が、一本の利根川になったらしい。すると、江戸への船での物資輸送はもちろん、江戸からは東国三社詣での人々が大勢押し寄せ、大変な賑わいを見せたとある。

そのために、

「男甕・女甕の忍潮井も神社とともに有名になり、伊勢の明星井《あけぼのい》、山城の直井《なおい》とあわせて日本三所の霊水と言われ、人々の評判となりました。旅人の中には松尾芭蕉《まつおばしょう》を始めとして、多くの文人・墨客もこの息栖神社をおとずれ、その足跡を残しています」

伊勢の「明星井」は「明星《みょうじょう》が降臨する」といわれた井戸であり、山城の直井は、京都・伏見の御《ご》香宮《こうのみや》神社境内の井戸の水らしい。

そして、この「忍潮井」を加えて「三霊泉」と呼ばれるほど名高い清水を、この井戸は千年以上もの間、湧き出させているのだ。

鳥居に向かって右側の井戸には、直径約二メートル・高さ約一メートルの白御影石で銚子《ちょうし》の形をしている「男甕」が。

左側の井戸には、男甕よりやや小振りで、直径約三十センチ・高さ約五十センチの銚子石で土器の形をしている「女甕」が沈んでいる。

これらの中から海水を押しのけるようにして真水が湧き出るため「忍潮井」と名づけられたのだという。但し、晴れた日、しかも水が澄んでいる日にだけしか目にすることができない。

また、この瓶に関する「伝説」を読むと――。

平城《へいぜい》天皇の御宇、大同《だいどう》二年（八〇七）四月に、数キロ下流の日川《にっかわ》地区から息栖神社がこの地に移された際に、取り残されてしまった二つの瓶は、神のあとを慕って三日三晩泣き続けた。そしてついに、自力で利根川を遡り、この一の鳥居の下にやって来た。しかし、

「此の地に定着して後もときどき日川を恋しがり二つの瓶は泣いたと云われている――云々」

とあった。

隣で、やはりその由緒を読んでいた崇に、

「最初からこの地にいらっしゃったわけではなく、後の世に遷《うつ》って来られたみたいですね。といっても、かなり古い歴史を持っていることに変わりはないですけれど」

奈々が言うと、

「神社の略記などによれば」崇が答えた。「第十五代・応神《おうじん》天皇の時代の創建とされているんだが、この由緒を見ると、おそらくその頃は小さな社か、祠のような物だったんじゃないかな。というのも、創建の場所が現在の神栖《かみす》市日川の地だとすれば、古代、その辺りは内海だったはずだ」

「海……ですか」

「『日本三代実録』の光孝《こうこう》天皇の御代《みよ》、仁和《にんな》元年（八八五）三月十日の条には、こう書かれている」

崇は手にしている何種類かの資料から一枚抜き取って、奈々に見せる。そこには、こうあった。

「常陸國正《しょう》六位上於岐都説《おきつす》神従五位下《かみじゅごいのげ》」

つまり、と崇は言う。

「この年に、正六位上だった『於岐都説神』が、従五位下へと叙された。そして、この『於岐都説神』を祀っている社こそが、息栖神社だという。また『於岐都説』は『於岐都州』であり沖の瀬で、浅くて歩けるような場所、つまり『沖洲《おきす》』のことだ。そこに当時、この神の社が建てられていたものと考えられる」

「だから、神社というよりは、小さな社のような物だったと」

「多分ね。しかし、旧跡は残っていない。ここにも書かれているように、この場所から直線距離で七キロほど南南東に行った日川の石塚《いしづか》運動公園の片隅に、息栖神社跡地として『息栖神社の歴史』という説明板が立っているだけのようだから、断言はできないが『沖洲』に建てられていたとすれば、それくらいの規模だろう」

「しかし」今度は小松崎が尋ねる。「社でも祠でも構わないが、どうしてまたそんな不便で危なっかしい場所に建てたりしたんだ？　いくらでも土地はあったろうに」

「わざわざ選んだんじゃなく、そこにしか建てられなかったというのが真実じゃないかな。紀伊《きい》和歌山の熊野本宮大社《くまのほんぐう》のように」

奈々は昔、崇たちと行った熊野を思い出す。

熊野本宮大社は、今でこそ熊野川から離れ、なおかつ百五十八段もの石段を上った先に建っているが、昔は大斎原《おおゆのはら》——熊野川と、音無《おとなし》川・岩田《いわた》川に挟まれた中州に建っていたのだ。大雨が降る度、何度も洪水に襲われ、上流から水死体が流れ着くような場所に。しかし熊野本宮大社は、そこにしか鎮座できなかった……。

「もっと言えば、出雲と伊勢もそうだ」崇は言う。

「出雲大社も、古地図を見れば半島のほぼ先端に建てられているし、伊勢も、これ以上進んだら海しかないという、毎年必ずと言って良いほど台風に襲われる場所に建てられた」

「なるほどな」小松崎は頷いた。「追いやられていた可能性もあるってことか」

「追いやられるといえば、源《みなもとの》頼朝《よりとも》の鎌倉の地だって、徳川家康《とくがわいえやす》の江戸の地だって、最初はどちらも、人々が細々と暮らせるか暮らせないかという寒村だったわけだしな」

そういうことだ……。

奈々は、立ち入り禁止エリアぎりぎりまで進んで覗いてみたが、微かに甕らしき姿が判別できるだけで、形の詳細まではっきりと確認できなかった。

奈々は、もう一枚の説明板に目を通す。

ここは昔、渡船場だったという歴史や、この辺りまで海水が入り込んでいたので、鯛《たい》やヒラメや蛤《はまぐり》が獲れたという記録が残っていると書かれていた。当時はかなり賑わっていたようで、芭蕉を始めとして、十返舎一九《じっぺんしゃいっく》なども訪れているし、明治になると徳冨蘆花《とくとみろか》も、この河畔に投宿したという——。

井戸の中を気持ちよさそうに泳いでいる鯉たちを後に、奈々がその場を離れようとすると、

「あの店に寄ってくる」突然、崇が言った。「ここで待っていてくれ」

「ちょ、ちょっと、タタルさん！」奈々はあわてて尋ねる。「どこに行くんですか？」

奈々は辺りを見回したが「あの店」と言っても、徳冨蘆花の時代と違って、周囲には旅館どころか土産物店もない。

しかし崇はスタスタと、鳥居のすぐ側に建つ水産加工場へと入って行った。見れば確かに、蜆《しじみ》の小売りも行っているようだったが、まさか今ここで、蜆を買うわけではないだろう。

そう思って何気なく視線を上げた奈々の目に、その水産加工場の名前が飛び込んで来た。

「有限会社(善)猿田水産」

〝猿田？〟

やがて崇は上機嫌で帰って来ると、

「さあ、行こうか」

奈々たちを促《うなが》して、息栖神社へと向かった。

三人は再び二の鳥居まで戻ると「東國三社息栖神社」と刻まれた立派な社号標を眺め、大きな石鳥居の手前で一揖《いちゆう》して境内に入る。

参道は本殿まで、一直線に延びている。ということは、この神社は怨霊を祀っているわけではないのだろう。百パーセント全てではないが、怨霊を祀っている神社仏閣の参道は、殆どが大きく折れ曲がっているからだ。

参道左手に立っている由緒板に目をやると、

「息栖神社は、古くは日川に鎮座していた祠を、大同二年、右大臣藤原内麿《ふじわらのうちまろ》の命に依《よ》り現在地の息栖に遷座したと伝承されている。史書『三代実録』にある——云々」

とあった。

間違いなく、その年にこの場所に遷座されたのだ。それを、あの二つの瓶が追って来た……。

奈々たちは参道を進む。

境内の総面積は約一万坪というから、先ほどの香取神宮と比べるまでもなくこぢんまりとしている。

しかし奈々は、次の案内板に描かれたこの近辺の地図と、そこに書かれている文章に目を見張った。

というのもそこには、

「水郷筑波国定公園の一部である、息栖神社と鹿島神宮、千葉県の香取神宮の三つの神社は、併せて『東国三社』と呼ばれています」

とあり、この三社をまわることで、伊勢神宮参拝と同程度の御利益《ごりやく》を得ることができるのだという。

これが、最前から言っていた「パワースポット」なのか。

というのも、この三社の位置関係にその秘密があって、地図上に三社の位置が記されて点線で結ばれているのだが、それは綺麗な直角二等辺三角形を作っていた。

「タタルさん！」奈々は思わず呼びかける。「これって」

「おお」小松崎も声を上げていた。「見事だな。しかし、本当なのか」

ああ、と崇は地図を眺めながら答える。

「鹿島と香取の間の直線距離は、約十二キロメートル。鹿島と息栖は、約九キロメートル。息栖と香取は、約八・六キロメートル。精密には直角二等辺三角形とは言い難いが、息栖神社を頂角として、ほぼそれに近い三角形を描いていることは間違いない」


「凄いです！」奈々は素直に興奮してしまった。「いわゆる、レイラインなんでしょうか？」

これも、熊野に行った時に知った。

外国では古代の遺跡、日本では古い神社などで、直線上に並ぶ例がある。特に日本では、春分・秋分や、夏至・冬至の太陽の方角を指し示すことが多いらしかった。

そこで、写真家で著述業の小川光三《おがわこうぞう》は、これら日本のレイラインを「太陽の道」と名づけたことも知った——。

「変な理屈はいらないいんじゃねえか」小松崎は言う。「こんな綺麗に、計ったように鎮座してるんだ。それで充分だろう」

しかし崇は、

「いや」と首を横に振った。「息栖は遷された、と書いてあったじゃないか。元々の場所は違う」

「じゃあ、まさか直角二等辺三角形を作るために、この地に移動した？」

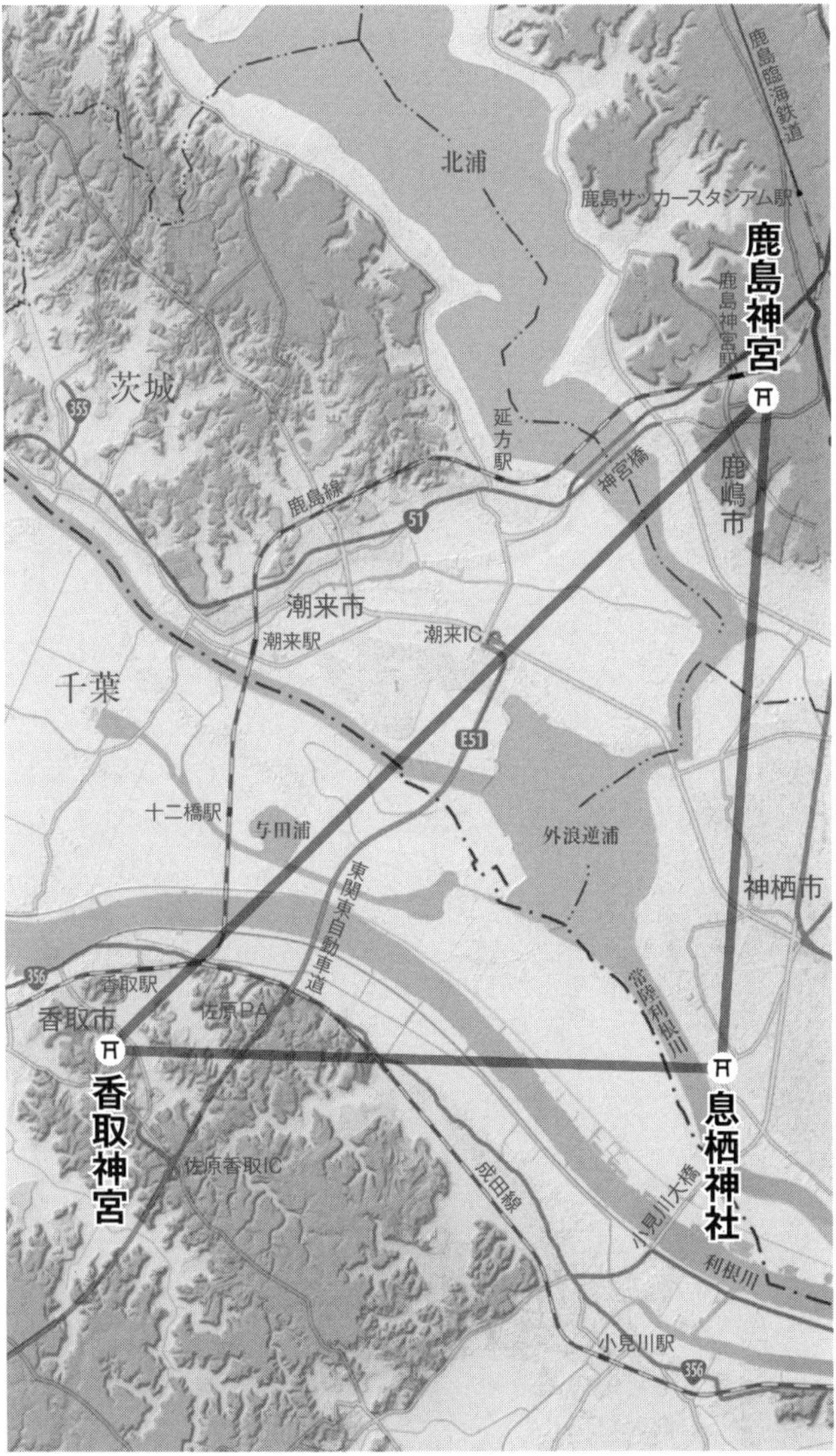
鹿島神宮
香取神宮
息栖神社
北浦
外浪逆浦
与田浦
茨城
千葉
潮来市
鹿嶋市
神栖市
香取市
鹿島臨海鉄道
鹿島サッカースタジアム駅
鹿島神宮駅
延方駅
鹿島線
神宮橋
潮来駅
潮来IC
十二橋駅
東関東自動車道
香取駅
佐原PA
佐原香取IC
成田線
常陸利根川
小見川大橋
利根川
小見川駅
355
51
E51
356

「そりゃあねえだろう、奈々ちゃん」小松崎が笑った。「わざわざ膨大な手間暇かけて、そんなことをするメリットがあるか？　なあ、タタル」

しかし崇は、真面目な顔を崩さずに応えた。

「これは、鹿島神宮で話そうと思っていたから、その時にしよう。今は先に進もうか」


奈々の背丈よりも高い石灯籠が並ぶ参道を歩いて行くと、左手に稲荷神社が見えた。石の狐たちは、何故かみんな赤い布を被っていた。奈々たちは軽く挨拶して、手水舎で手と口を清め、朱塗りの神門をくぐる。

神門横の解説板には、やはり「おきすの社と呼ばれた」「おきすの津（港）とよばれて」という文が見え、神社の周囲は香取内海の港であったと書かれていた。

そのまま石畳の参道を進むと、右手には鹿島神社・香取神社・伊邪奈岐《いざなき》神社など、九社を祀っている一間社の社が二社並んで鎮座していた。

こちらにも軽く頭を下げて、三人は拝殿前に進み、参拝する。

参拝を終えると本殿をぐるりと一周して、樹齢およそ千年という御神木の夫婦杉を眺めながら社務所に向かい、崇は更に資料を買い求め、奈々は由緒書きをいただいた。

歩きながらそれを開くと、こうあった。


「鹿島神宮、香取神宮とともに、東国三社と呼ばれ、古くから信仰を集めてきました。関東以北の人は伊勢に参宮したのち、禊《みそ》ぎの『下三宮《しもさんぐう》巡り』と称して、この三社を参拝したといいます。

久那斗《くなど》神を主神とし、相殿に天乃鳥船《あまのとりふね》神、住吉三神を祀っております。

久那斗神は、厄除《やくよけ》招福・交通守護の神であり、井戸の神でもあります。天乃鳥船神は、交通守護に、住吉三神は、海上守護にご神徳が顕著であります」

もう一種類のパンフレットには、こうある。

「当社は鹿島神宮の摂社ではあるが、独立した神社であり、旧社格は県社である。主祭神は岐《くなど》神で、他は後に配祀《はいし》したと伝えられる。岐神は、武甕槌神が出雲の大国主神と話合いをされて国譲りを成し遂げ、出雲大社の基礎造りにかかわったのち、大国主神から道案内の神として遣わされた神である。

天鳥船神は武甕槌神に従って出雲へ出かけた船の神で、住吉三神は海の神である。

創建は応神天皇の時代と伝えられており、鹿島・香取両神宮に並ぶ古い由緒を持つ。現在の社殿の場所へは、大同二年（八〇七）に移転してきたものと考えられている。

現在でも、鹿島・香取とともに直角二等辺三角形を形成する配地がミステリアスな印象を呼び起こすため、パワースポットとして人気が高い」


やはり、あの「直角二等辺三角形」は、大勢の人々に人気らしい。そして今日、奈々たちはそれを構成する「東国三社」をまわる。

正直に告白してしまうと、最初はちょっと地味な旅行だと思っていたが、昔からこの「東国三社」が、とても尊崇されていたことを知ったので、急にワクワクし始めている。

もちろん、崇の――ガイドブックには載っていない――話を聞いたせいもあるけれど。

奈々たちの右手には、地元の若者たちが力比べをしたという「力石《ちからいし》」が二つ見えた。大きな石の重さは、何と二百キロ近くあるという。

その横には、俳聖・松尾芭蕉の句碑が建っている。奈々には殆ど解読できなかったが、

此里盤気吹戸主の風寒し

――この里は、気吹戸主《いぶきとぬし》の風寒し

と刻まれているらしかった。

〝気吹戸主……〟

どこかで耳にしたことのある名前。

説明板を読むと、

「いざなぎの尊が、黄泉の国（死の国）から戻ったとき、筑紫日向《つくしのひむか》の橘《たちばな》の小門《おど》で、身体を洗い、きたないものと汚れたもの（罪や穢《けが》れ）を、すっかりそそぎ落し、浄《きよ》め流した。その流れの中から生れたのが気吹戸主（息栖神社祭神）で、清浄化・生々発展・蘇生回復の神である」

とあったが、

〝何となく要領を得ない……〟

すると、首を傾げる奈々を見て、

「気吹戸主は」崇が説明してくれた。「瀬織津《せおりつ》姫、速秋津《はやあきつ》姫、速佐須良《はやさすら》姫と共に『祓戸大神《はらえどのおおかみ》四柱《よはしら》』の一柱だ。この気吹戸主に関して言えば『延喜式』の『六月晦大祓《みなづきのつごもりのおおはらえ》の詞《ことば》』に、

『気吹戸《いふきと》に坐《ま》す気吹《いふ》戸主と云ふ神、根の国・底の国に気吹き放ちてむ』

とある。気吹は文字通り『気が吹く』ことで、海原に発生する風の動きを神格化した神なのではないか——と一般的には言われてる。そして江戸時代までは、この気吹戸主こそが、ここ息栖神社の主祭神と考えられていたようなんだ。だから芭蕉もそれを念頭に置いて、さっきの句を詠んだとされている」

「つまり、その主祭神が、いつの間にか岐神《くなどがみ》に変わってしまったということですね」

「多分ね。よく聞く話だ」

「それとは無関係なのかも知れないですけど、芭蕉の句もとても淋しそうな内容です」

「この『息栖』という名前は『沖合の洲に住んでい

た』から、渾名《あだな》として『沖洲神』と名づけられたのではないかという説もある」

　そういえば。

　確かに、さっき通り過ぎた柿本人麻呂《かきのもとのひとまろ》や藤原《ふじわらの》家隆《いえたか》らの歌に関する説明板にも、この地は「おきすの津（港）」なのだと書かれていた。

「その地に住む人々は」崇は続ける。「朝廷からの待遇は最悪で、ただ良いようにこき使われていた人々だったのではないか、とね。たとえば――」

　崇はまた資料を取り出した。

「先ほどの『日本三代実録』で、正六位上から従五位下に叙された前後の出来事を見てみると、

『貞観《じょうがん》十七年（八七五）五月十日。

　下総国の俘囚《ふしゅう》の叛乱《はんらん》に、武蔵《むさし》・上総《かずさ》・常陸・下野《しもつけ》の三百人の兵士を向かわせた。

元慶《がんぎょう》七年（八八三）二月九日。

　上総国市原《いちはら》郡の俘囚三十余人が叛乱。諸郡の兵千人を動員し、これを討つ』

　という事件が起こっている。立て続けの叛乱に、朝廷はかなり手を焼いていたことは明白だ。何しろ、わずか三十人の叛乱に、千人もの兵を差し向けているんだ。しかし、何とかこの乱も収めることができた。そして、その二年後、

『仁和《にんな》元年（八八五）

　息栖神社、従五位下に叙される』

　そして翌年には、安房《あわ》・上総・下総の治安が強化された。この一連の動きを見て、沢は、

『沖洲神が、従五位下に叙された歴史背景に、年表の示すような事件が介在したことは確か』であり、

『従五位下の神位を授けるからには、沖洲神はよっぽどの犠牲を強《し》いられたはずだ』

　と言っている」

「つまり、朝廷からの命令によって、多大な犠牲を払った見返りとして叙されたんですね」

「そういうことだ」崇は頷いた。「朝廷のために良く働いたという意味でね。言い換えれば、体《てい》良く利

用されたということでもあるな」

やはりそういうことか。

弱い立場だった彼ら「沖洲神」——あるいは、沖に棲む「沖栖神」たちは、朝廷の命令に従うしかなかったのだろう。そうやって、おそらくは、もともと同じ土地に暮らしていた人々を討つ羽目になったのか。これは「夷《えびす》で夷を討つ」「鬼で鬼を退治する」という、遠い昔から何度となく繰り返されている悲劇だ。

「じゃあ」小松崎が尋ねた。「現在の主祭神の岐神たちは、何だと言うんだ？」

灯籠《とうろう》が立ち並ぶ参道を戻りながら、崇は答える。

「当然、後からやって来た神だろう」

「入れ替わったってのか。つまり、もといた神を追い出したってことだな、その岐神——猿田彦神が」

猿田！

奈々は、その言葉に反応する。

さっき崇が入って行ったのは——。

すると、小松崎が鼻を鳴らした。

「しかし、猿田彦神ってのは、先導・導きの神だったんじゃねえのか。それが、地主神を追い出すことができるのかよ」

「どうして猿田彦が、先導・導きの神だと言うんだ？」

「どうしてって……。戦の時に、神武《じんむ》だか誰だかを、先導したんだろう」

「天孫《てんそん》、瓊瓊《にに》杵《ぎ》尊だ」

「そうそう、そいつだ」

「以前にも少し話したかも知れないが、折角だからきちんと説明しておこう」

と前置きして、崇は口を開いた。

「猿田彦神は、猿田毘古《びこ》神、猿田毘古大神、猿田彦命などと呼ばれている。また、この『猿』の表記で『猨《さる》』という文字は、漢《かん》や魏《ぎ》の頃までは多く使われていたが、唐や宋《そう》以降は、多く『猿』を用いている。そのため、現在も混在しているが『猿田彦神』

で通しておこう」

「紛らわしいから、そうしてくれ」

小松崎のリクエストを受けて、崇は続ける。

「この名前の意味の一つとして、琉球語で先導を表す『さだる』が『さるた』になったという説がある。また『さるた』は地名で、伊勢の狭長田《さなだ》、あるいは佐那県《さなあがた》や、佐多《さた》岬に関係があるという説もあって、結局、神の名前の意味は不詳というのが定説だ。しかし現実的に『猿』は、人間に次ぐ高等動物ではあるものの、わが国における歴史・民俗・伝承の中では『人間に次ぐ』という面が、かえって『人間より劣る』あるいは『人間以下』という面で強調され、語り継がれてきた感がある。

これに関して沢史生は、

『神々の世界で、神としてはことごとに嘲笑の対象とされ、果ては王権のさし向けた女間者に、色仕掛けで殺されてしまったサルダヒコ（猿田彦）のごときは、その典型的存在であった』

と言っている」

「色仕掛け？」

「それは後で説明する――。江戸時代の岡っ引き・目明かしは犬のように嗅ぎ回ると、庶民に嫌がられた。この岡っ引き・目明かしを、上方では『猿』と呼んだ」

「『犬猿の仲』の犬が、猿になるのかよ」

「そこはまた別の、深く長い理由があるから後回しだ」崇は、またしても小松崎の質問には答えずに続けた。「また、奈良地方では密告者を『猿』といった。盗っ人言葉では犯罪密告者や囚人、私娼――下等な売春婦が、いずれも『猿』といわれたが、江戸の風呂屋の女性『湯女《ゆな》』も『猿』と称された。湯女の仕事は、客の垢を掻き落とすことだ。ゆえに、猿も引っ掻くところからつけられた異名といわれているが、実はそれだけじゃない。湯女もまた客に求められれば、ひそかに売春をした」

「ああ」小松崎は頷く。「そんな話は、聞いたことがあるな」

「つまり、客と遊ぶ『戯《さ》る女』——『猿女《さるめ》』でもあったんだ。同時にまた、三陸海岸では『猿』を『エビス』と称した。これは、前にも言ったように、朝廷にとっての『蝦夷』『忌《い》み衆《しゅ》』ということだな」

「散々な言われようだ」

「では、実際に『記紀』にはどう書かれているかといえば——」

　崇は本を開いた。

「『古事記』では、天孫・瓊瓊杵《ににぎ》尊が、高天原から天降りしようとした時に、

『天の八衢《やちまた》に居て、上《かみ》は高天原を光《てら》し、下《しも》は葦原中国を光す神ここにあり』

と、きらびやかに登場している。そこで、天照大神たちに命ぜられた天鈿女《あめのうずめ》命が、その者に『誰だ』と尋ねると、

『僕《あ》は国つ神、名は猿田毘古神なり』

と名乗り、瓊瓊杵尊の天降りを聞いたので、先導しようと思ってお迎えに来たと答えた——。

また『書紀』は、もっと具体的だ。一柱の神が、

『天八達之衢《あめのやちまた》に居《お》り。其の鼻の長さ七咫《ななあた》、背《そびら》の長さ七尺余り。当《まさ》に七尋《ひろ》と言ふべし。且口尻明《またくちわきあか》り耀《て》れり。眼《め》は八咫鏡《やたのかがみ》の如くして、絶然《てりかかやけること》赤酸醬《あかかがち》に似《の》れり』

　とある。鼻の長さは、一メートル以上、身長も二メートル以上、目は赤酸漿《ほおずき》のように爛々と輝いているという、恐ろしい姿だった。そこで、やはり天鈿女が遣わされて『猿田彦大神』という名前を聞き出し、猿田彦神は、

『吾先だちて啓《みちひら》き行かむ』

　と言い、尊たちを先導するためにやって来たのだと告げた。そこで天鈿女が『皇孫《すめみま》』は、どこに行くのか、そして、あなたはどこに行くつもりなのかと尋ねると、

『天神の御子は、筑紫の日向の高千穂の槵触峯《くじふるのたけ》に。私は、伊勢の狭長田《さなだ》の五十鈴《いすず》の川上に行くでし

ょう』

　と答えた。なので、この『猿田』彦という名前は、元々は『狭長田』彦だったのではないか、という説もある」

「それで」小松崎が言った。「猿田彦神は、導きの神とか言われるようになったんだな」

「その時、猿田彦神を懐柔した天鈿女命の仕草は、後々の出来事を暗示させるから、参考までに話しておこう」

　崇は、ページをめくった。

「『胸乳《むなぢ》を露《あらわ》にかきいでて、裳帯《もひも》を臍《ほそ》の下《しも》に抑《おし》れて』

　つまり、胸を顕わにし、腰紐を臍《へそ》の下——陰部まで垂らし、更にその後、わざと嘲笑うという性的な所作を作って相対したんだ。これが後々、猿田彦神と天鈿女命の結婚のきっかけとなった」

「そりゃあ、ずいぶんとまた……」

「猿田彦は今言ったように、巨体の持ち主で、眼力もただならなかった。そもそも『赤酸漿』の目は、オロチの持っている目と同じだからな。そこで天鈿女は、ストリップもどきの仕草で猿田彦神を蕩《とろ》けさせた。当時から、そういった性的な仕草は、強力な眼力を封じるといわれていたからね」

「それは……理解できるような気がするよ」小松崎は笑った。「そして後に、その猿田彦が岐《くなど》神や道祖神になったってわけか」

「怨霊神になったからな。天鈿女命と結婚し、やがて彼女に殺害された。これが『色仕掛けで殺されてしまった』ということだ」

「天鈿女命はそんなに冷酷な女神だったのか？」

「『古事記』に、こんなことが書かれてる。天鈿女命が猿田彦神を『送りて』——つまり、殺害して帰って来た時に、ただちに大小あらゆる魚類を集め、『おまえたちは、天つ神の御子の御膳《みけ》としてお仕え申し上げるか』

　と問い質したんだ。猿田彦神殺害に震えていた多くの魚が『お仕え申しましょう』と従った中、海鼠《なまこ》

だけは答えなかった。そこで天鈿女命は、

『この口や答へぬ口』

と言って、いきなり小刀でその口を裂いてしまった――とある。つまり、朝廷の密命を受けて猿田彦神を殺害し、その後に残っている海神たちに脅しをかけて帰順を迫ったわけだ」

「だが『海鼠』だけは従わなかった……」小松崎は、前を見つめたままで言った。「そこで、海鼠は口を切り裂かれちまったのか」

「そういうことだ」崇は頷く。「但し、この残忍な話は『書紀』には載っていないがね。とにかく天鈿女命は、出身が筑紫《つくし》国であるにもかかわらず、最初から朝廷側についていた女性だ。故に猿田彦神も、うまく手玉に取られて利用され、最後には用がなくなると同時に殺害されてしまった」

ここまでの話は、奈々も聞いている。

しかし小松崎は尋ねた。

「その証拠はあるのか？」

「『古事記』に載ってる」

「何だと」

「天鈿女命の末裔である『猿女君《さるめのきみ》』たちに、志摩《しま》国で獲れる海の幸の初物《はつもの》が与えられたと書かれてる。『ここをもちて、御世《みよみよ》島の速贄《はやにえ》献る時、猨女君等に給ふなり』

とね。しかしこれは――朝廷の『新嘗祭《にいなめ》』ではないが、初物を真っ先に味わうことは、当時の朝廷人たちの特権であり権威の誇示だった。にもかかわらず、貴人たちに先んじて『猿女君』たちに初物が与えられるようになった。余程の理由がない限り、こんなことはあり得ない」

それが、と小松崎は言う。

「猿田彦神殺しだったたっていうんだな」

「その通りだ」崇は首肯した。「見事な暗殺――功労を大きく評価されたんだろう」

悲惨だ……。

「だから『猿田』は『蹉跎《さだ》』ではないかという説も

ある。躓《つまず》いて進めない、不遇にして志を遂げられない、衰退、凋落などをあらわす『蹉跎』だと」

「猿田彦神は『サダ彦』だったってわけか。確かに、そうかもな」

その結果、と崇は一呼吸置いて続けた。

「大怨霊神である猿田彦神は、岐神で塞《さい》の神となったわけだ。ところがここで、『記紀』にこんな話も見える。伊弉諾尊《いざなき》が、黄泉国《よみ》から逃げ帰って来た時、身にまとわりついてしまった穢《けが》れを落とすために『禊《みそ》ぎ祓《はら》へ』を行ったんだが、自分の着物や持ち物、全てを投げ捨て、褌《はかま》——今で言う、股引《ももひき》のような物も投げ捨てた時、『古事記』によれば『道俣《ちまた》神』つまり、岐神が生まれたことになっている。ところが『書紀』によれば、生まれたのは『開囓神《あきくい》』となっている。つまり『岐神・塞の神』は『開囓神』と同体になる。『古事記』では、この神は『飽咋之宇斯能神《あきぐいのうしの》』と書かれている。いわゆる『アキグイウシ神』だ」

「その……アキグイウシ神って、どんな神さまなんですか？」

「一般的には『穢れを食う神ではないか』とされているが、それは騙《かた》りだ。実際は、飽きるほど食べても満足しない餓鬼《がき》で、かつ『大人《うし》』だから、大きな男。それが、猿田彦神だと言いたかったんだろう。もちろん、この『餓鬼』は、仏教で言う『六道《ろくどう》』の一つ、永遠に飢えに苦しむ亡者のことでもある」

「酷い蔑視ですね！」

「だから、江戸時代の川柳にも、
猿田彦いっぱし神の気であるき
と詠まれたりしている。祭での神さまの行列などでは、猿田彦神が大抵先頭を歩いている。大した神でもないくせに、まるで威張って歩いているようだという句だ。この頃は、一般的にそう思われていたのかも知れないが、これは明らかに江戸っ子の勘違いだな」

　この川柳も、どこかで聞いた。

　しかし、今こうして色々な説明の後に聞き直してみると、また違った感慨に襲われる。

「本来、猿田彦神は」崇は続けた。「長い間、伊勢に君臨していた神で、そのために、伊勢・志摩に暮らす海神《わだつみ》たちの風習・儀式・祭事・呪術などにまで関係した神だともいわれている。伊勢でも話したと思うが、伊勢神宮に詣でる際には、まず猿田彦神が祀られている二見《ふたみ》興玉《おきたま》神社に参るのが正式な参拝方式だと言われているし、事実、伊勢神宮・内宮の正殿斜め後方にも『興玉《おきたま》神』として祀られている。それに『猿田彦は天照大神の分身の神なり』という伝承も残されているからな」

「もしかして、とても立派な神だったからこそ、彼を殺害した立場の人間たちが、敢えて貶めたのかも知れませんね。自分たちの後ろ暗さを誤魔化すために、あいつは、碌でもない神だったと印象づける、当時の朝廷の常套手段」

　自分たちが一方的に滅ぼした相手に対して、あいつは鬼だったとか、土蜘蛛だったとか、河童だ、天狗だとか蔑むのだ……。

　納得する奈々の横で、

「このように」と崇は言った。「猿田彦神は、大いに誤解されている。今回は、その猿田彦神を追う旅でもあるんだ」

「それで、さっき『猿田水産』へ！」

　叫ぶ奈々に崇は「ああ」と答え、

「何だ、その猿田水産ってのは？」

　そこで奈々が、さっきの崇の行動を簡単に説明すると、

「事務所で話を聞いて来た」崇が言った。「すると、この辺りには『猿田』という苗字の家が、昔からとても多いそうだ」

「本当に、猿田彦神の子孫！」

「そういった文献はないらしいが、これは事実だ。

しかも、この息栖神社近辺に限定されているらしい。非常に、興味を惹かれる」

なるほど、と小松崎が呆れ顔で頷き、

「可能性としてはあるかも知れねえな」

「それと、タタルさん」

奈々は、さっきからずっと不思議に感じていた疑問を、崇にぶつけてみた。

「この神社の本当の祭神が、猿田彦たちによって滅ぼされてしまった神々だとしたら、間違いなく怨霊になっていますよね」

ああ、と崇は答えた。

「主祭神が猿田彦神だとしたところで、やはり怨霊には違いないし、そもそも東国三社の神々は、全員が怨霊だと思ってる」

「それなのに、息栖神社の参道は一直線じゃないですか。それこそ、あの入り江に立つ一の鳥居から本殿まで、一直線に結ばれています。これは怨霊を祀る神社の特徴から外れているんじゃ……」

「一の鳥居から、ほぼ東を向いている本殿まで一直線に夕日が射すといわれているからね」

「でも、それじゃ――」

「もちろんそれは、後世の仕掛けだろう」

崇は笑った。

「さっき本殿の裏をまわった時に見た説明書きを読んだら、奈良時代から現在まで、少なくとも四回の本殿建て替えが行われていると書かれていた。そして、その本殿の礎石が置かれていたのは、現在の位置よりかなり横にずれた場所だった。ということは、もともとの本殿は、現在の一直線の参道から外れた場所に建っていたと考えるのが自然だろう」

「そういうことですか……」

きちんと理屈が通っているものだ。

奈々は振り返りながら思った。

車に近づくと小松崎がロックを解除し、それを合図に奈々たちは乗り込む。

「次は、鹿島神宮だな」小松崎は、カーナビをセットしながら崇に尋ねる。「直行して良いのか」

するると、

「いや」と崇は首を横に振った。「今回も、少し離れた一の鳥居からまわってくれ」

「やっぱりな」小松崎は苦笑する。「それは、どこなんだ」

「神宮の西南西。大船津《おおふなつ》の北浦湖岸だ」

「了解」

小松崎は笑いながらカーナビを操作すると、アクセルを踏み込んだ。

《鹿苑《ろくおん》》

茨城県警の沼岡たちからの事情聴取を終えると、刈屋忠志は車を運転して自宅へと向かう。

今日は、とんでもない一日だった。まさか、あんな、境内に転がっている古びた瓶から遺体が出てくるなど、神さまだって仏さまだって知っちゃいなかったろう。

しかもその遺体の老人は、元宮司だという。

殺人事件ではなく、ただの事故のようだ。九十歳を超えた老人の命を、敢えて奪おうなどと考える人間もいるまい。

しかし、とにかく驚いた。きっと血圧も上がってしまっているはず。早く家に帰って塩でお祓いして、昼から日本酒でも飲んで横になろう。お清めだ。あの口うるさい女房も、今日ばかりはさすがに文句を言うまい——。

勝手なことを思いながら安渡川に沿って車を走らせていると、前方で三、四人の男女が真剣な顔つきで立ち話をしている姿が見えた。その中には、神城《かみしろ》竜一《りゅういち》と総子《ふさこ》の夫婦もいる。

向こうも忠志に気づいたようで、竜一が手招きしてここに停まれと合図を送ってきた。

言う通りに彼らの近くに車を停め、窓を全開にして竜一と挨拶を交《か》わすと、そこにいた人間が一斉に忠志の車に近寄って来た。竜一や総子と一緒にいたのは、竜一の姉の友紀子《ゆきこ》と、竜一の一人娘で今年十八歳になったばかりの芙蓉《ふよう》だった。

全員と挨拶を交わすと、すぐさま竜一が、

「忠志よう」と呼びかける。「おめえが、善次郎さんの遺体を発見したっつうじゃねえか。さっき警官が来て、わしらも色々訊かれたべい」

「おう」

忠志は答えて、自分も今までずっと茨城県警の刑事たちから事情聴取を受けていたこと、遺体は赤頭善次郎で間違いないようだが身内がいないので、これから刑事たちが善次郎の家まで行くらしい、などということを伝えた。

「善さんは」総子が顔をしかめながら言う。「今年、九十一か二だろう。それで子供や孫もいねえから、義姉《ねえ》さんがずっと面倒をみてたのに、こんなことになっちまって」

「家が近かったから……」友紀子も、眉根に皺を寄せたまま静かに応える。「でも、確かに昨日今日、姿を見かけねかった。さっき警官に尋ねられたから、そう答えておいたけど」

「しっかし驚いたで」竜一が、坊主刈りの頭をするりと撫でた。「しかも何だって。瓶の中に入っとったって?」

「ああ」

忠志は答えた。

後頭部を石に打ちつけて亡くなった事故のようだ。まさかそんな状態のまま自分で瓶の中に入るわけもないから、誰かがそこに関与していただろうということで県警が調べているけれど、その人物の目的や、そんな行動を取った理由も皆目分かっていないらしい。

そもそも九十過ぎの善次郎が、あの神社の石段を上れたのかも不明だ、と。

「裏道があるからね」総子が言う。「善さんはまだ一人で歩いておったし、杖一本あれば神社まで行かれる」

「昔、山道で鍛えたから」忠志も頷く。「足腰が丈夫なのが自慢だったしな」

「でも」芙蓉が問いかけた。「どうして神社に行ったのよ?」

幼い頃から知っているが、最近は顔つきもしっかりしてきている。当初、芙蓉が三神神社の管理を引き受けると言ったそうだが、竜一たちに反対されて、忠志にその役が回ってきた。

「今、色々とニュースになってるからね」総子が答える。「物珍しくて、見に行こうと思ったんじゃないか。骸骨《がいこつ》も出たって言うしな」

「そんなバカなこと」竜一が否定する。「わざわざ、そんなことすっか？」

忠志も、うんうんと同意する。

普段はこうして山道で出会っても殆ど口をきかない総子たちが、今日は良く喋《しゃべ》る。特に友紀子などは、いつも手拭いを被り俯き加減で歩いていて、車で通りがかった忠志にも気づかない程だ。やはり、善次郎の死がそれほどショックだったのか。

当然と言えば当然だが……。

「それで」と竜一が尋ねてきた。「神社は、どうなるって？」

「当分の間、閉鎖だそうだ」忠志は答えた。「今日から立ち入り禁止だと。だから俺もしばらくの間、お役御免だそうだ」

「まあ、仕方ないべい。と言ったって、俺たちは年にいっぺん行くか行かねえかだしな」

その言葉に頷く総子たちを見て、

「それじゃ、俺はこれで。また刑事さんたちが来るかも知れねから、大変だと思うがよ、何か分かったら知らせてくれ。俺もそうすっから」

忠志は竜一たちに挨拶すると窓を閉め、自宅へと車を走らせた。

＊

移動の車中で崇は一言も口をきかずに資料に目を落とし、奈々は窓の外の風景を眺めながら、時々小松崎と、ここはどこら辺だという会話を交わしただけだったが、いつの間にか湖の近くにやって来ていた。小松崎は「着いたぞ」と言って車を停め、崇もようやく顔を上げた。

車を降りるとすぐ目の前、一面に爽やかな湖が広がっていた。

　青い湖面は午前の日差しを受けてキラキラと輝き、所々に白い波頭を立てている。その湖をバックに、朱塗りの大きな鳥居がそびえ立っていた。

　その鳥居を眺めながら、奈々は大きく深呼吸する。最初に思っていた「パワースポット」ではないけれど、本当にそんな力をもらえるような気がしてしまう。

「鹿島神宮には」一方崇は、湖からの風に髪をボサボサにしながら言う。「東西南北に一の鳥居が建っていたらしい。西の一の鳥居がこの鳥居で、利根川を下って参詣する人々は、ここをくぐってから神宮を目指したという」

「あと三ヵ所もあったんですね」

「そうだ。南の一の鳥居は、先ほど見た忍潮井に建っていた息栖神社の大鳥居とされている。また、東の一の鳥居は、この鳥居と神宮を結んだ延長線上にある明石《あかし》の浜に建っていて、そこから武甕槌神が、常陸国に上陸したといわれている。そして今言ったように、東の一の鳥居・鹿島神宮・西の一の鳥居と、一直線上に並ぶために、これも夏至の太陽のレイラインであるとか、この線上に皇居や伊勢神宮が並んでいるとか、色々な説が飛び交っている」

「本当なんですか？」

「俺には分からない。改めて考えてみても良いかも知れないが、今のところ興味はない」

「そう言えば、北の一の鳥居はないんですか？」

「現在は、存在していないようだ。そのうち見つかるか、あるいは造られるかも知れないな」

「造られる？」

「文献を元にして、新たに造る。ここの鳥居も、かなり老朽化が進んでいるから、近いうちに撤去されて、今度は新たに国内最大級の水中鳥居として再建しようという計画も進んでいると聞いた」

「そうなんですか」

　香取神宮の一の鳥居も、昔は水中に建っていたというから、この辺りの一の鳥居は、基本的に水中鳥居なのだろうか。そうであれば、湖岸が後退してしまった今、往古のような水中鳥居を再建するのは良いことかも知れないが……。

　でも、どうして崇が、そんな細かい情報を持っているのだ？　何年つき合っていても、相変わらず不思議な男だ。

「さあて」小松崎が大きく伸びをした。「どうする。このまま神宮参拝といくか。それとも、先に昼飯を食っちまうか」

「そうだな。奈々くんは？」

「私は、どちらでも構いませんけど……」奈々は笑った。「少しお腹が空きました」

　その言葉を受けて崇と小松崎は、時計を睨《にら》みながら打ち合わせた結果、神宮近くで早めの昼食を摂《と》り、その後に参拝することになった。三人は早速、出発する。


「ここまで来たら、やはり新鮮な魚だな」

　小松崎はハンドルを切って、こざっぱりとした和食店の駐車場に車を停めた。それほど大きくはない店だったが、団体客用の大きな食堂は遠慮したかったので、むしろ嬉しい。

　四人掛けのテーブルにつくと、

「俺は運転があるから酒は飲まないが、二人は遠慮せずに飲んでくれ」

　という小松崎の言葉を受けて、崇は抱えてきた資料本を横に置くと、遠慮せず、すぐに地酒を二合頼む。あとは海鮮丼を三つ。

　崇と奈々はぐい呑みで、小松崎は麦茶で乾杯していると、食事が運ばれてきた。大きな丼に、鮪《まぐろ》やイクラはもちろん、鰆《さわら》、鯛、白海老《しろえび》、ホタルイカなど、目にも鮮やかな旬の魚介の刺身が山のように盛られている。ご飯を少なめにしておいてもらって良かった、と奈々は胸を撫で下ろす。

　早速三人で箸《はし》をつけながら、

「やはり、タタルと一緒の神社巡りは、一筋縄じゃいかねえな」小松崎は、鯛を口に放り込みながら笑った。「この辺りじゃあ、水中鳥居がいくつもあるってのは、なかなか面白かった」

　水中鳥居――。

「そういえば」奈々は、白海老に箸をつけながら言う。「水中鳥居で思い出しました。さっきタタルさんは、嚴島神社と香取神宮は、共通点があるっておっしゃいましたけど……」

「ああ」崇は、ホタルイカをつまみにぐい呑みを傾ける。「香取神宮もそうだが、鹿島神宮もだ。あとは、奈良の春日大社かな」

「春日大社も？」

「簡単な『あるなしクイズ』だ」崇は笑う。「嚴島神社と鹿島神宮と香取神宮と春日大社にあって、日《ひ》吉《よし》大社や伊勢神宮や明治神宮や伏見稲荷大社にないものは？」

「今言った、鳥居が水の中に建っている……といっても、春日大社は違いますね……。小松崎さんは、何か思い当たりますか？」

「知らねえよ」小松崎は苦笑する。「そんな変てこりんなことに詳しいのは、神社オタクとタタルくらいのもん――」

「あっ。もしかして」奈々は小声で叫ぶ。「分かったかも！」

「おお」小松崎は目を丸くして奈々を見た。「本当かよ。奈々ちゃんも、立派な神社オタクだ。それで、答えは何だ」

「さっき香取神宮で見た鹿、です。その四ヵ所は『鹿』が共通項です」

「正解だ」当たり前、というような顔で崇は言った。「嚴島神社が鎮座している宮島と、春日大社境内では、たくさんの鹿が放し飼いされている。そして、鹿島神宮と香取神宮は、境内にある『鹿苑《しかえん》』に『神鹿《しんろく》』として、何頭もの鹿が飼育されている。そもそも、鹿島神宮は名前の通り『鹿』島だ」

「神鹿か」

「武甕槌神が常陸国から、大和国の御蓋山《みかさやま》へ行かれた時『神鹿をもって御馬とされ、柿木の枝をもって鞭《むち》とされた』といわれているらしい。また、二殿の経津主神や、三殿の神々も、下総国と河内国から、白鹿に乗って春日大社まで移動したというわけだ」

「でも、どうして鹿なんだ？」

「ごく一般的には、神に等しいと考えられていたからだといわれているが、その一方でこんな話もある。『書紀』応神《おうじん》天皇十三年の条の『一《ある》に云《い》はく』だ――。

天皇が淡路《あわじ》島で狩猟中に、たくさんの大鹿が海を泳ぎ渡って来た。あれは何だと怪しんだ天皇が、側の者に様子を見に行かせると、大勢の人々が角の生えた鹿の皮を頭から被って泳いでおり、やがて彼らは皆、朝廷に帰順してきた。そこで応神天皇は、彼らを召して軍船の船頭に取り立てた――とある。ちなみに、船の漕《こ》ぎ手を『鹿子《かこ》』と呼ぶのは、ここからきているという」

「ほう、面白いな」

「その地方で暮らす地元の人々は、当然、操船や水練を得意としていたはずだ。鹿皮を身につけて泳いだかどうかは別としてね。その彼らも、やがて朝廷からの命を受けた武甕槌神に従って、息栖神社祭神・岐神――猿田彦神の先導で東国征伐に出発し、この常陸国にもやって来た。そして、平らげたその地には経津主神が鎮座して『楫取《かんどり》』と呼ばれるようになり、それが『香取』になった。『鹿島、香取《かんどり》、諏訪の宮』とね」

祟はぐい呑みを空けて、すぐ手酌《てじゃく》で注ぎながら、

「その『香取』に関連して言うと」もう一方の手で本を開いた。「『常陸国風土記』の香島《かしま》の条には、『高天《たかま》の原より降《くだ》り来《き》ましし大神、名《みな》を香島の天《あめ》の大神と謂《い》ふ』

――高天の原からお降りになって来られた大神は、その御名を香島の天の大神と言う。

と書かれている。つまり、鹿島神宮の元々の名前は『鹿島』ではなく『香島』だったというわけだ。『香』という字には『五穀を捧げて神を祀る』という意味もあるからね。それが、元正《げんしょう》天皇九年の、養老七年（七二三）の文書から、わざわざ『鹿』の文字を持ってきて『鹿島』に書き改められている」

「思っていたより新しいんですね――と言っても、かなり昔は昔ですけど」

「そうだな。その後は『延喜式祝詞《えんぎしきのりと》』の『春日祭《かすがのまつり》』に『鹿島坐健御賀豆智命《ますたけみかづち》』と、今度は武甕槌神が登場する。だから『香島神宮』の祭神は、武甕槌神とされているんだが、肝心の『常陸国風土記』には、祭神の名がないんだ」

「地元なのに？」

「『出雲国風土記』に、八岐大蛇《やまたのおろち》が登場しないようなものかな」崇は笑いながらページをめくった。

「『風土記』には、天智天皇の時代になってから初めて『使人《つかい》』がやって来て、大神の宮を造ったとある。それ以降は『修理《つく》ること絶えず』――修改築が絶えたことがないと書かれている。ということは、おそらくそれまでは、別の祭神が祀られていたんじゃないか」

崇は鯖をつまむ。

相変わらずご飯を余り食べないが、その分を地酒で補うという不健康極まりない食生活だ。

「鹿島と言えば」崇は続ける。「春日大社もそうだ。神護景雲元年（七六七）藤原氏の勧請《かんじょう》によって、武甕槌神の分霊を遷座させて祀った。奈良と言えば、三笠山《みかさやま》が有名だろう。たとえば『百人一首』にもある阿倍仲麻呂《あべのなかまろ》の、

天の原ふりさけ見れば春日なる
三笠の山に出《い》でし月かも

の歌にも詠まれるほど有名だ。ところが、鹿島の神を祀っている鹿島山を、地元の人々は昔『三笠

山』と呼んでいたという。現在では圧倒的に奈良の方が有名だが、実はこの名称も鹿島からきていたというわけだ」

「じゃあ、嚴島神社もやはり同じようなことが？」

「そちらは、途中にワンクッション入るから今は説明を省くが、結果的にはそういうことだ。主祭神の市杵嶋姫は、龍神で海神《かいじん》の綿津見《わたつみ》なんだからね」

「そう……ですね」

だが、と小松崎は尋ねた。

「どうしてまた、そんなに『鹿』にこだわったんだ？　他の動物じゃダメだったのか」

「福岡《ふくおか》県・博多《はかた》湾に」崇は小松崎を見て答えた。「志賀島《しかのしま》という名前の島がある。但し、島といっても、九州本土と『海の中道』という道によって陸続きになっていて、ここに『志賀海神社《しかうみじんじゃ》』という、海神《わだつみ》を祀る社の総本社が鎮座している」

「志賀島の志賀海神社だと？　まさか、その『志賀』がルーツだ、とか言うんじゃねえだろうな」

「鋭いじゃないか」崇は小松崎を見て笑った。「正解だ」

「何だと」

「もっとも『志賀島』の地名語源は、また別だ。一般的には、島が近かったから『近島《ちかしま》』と呼ばれていたのが転訛《てんか》したと言われているが、多分違う」

「じゃあ、本当に鹿がいた島だったと言うのか」

「いや」崇は首を横に振る。「『シカ』には、干潟・洲という意味がある。これは同時に『スカ』だ。つまり『洲処《すか》』で、古代の産鉄民・漁民の住んでいた地だ。事実、志賀島では良質の砂鉄が採れたという。さっきの『書紀』の、人々が被っていた鹿皮は、非常にキメが細かく、産鉄用の鞴《ふいご》の皮としては最高の素材だった。また、後には砂金を入れる袋としても使われた。ちなみに、この『砂金袋』が『カネを吹く袋』――『福袋』と呼ばれるようになっていった」

「なるほどな……」

「というわけで、産鉄民を代表する神・素戔嗚尊《すさのお》が祀られている神社に『須賀《すか》』という名前がつけられているのは、当然と言えば当然だ」

「『洲処』も、漁業と産鉄とで豊かな土地だったわけだ」

「そして、豊かな土地は――常陸国のように――必ず朝廷に狙われる」崇は苦笑いした。「『しがない』という言葉がある」

ああ、と小松崎は応える。

「取るに足りないとか、つまらねえってことだな」

「あとは、貧しいとか、乏しいという意味なんだが、この『しがない』も『シカない』からきているという」

「もしかして」奈々が尋ねる。「『洲処』がない？」

そういうことだ、と崇は頷いた。

「実際に『常陸国風土記』の香島郡の条にも、今まで浜で剣を造っていたが、その砂鉄の採れる場所を鹿島の神に奪われてしまったという記述がある」

「鹿島の神というと、武甕槌神ですね。そんな酷いことをしたんですか」

「東国平定の神だからね」崇は意味ありげに答えた。「つまり――。そんな産鉄の場を朝廷にすっかり収奪され、すっかり落ちぶれてしまった貧しい人々を指して『しがない』という言葉ができあがったんだ」

「そういう意味だったんですね……」

納得する奈々の隣で、

「さて、志賀海神社に戻ろう」崇は言った。「この神社の主祭神は、綿津見三神なんだが、もう一柱、大明神として祀られている人物がいるんだ。というより、こちらがメインだろうな」

「そいつは誰だ」

「安曇磯良《あずみのいそら》」

「その人の名前は……」奈々は頷く。「穂高《ほたか》――安曇野で聞きました」

そうだ、と崇は頷いた。

「海神・安曇族の始祖といわれているからね。この『志賀海神社』も、磯良の創建とされている」

「俺も名前を聞いたことはあるが」小松崎は首を捻った。「何しろ、その話を聞いたのは五、六年前だから、うろ覚えだ。すまないが、もう一度話してみてくれ」

「何度でも説明しよう」崇は笑った。「それほど、古代日本の歴史において重要な役割を果たしている人物だから」

「そうですよね」奈々も言う。「確か『君が代』の歌のモデルとか」

「その通り」崇は首肯した。「あの歌はもともと、磯良を称える歌だった。現在一般的に言われているのは『古今和歌集』の詠み人知らずの歌のことだが、大元を辿って行けば、九州王朝における神楽歌で『君が代《だい》は、千代に八千代に』――云々という歌だったとされる。それが明治になって、事実上の『国歌』として歌われるようになった。ちなみに『君が代』の二番の歌詞、

君が代は千尋《ちひろ》の底のさゞれいしの
　鵜《う》のゐる磯とあらはるゝまで

という、源頼政《みなもとのよりまさ》が作った歌も、当然、磯良を詠んだものと考えられる」

確かにそうだ。

「鵜」という言葉を見れば分かる。

というのも。

「鵜」を使った「鵜飼《うかい》」は、海神たち――安曇族や隼人《はやと》たちの専売特許ともいえる漁法だったと、崇から聞いている。そこから「鵜」といえば、すぐに彼らを連想するため、当時の人々も、海神たちの象徴として「鵜」を考えていたと。

奈々たちの間で「熊」といえば、ストレートに目の前の小松崎を思い浮かべるように――。

崇は続ける。

「安曇族は志賀島に本拠を据え、当時の倭国《わこく》のみならず、半島までも自分たちの庭のように船を漕ぎ出していた。その後、『魏志倭人伝《ぎしわじんでん》』に書かれているような『倭国大乱《わこくたいらん》』を経て、卑弥呼《ひみこ》の時代の頃、安曇氏の祖神となる磯良が登場した。磯良は、別名を磯武良《いそたけら》とも呼ばれた。これは、五十猛《いそたける》命、つまり素戔嗚尊の御子神と同一神だろうといわれる」

「つまり、磯良は素戔嗚尊の息子だというんだな。そりゃあ、とんでもなく凄い話だ」

「いや。実際に血縁関係があったかどうかは不明だし、その可能性はなくもないという程度だ。だが、素戔嗚尊の後を継ぐのは磯良だ、と周囲の人間たちが考えていたことは事実だろう」

「誰もがそう思うほど、磯良は強大な力を握っていたってことか。そういえば、漢の国からもらった何とかの金印も、その志賀島から出土したんじゃなかったか」

「後漢の光武《こうぶ》帝から五七年に授与された『漢委奴《かんのわのなの》国王《こくおう》』の金印だな。但し、これに関しては最近、偽物ではないかという説が有力になってきている」

「教科書に載っている国宝だぞ」

「国宝指定されてしまっているために、かえって誤りをなかなか認められないようだが、偽物である可能性が高いようだ。だが、志賀島で発掘されたといわれたために、当時の誰もが信じ込んだという事実が、磯良の伝説を裏づけるな。少なくとも、磯良が北九州に君臨していたことは、間違いないんだから。あともう少し言えば、安曇氏は綿津見の子である『宇都志日金析《うつしひかなさく》命』の子孫だといわれてる。『金析』という名称は製鉄民を表しているから、安曇氏は産鉄も生業《なりわい》とする海洋民族だったことになる。つまり——製鉄神でもある素戔嗚尊と繋がってくる」

「そりゃあ大変なことだ」

「いや。ここからが話の本筋だ」崇は笑った。「鎌倉時代に成立したという、八幡宮に関して書かれた書『八幡愚童記《はちまんぐどうき》』には、こんな文章があるんだ。

『安曇磯良と申すは、筑前国にては鹿嶋《しかのしま》大明神、常陸国にては鹿嶋《かしま》大明神、大和国にては春日大明神と申しけり。一体分身、同体異名の御事なり』

なのだと」

えっ、と奈々は聞き返しそうになった。

一体分身で、同体異名？

同一人物ということか。

「まさか……」

呟いた奈々の言葉を耳にして、

「江戸時代の僧・袋中《たいちゅう》が著《しる》した『琉球神道記《りゅうきゅうしんとうき》』にも、こうある」

崇は言うと、資料を開いて読み上げた。

「『鹿島ノ明神ハ。元《もとは》建甕槌ノ神也《みことなり》。人面蛇身タリ。常州鹿嶋ノ浦ノ海底ニ居ス。一睡十日スル故ニ。頭面ニ石牡蠣《かき》ヲ生ズルコト磯ノ如シ。故ニ磯良《いそら》ト名《なず》ク』

とね。当時は、武甕槌神は磯良だということは、ある程度常識だったんじゃないか。つまりこれらの書物によれば、安曇磯良は志賀島大明神であり、鹿嶋大明神であり、春日大明神。そして、鹿嶋大明神と春日大明神は、武甕槌神。また、実際に春日大社で丁寧に祀られているのは、安曇の磯良。但しこれは、公にされてはいないけれどね――。だが、どちらにしても磯良は武甕槌神になる」

「つまり」奈々は尋ねる。「磯良が、猿田彦の先導で経津主神と共に、東国へ討伐にやって来たというわけですか……」

しかし、その問いに答える前に、

「もう一つ」と崇は続けた。「武甕槌神の所持していた剣《つるぎ》は『韴霊剣《ふつのみたま》』という。これは、後で行ってみようと思ってる鹿島神宮の宝物館で見ることができるが、ここではこの『韴』という言葉が重要だ。というのも、この剣の名を取って鹿島の神は『建フツ神』『豊フツ神』『フツの大神』などと呼ばれてきた。つまり――」

「もしかして」奈々は恐る恐る尋ねる。「経津主神も……」

「そうだ」崇は微笑んだ。「経津主神が、武甕槌神の所持していた剣の神だとすると、武甕槌神と経津主神は同一神とみなして良いし、実際にそう主張している説も多く見られる。『フツの大神』は取りも直さず『フルの大神』であり、『フル』は『震う』。『震』は九星学で『雷』。方位は『東』。これはそのまま、常陸国の『建御雷』――武甕槌神のことである、とね。しかしそうなると、志賀海神社も鹿島神宮も香取神宮も春日大社も――」

「全部、安曇磯良ですか！」

「そういうわけだ。全ての主祭神が武甕槌神であり、安曇磯良一人に集約される」

「それは……」

驚いた。

唖然とする奈々と、腕を組んだまま唸《うな》る小松崎を見ながら、崇は箸を置いてぐい呑みを空けた。

「それでは、ご挨拶に行くとしようか。安曇磯良大明神に」

大鳥居横の駐車場で車を降りると奈々たちは、やはり大きく「鹿島神宮」と刻まれた社号標を眺めながら石鳥居をくぐる。

藤棚や稲荷社の朱色の鳥居を横目に眺めながら参道を進み、手水舎で水を使って、立派な朱塗りの楼門をくぐる。

授与所の前を通り過ぎると、左手に宝物館が、そして参道を挟んで右手に白い鳥居が見えた。

拝殿だ。

奈々がそちらに向かおうとすると、崇が、

「まず、あちらの高房《たかふさ》社からだ」

と指差した。その方向を見れば、左右に狛犬ならぬ石灯籠を従えた一間社の小さな社が建っている。

「高房社を参拝してから本殿参拝するのが、古《いにしえ》からの慣例だというから」

「そうだったんですね」奈々は、慌てて崇たちの後を追う。「あの社には、どなたが祀られているんですか？」

「建葉槌神だ」

「えっ」

建葉槌神を、武甕槌神より先にお参りする？

それほど大きな功績があったということか。それとも、伊勢神宮参拝の前には、猿田彦神が祀られている二見興玉神社を参拝するのが正式とされているように、建葉槌神も元々の地主神だったのか。

どちらにしても、建葉槌神はまだ奈々にとっては謎の神だ。

しかし、今はとにかく参拝する。

無事にここまでやって来られました。ありがとうございました。よろしくお願いします――。

続いて拝殿へ。

ここでも三人揃って参拝。

参拝が済むと、本殿を外から拝観するために移動する。眩しい昼の太陽に目を細め、手で顔の前に庇《ひさし》を作りながら歩いていると、武甕槌神に関して書かれた立て札があった。

そこには、

「御祭神　武甕槌大神
創祀《そうし》　神武天皇御即位の年に、神恩感謝の意をもって、神武天皇が使を遣わして勅祭されたと伝える。

御神徳　神代の昔、天照大御神《あまてらすおおみかみ》の命により国家統一の大業を果され、建国功労の神と称え奉る」

――云々とあり、更に、

「鹿島立ちの言葉が示すように、交通安全、旅行安泰の御神徳が古代から受け継がれている」

と書かれている。

〝鹿島立ち？〟

意味が分からず、早速崇に訊くと、

「素直に『旅立ち・門出』『出発』という意味で使われているが」崇は答えた。「元をただせば、防人《さきもり》のことだ」

「防人って……確か、北九州に日本国警護のために行った……」

そうだ、と崇は頷く。

「天智《てんち》三年（六六三）の白村江《はくそんこう》の戦いで惨敗を喫した日本は、唐や新羅《しらぎ》の軍勢が勝利に乗って今にも押し寄せて来るんじゃないかと脅え、北九州——筑紫や壱岐《いき》や対馬《つしま》などの護りを固めるために、大勢の兵士——主に東国の人々を送り込んだ。しかし彼らは無報酬、移動の旅費は自腹、現地では自給自足という、実に悲惨な命令下で徴集されたんだ」

「え……」

「しかも、任期は一応決まっていたものの全く当てにならず、また任期が明けたとしても、路銀も食料も一切与えられずに帰された。そのため、帰国途中で大勢の人々が命を落とした。当然だろう。役目が終わったら、北九州から東国の自分の家まで無一文で歩いて帰れ、と言われたわけだからな」

「ブラックというレベルじゃねえ仕事だな」小松崎は唸る。「人権も何もあったもんじゃない」

「だから彼らは、防人として国を出たら、死を覚悟しなければならなかった。彼らの、血を吐くような歌が『万葉集』に何首も残されている。そんな人々が、任地へ出発する前にこの神宮に立ち寄り、再び戻って来られることを必死に祈った。それが『鹿島立ち』と呼ばれたんだ」

「ああ……」

「表向きは、葦原中国を平定した武神・武甕槌神に、自分も国の平和を守れますようにと祈ったとされているが、そんなわけもない。そういう人間もいたかも知れないが、大多数はただ純粋に、生きて再び故郷の地を踏めますようにと願ったはずだ」

「そうですよね……」奈々は頷いた。「敵国との戦いがなかったにもかかわらず、生きて戻って来られる可能性は、とても低かったでしょうから」

「しかし、これも」と崇は奈々を見た。「人々は、武神・武甕槌神というより、安曇磯良に対して祈っていたのかも知れない。何と言っても、磯良は北九州の神だった」

「そうですね！　北九州一帯を治めていた大いなる神でしたから。でも……」奈々は顔をしかめながら尋ねた。「どうしてまた、そんなに東国《とうごく》の人たちが？　近畿《きんき》や中国の方が距離的に近いのに」

「もちろん、近畿や中国や九州の人々も徴集されたが、しかし圧倒的に東国が多かった」

「その理由は何？」

「東国人は勇猛果敢といわれていたからだ」

「いくらそうだといっても、こんな条件じゃ戦う以前の——」

「そういう意味じゃない」崇は奈々の言葉を遮る。

「勇猛果敢だったからこそ選ばれた。というのも、そんな彼らを放っておけば、いずれ必ず朝廷にとっての脅威となるからね」

「えっ」

「だからこそ、彼らを国の警護に当たらせる。万が一敵が襲ってきて、そこで命を落としたとしても、朝廷にとって得にはなるが損にはならない。また、任務を終えた帰路で斃《たお》れても、かえって喜ばしい。まさに一石二鳥だった」

「そんな……」

奈々は呟いたが——。

それが、崇神《すじん》・垂仁《すいにん》天皇の頃から連綿と続く、朝廷の常套《じょうとう》手段ではないか。

夷で夷を払う。

鬼で鬼を退治する……。

「更に、ここで注目しなくてはならないのは、そこに書かれている『神徳』だ」

と言って崇は立て札を指差した。

「交通安全、旅行安泰」

そういうことだ。だから防人たちは、必死に祈ったのだ。自分たちの「交通」は安全でなく、「旅行」も安泰ではなかった。むしろ、両方共に危険だったから。

でも——。

奈々は、思う。

神さまは、自分を襲った災難や不幸が私たちに降りかからないように、自分が味わった同じ悲しみに遭わないようにしてくださる。

ゆえに、愛する人との仲を無理矢理裂かれた神の神徳は「縁結び」「恋愛成就」「家庭円満」であり、財産を一方的に没収されてしまった神の神徳は「金運上昇」「商売繁昌」であり、若くして亡くなってしまった神の神徳は「健康長寿」となる。

逆に言えば——現代では色々と追加されてしまっている場合が多いけれど——本来の「神徳」を見れば、その神さまが一体どういう悲しい目に遭ってきたのか大体推測できる。

ということは。

武甕槌神（磯良）は、この神徳から推察するに、旅の途中に遭った災難によって命を落としてしまったことになる。北九州からここまでやって来て、おそらくこの地で亡くなったのだ。

一体、何があったのだろう……。

じっと考え込んでいた奈々は、

「さあ、行こうか」

という崇の声で我に返り、本殿に向かった。

本殿は、実に豪華絢爛《ごうかけんらん》だった。それもそのはず、徳川幕府二代将軍・秀忠《ひでただ》による奉納だそうだ。東照宮とはまた違った桃山建築の美しさが前面に押し出されている。そのため、江戸初期の社殿を代表する建築の一つとされているらしかった。

もちろん、千木は外削ぎ、鰹木は三本の奇数という、男神を祀る形式になっている。

その後、奈々たちは本殿脇の三笠《みかさ》神社にお参りする。祭神は三笠神。「地守の神なり」とあった。「三笠山」という名前は大きな山を表しているので、その山を武甕槌大神に差し上げた（差し出した）功績によって、本殿に最も近い場所に祀られた。三笠山の名は、奈良の春日へ御分霊奉遷と一緒に遷って、奈良の「御蓋山」となったという。

――ということだそうだ。

とすれば、三笠神が地主神であるなら、先ほどの「高房社」の建葉槌神は地主神ではないことになる。では、なぜ主祭神の武甕槌神より先に建葉槌神に参拝するのか。

頭がこんがらがってきた……。

再び参道に向かいながら奈々が一人悩んでいると、小松崎が、

「おい、タタル」と尋ねた。「本殿が立派だったのは良いとして、どうしてこんな造りなんだよ」

「こんな造りというのは？」

「今まで散々おまえと一緒に色々な神社を見てきたが、こいつはさすがに変じゃねえか」

「どう変だと言うんだ？」

「決まってるだろうよ」

そう言って小松崎は、境内図をバサリと広げた。

「これじゃあまるで、参道の脇っちょに、ちょこんと本殿がくっついてるみてえだぞ。参道が直角に折れていたり、何度もくねくねと曲がっていたりする神社は、タタルと一緒にいくつも見てきた。しかし、参道を進んでも本殿にぶち当たらない神社は、初めてだ」

「そうですよね！」

実は奈々も、そう思っていた。

小松崎が言ったように、折れ曲がったり曲がりくねったりしている参道を持つ神社は、何ヵ所も参拝してきた。いや、神社だけでなく、怨霊を祀っている寺院も同じような造りの場所があった。

しかし今回は、参道の脇に本殿が――対面にある社務所や宝物館のように――ちょこんと鎮座してい

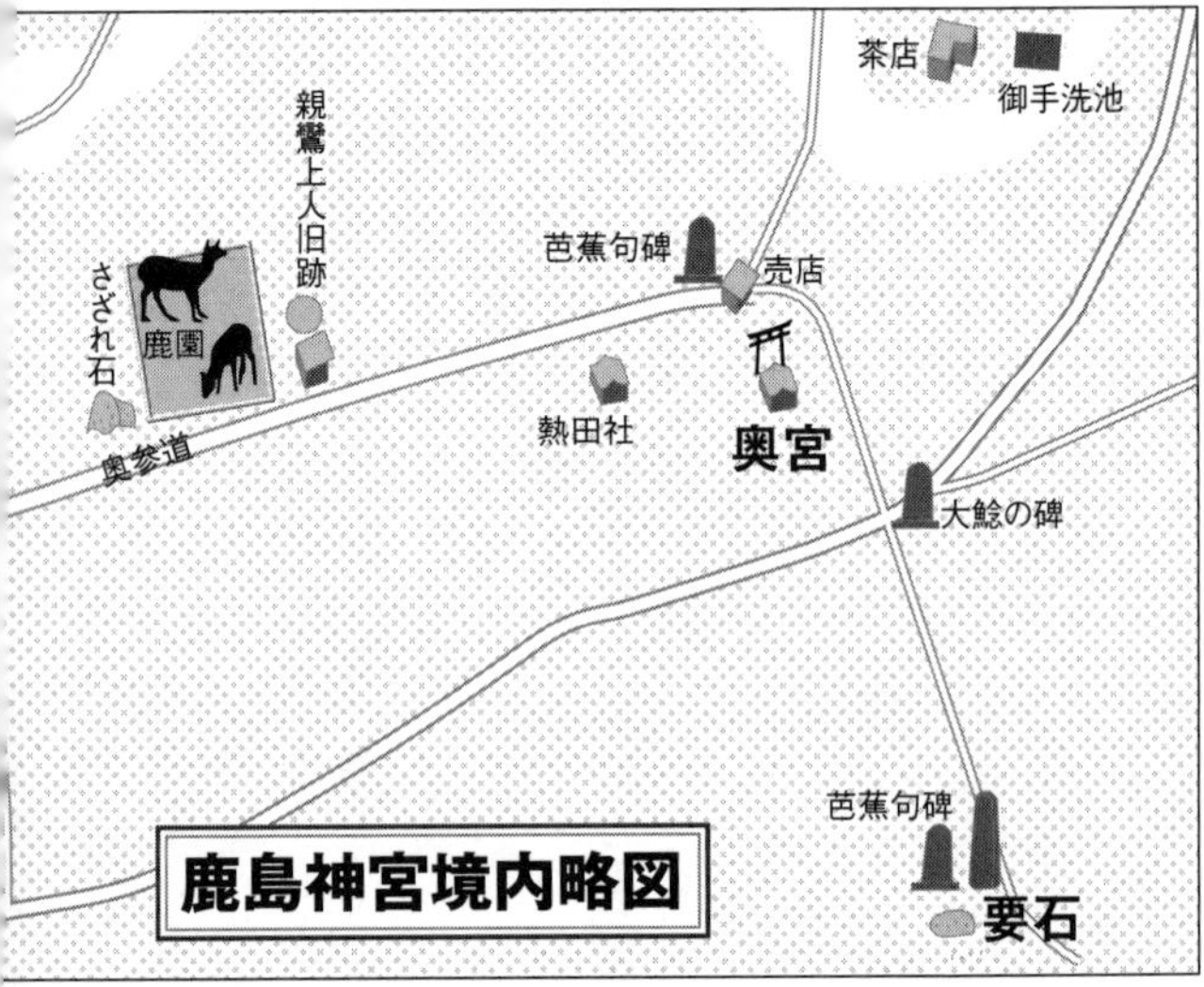

る、という状況だ。

「あと、もう一つ良いですか！」

「何だ」

ええ、と奈々は二人を見た。

「そもそもこの本殿の向き、ちょっと変わっていませんか？」

その問いに崇は奈々を見て、

「そうだな」と頷いた。「確かに変だ」

「何だよ、どういうことだ」

尋ねる小松崎に、崇は答えた。

「本殿が、北を向いているんだ」

「北だと？」

「もちろん例外は多くあるが、大抵の神社は南や東を向いて造られている。これには、さまざまな理由がある。太陽の光を受け入れやすくするためとか、北極星を背にするためとか、「君子《くんし》南面《なんめん》す」という説とかね。しかし、北向きの神社というのは――存在しなくはないが――非常に珍しい。良く気がつい

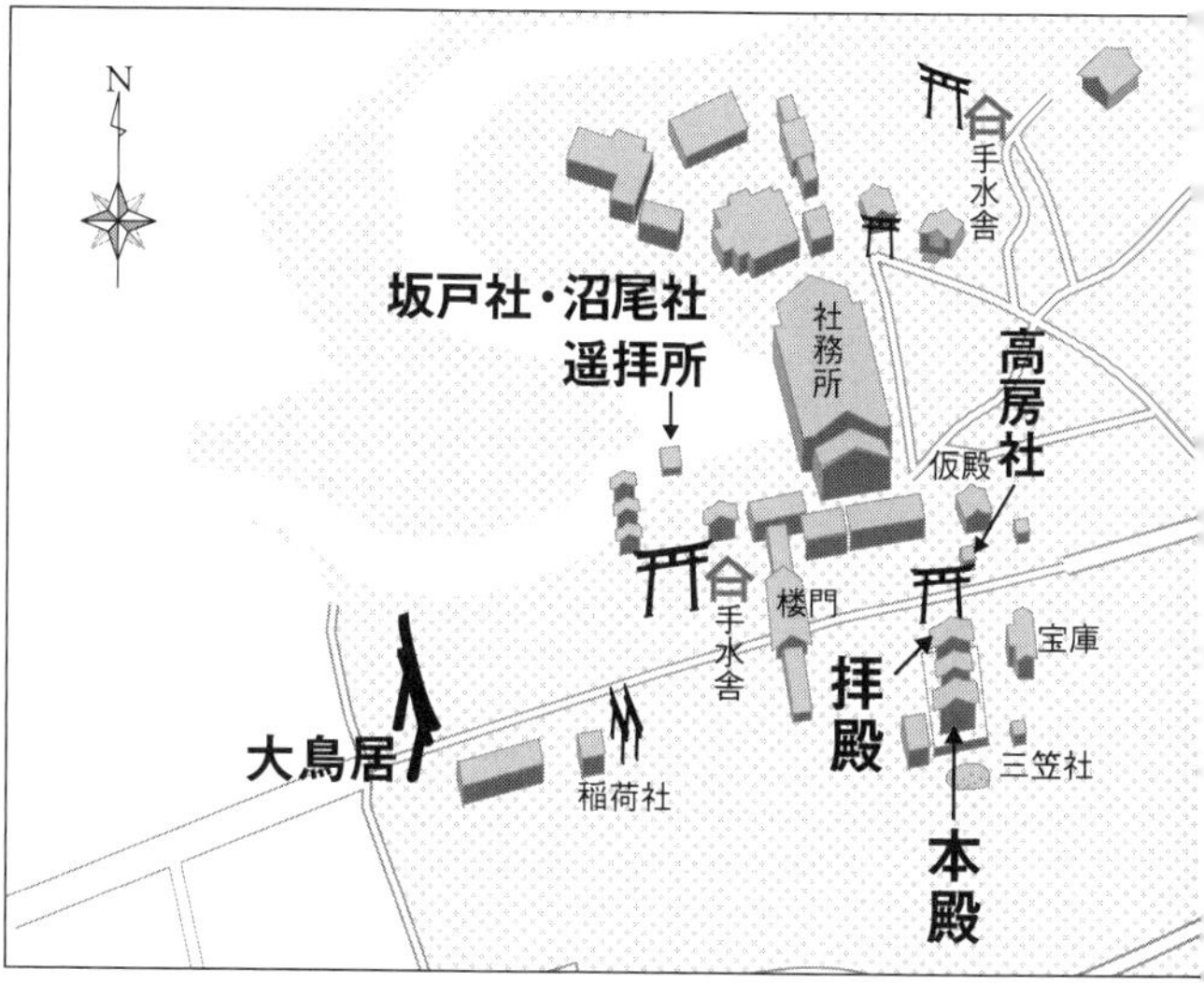

たな」

「はい。さっき、本殿にまわった時、午後の太陽がとても眩しかったので、私たちは南に向いている。ということは、本殿は北に向いている、と」

「なるほど」

「その理由は何なんですか？」

「最も一般的な説では、武甕槌神は蝦夷討伐の神としての役割もある故に、常に蝦夷を見張ることができるように、北向きになっているというんだ。実際にここの本殿から北に線を引くと、東北地方に延びていくからね」

「そうだったんですね」奈々は納得する。「それなら、理屈は通ります」

「ところが――」

　崇は奈々を、そして小松崎を見た。

「この説には、致命的な欠陥がある」

「えっ。それは？」

「この図を見てごらん」

崇は二人の前に、一枚の図を差し出した。そこには「鹿島神宮本殿平面図」とあった。

「何だこりゃあ」覗き込んだ小松崎が声を上げる。

「祭神が、そっぽを向いてるじゃねえか」

「出雲大社の大国主命と同じだ。あの本殿でも、大国主命は参拝者の方を向いていない。やはり、横を向いている。そして大国主命を倒した武甕槌神も、似たような造りの本殿に鎮座している。これは、大きな謎だ」

「どういうことだ……」

さあな、と崇は答えた。

「だが出雲大社では、七年後の平成二十五年（二〇一三）の、約六十年ぶりの大遷宮に伴う行事の一環として、再来年に『本殿特別拝観』が行われる。この時に大社に行けば、本殿に昇殿できて内部を見ることができるし、本殿内部図も入手できるはずだから、百聞は一見にしかず。一生に一度のチャンスだ。絶対に見逃せない。そこで、俺も今から——」

「タタルさん」奈々が崇の言葉を遮る。「今は、そっちじゃなくて」

「あ……ああ」崇は一つ軽い咳《せき》をすると、話を戻した。「ということで、武甕槌神も本殿の中で横を向いているんだ。建物自体は北向きだが、肝心の武甕槌神は、北を向いていない。どちらかと言えば、東北東を向いている。但し、神社の公式見解——といっても、公にはされていないが——は東だ」

「じゃあ、どっちにしても蝦夷は関係ねえな」

「そうだな」崇は、この辺りの地図を取り出して確認する。「明石浜の東の一の鳥居ですらない。その少し南の、何もない海岸線を向いている。あるいは太平洋を」

「どういうこった」

「これも、謎だ」

崇は、しれっと答えた。

「だが、もう一つの謎は解けると思う。なぜ、本殿が参道脇に鎮座しているのか」

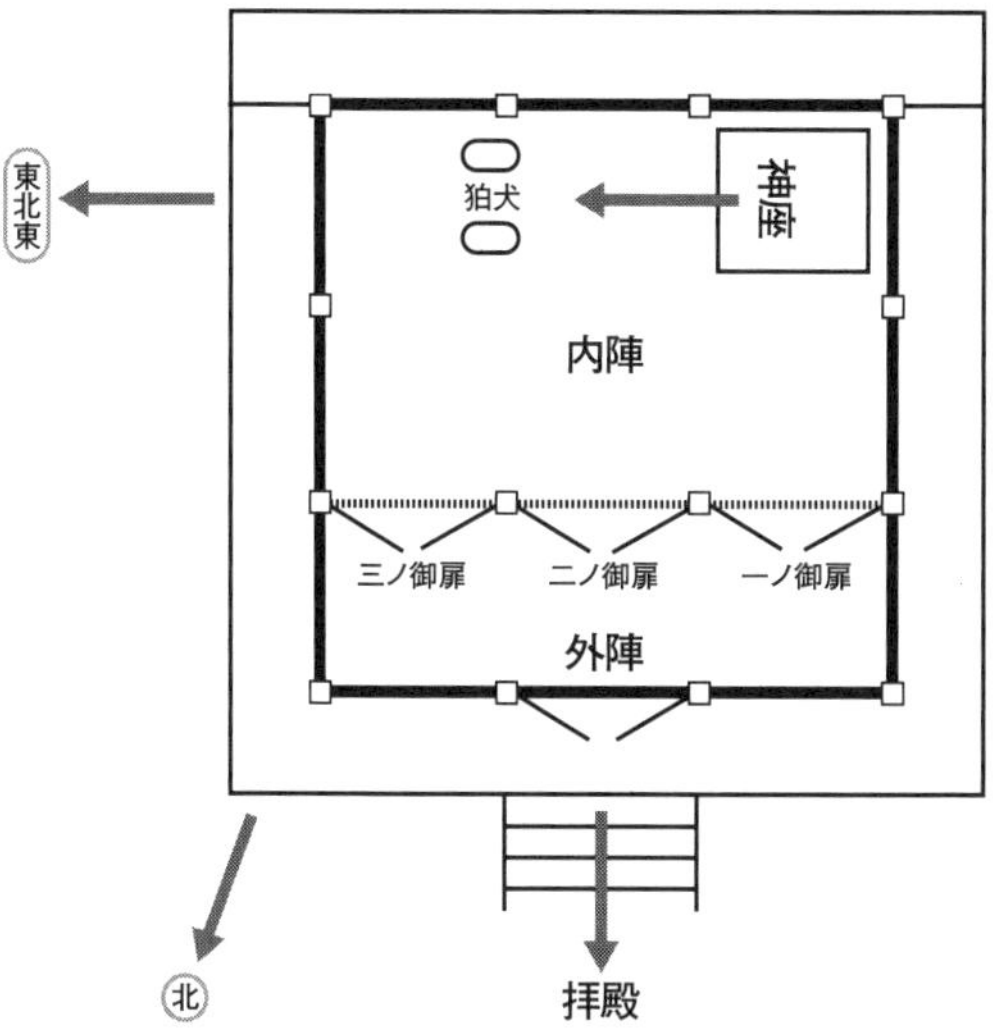

「それは、どうしてですか！」

「最も一般的な説では、こういった参道は正面を避けて造られるから、というものだ。その証拠に、さっき行った香取神宮でも、旧参道は楼門の前で直角に曲がっているではないか、と」

「それは、意味が違います」奈々は反論する。「参道が折れているのは、あくまでも怨霊を祀っているからです。その証拠に、真っ直ぐ一直線に本殿に向かっている参道を持つ神社もありました。それは、祀られている神が全く怨霊ではないか、あるいは地元の人々が怨霊ではないと考えているからです。やはり茨城県で、平将門《たいらのまさかど》を祀っている國王《こくおう》神社がそうでした。気持ちが良いほど一直線で」

「だから、一般的な説だと言ったろう」

「え——」

「俺も、熊や奈々くんの言う通りだと思う」

崇は苦笑した。

「だから沢史生も『参道の横っちょに、しかも楼門くぐってすぐの横っちょに建ってる社殿』は、余りにも『異常』だと言っている。普通は『参道の奥まったところに、鎮座している』ものだとね」

「本当にそうだな。じゃあ、どうしてなんだ」

「そもそも、鳥居もおかしい」崇は拝殿前に建つ白い鳥居を指差した。「明神《みょうじん》鳥居だ」

あっ。

奈々は今更ながら驚く。

言われるまでもなく、ここは「鹿島神宮」なのだから、当然、建っている鳥居は、正面中央の額束《がくづか》がなく、貫《ぬき》が左右の柱を突き抜けている「鹿島鳥居」のはず。

しかし、確かにこの鳥居は額束もあり、一番上の笠木《かさぎ》が左右に向かって反っている「明神鳥居」だ。

「境内は」崇は続けた。「全て同じ形の鳥居で統一しなくてはならないという規則はないようだから、そこは百歩譲るとしても、肝心のこの場所だけが明神鳥居というのも変だな」

「じゃあ、それは何故ですか？」

「ここが、元々の本殿ではなかったからだろうな」

「本殿じゃないって」小松崎が呆れたように言った。「東国三社のパワースポットの一つだぞ！」

「当然、何らかのパワーはあるかも知れないが、沢さんの言う通りだろうな」

「言う通りだろうなって……じゃあ、どこが本殿だったって言うんだよ」

おそらく、と崇は目を細めた。

「これから行く、奥宮だったんじゃないか。奥宮ならば、今入って来た大鳥居からの参道を歩いて行くと、最後に直角に曲がる。また——ここも後で寄るが——御手洗《みたらし》池の方角から入って来ると、参道を三回もほぼ直角に曲がる。しかも、こちらの御手洗池が元々の境内入り口と考えられていたようだ。池で禊《みそ》ぎを行ってから境内に入ったと考えた方が、自然だからね」

「なるほどな……」小松崎は頷いた。「段々、理屈が通ってきた」

「実は、更に考えていることがあるんだが、それは奥宮を参拝してからにしよう」

そう言って崇は歩き出した。

《麗沢《れいたく》》

明治十八年（一八八五）。

第一次伊藤博文《いとうひろぶみ》内閣が発足したものの、世間は騒がしかった。

前年には、明治政府の弾圧政策に実力で反抗しようとした群馬《ぐんま》事件や、茨城の加波山《かばさん》事件、あるいは、明治政府も「反乱」と認識したという、埼玉の秩父《ちちぶ》事件など、非常に焦臭《きな》い事件が立て続けに起こっていた。

そして、今年七月。

霞ヶ浦の酷い氾濫と同時に、またもや「あんど川」が大氾濫し、多くの死者が出た。

三神《みかみ》村は、水戸や大洗よりは山奥に位置しているものの、その地形と河川の流れによって、しばしばこうした氾濫が起こっている。

今回も、村長の赤頭《あかがしら》武男《たけお》の呼びかけで、それぞれの家を代表する村人が集まった。もとは九つの家があったが、百鍋《はくなべ》の家は没落してしまったため、今は八軒しかいない。

そして、各家の代表者八人で「南無阿弥陀籤《なむあみだくじ》」が引かれた。

川の氾濫は龍神の怒り。

龍神を宥《なだ》め、怒りを鎮められれば氾濫も収まる。宥める方法は、日本武尊《やまとたける》の遠い昔から決まっている。彼の后神・弟橘姫《おとたちばなひめ》の取った方法だ。

入水《じゅすい》――人柱《ひとばしら》。

それによって日本武尊の一行は、無事に荒波を乗り越えた。

この三神村でも同じ。何百年となく続く「風習」。

今回は――。

朱塗りの籤《くじ》を手にした、明越正治《あけごえしょうじ》の指が震えた。これによって、人柱は明越の家から「立つ」ことになる。

周りの村人たちは、安堵と同情の綯《な》い交《ま》ぜになった複雑な表情で、正治を見つめた。

肩を落とす正治に向かって、

「これも運命《さだめ》じゃ」株木貞吉《かぶきさだきち》が、溜息を吐きながら言った。「それに、おめえんとこの家には娘が何人もおろう」

「じゃが、ヨシもおるぞ」神城仲蔵《かみしろなかぞう》が、顔をしかめる。「今年、十八、九だったんじゃねえか」

「ああ……」

正治は力なく頷いた。

今年、十九になる娘だ。

この村一番の別嬪《べっぴん》といわれ、正治も特に可愛がっていたが、その気の強さでも村一番だったので、誰からも好かれていたとは言えなかった。

「ヨシはよう」後谷清《うしろやきよし》は言う。「ずっと、この風習に反対しておったちゅうじゃないか」

「いや……反対っちゅうわけじゃねえ……」

「だが」と清は顔をしかめる。「死んじまった赤頭のじいさんと言い争っとったのを、わしは見たぞ」

「それは……」

「もしもヨシに白羽の矢が立ったら、おめえは説得できっか。また、癇癪《かんしゃく》起こして大暴れすっど」

「………」

正座したまま膝の上で固く拳を握りしめている正治に、今度は沖墨三郎《おきずみさぶろう》が静かに声をかけた。

「じゃがの。これは、説得できるできねえちゅう話じゃねえぞ。何百年も続いてきた風習じゃし、何と言っても、この村の存続がかかっとる」

「そうじゃ」阿久丸吉郎《あくろよしろう》も腕を組んだまま頷く。「何度も築き直してきた土手も、今度ばかりは危ない。あっこが切れたら、この村は全部おしまいじゃから」

「……分かっとる」正治は額の冷や汗を拭う。「それにまだ、ヨシと決まったわけでなし。分家の連中もおるで、帰って皆で相談するべい」

「辛《つれ》えだろうが、そうしてくれい」武男が眉根を寄せて軽く頭を下げた。「この村のために命を捨てるのは、名誉なことじゃ。何しろ『神』になるんじゃからの。そして定《さだめ》——誰にも降りかかる運命《さだめ》じゃ。次は、わしらの家かも知れんのじゃから」

「……分かっとります」

正治は肩を震わせながら頭を下げた。


明越の家に分家も集まり、再び「南無阿弥陀籤」が引かれたが、やはり運命だったのか、正治の娘に白羽の矢が立った。

しかしそれは、村人たちが危惧していたヨシではなく、その妹で今年十七歳になる、ナエだった。

どちらにしても、ヨシが猛反発して癇癪を起こすと誰もが覚悟していたが、驚いたことに何事もなく人柱が立った。

そのおかげなのか、龍神も哀れと思し召したのか、数日を俟《ま》たずして雨も止み、あんど川の氾濫は収まり、土手が決壊することもなかった。

これを機に「あんど川」は「安渡《あんど》川」と名称を変える。


ところが数日後、三神村では大騒動が起こった。

村から、明越ヨシと、畔河の家の若者・千吉《せんきち》の姿が消えたのだ。これは、ヨシと千吉による反抗、抗議の駆け落ちと思われた。

そしてその結果、正治を始めとする明越の家と、千吉の親の吾郎《ごろう》を始めとする畔河の家は村八分——その他の村人全員から無視・排斥され、明越と畔河の家の交流も、一切禁じられた。

それは当然の審判だったのだろうが、こんな山奥の小さな村では、お互いが助け合わなくては、とても生きていかれない。

結局、明越と畔河の家の人々は、三神村を追放されることになった。

だが、新天地を目指すという希望もなく、それぞれどこかの寒村で細々と生を紡いでいくしかないという暗澹《あんたん》たる船出だった。

一方。

ヨシと千吉のその後は、杳《よう》として知れない。

＊

楼門から奥宮方向に向かって一直線に延びる奥参道に入ると、周囲の空気が一気に変わった。

土の参道の両側には、見上げるばかりの杉、檜、楠《くすのき》、樫《かし》などの大木が鬱蒼と繁っていた。それらの木々の隙間から、日差しが何本もの白い筋となって洩れている。

辺りに充満しているフィトンチッドの量も違うだろうが、それだけではないような気がする。文字通り「清々しい」としか表現しようのない道だった。

この場所こそが「神坐《かみいま》す」空間だ。

奈々は深呼吸しながら歩いた。


すると崇は、急に右手に折れて林の中の細い道に入った。

どこに行くのかと思ってついて行くと、数メートル入った場所、神域につき立ち入り禁止と書かれた立て札の近くで立ち止まる。

「どうかしたんですか？」

奈々が尋ねると、

「この辺りだな、本殿は」

崇は答えて西を向いた。

鬱蒼と繁る木々に阻《はば》まれて、はっきりとは確認できなかったが、本殿横に建っていた宝庫の朱塗りの屋根が微かに確認できたので、本殿はその斜め後ろ。場所的には大体合っている。

「さて、神さまに正面からご参拝しよう」

崇は言って礼をすると、柏手《かしわで》を打った。

奈々と小松崎も、急いで参拝する。

確かにそうだ。折角参拝するのなら、正面からご挨拶しなくては。横顔に向かって「こんにちは。初めまして」などというのも失礼だ。

――と理屈では分かるけれど、本殿での参拝者は、誰もが武甕槌神の横顔を拝んでいることになる。それは失礼に当たらないのか。

当たらないとしたら、

〝どうして、そんなことを……？〟

首を捻る奈々を置いて、崇は足早にもと来た奥参道の広い道に向かったので、その疑問は改めて尋ねることにして、奈々もあわててその後を追った。

少し行くと、道の左手に何頭もの鹿が飼われている「鹿園《しかえん》」があり、近くの売店で買い求めた餌を、柵越しに食べさせてあげることもできる。もちろん「神使」「神鹿」として飼われているのだ。

広い道幅の参道を、ゆったりと三人並んで歩きながら、奈々は尋ねる。

「奥宮は、どなたを祀っているんですか？」

「武甕槌神の荒魂《あらみたま》ということになっている」

「ということに？」

「正体不明のようだね。神宮の資料の――」崇は、歩きながらパラリとめくる。「『当社例伝記《とうしゃれいでんき》』にも、

『諸ノ神官等、参詣ノ俗出家《ぞくしゅっけ》共ニ、心アラン人ハ念誦読経《ねんずどきょう》モ高声ナラス』

とあって、大きな物音を立てず、拍手も忍び手で行うというくらいで、よほど恐れられていたんだろう。また、

『天照大神、影向《ようごう》ノ御社トモ云伝《いいつたわ》ル』

ともあるようだ」

資料を閉じると、更に崇は続けた。

「奥宮は、境内の中で最も古い建物といわれているんだが、秀忠が先ほどの社殿を本殿として奉納した時に、家康《いえやす》が関《せき》ヶ原《はら》の戦勝御礼として奉納していたそれまでの本殿を、奥宮として移築したんだ」

「奥宮を新しく造ったということですか」

「もちろん、すでにあった」

「じゃあ、その古い奥宮はどこに？」

「元々の旧奥宮社殿は、神宮摂社の沼尾《ぬまお》神社に移し

たという」

「沼尾神社?・」

「『常陸国風土記』に載っている。

『其処《そこ》に有《い》ませる所の天《あめ》の大神の社《やしろ》・坂戸《さかと》の社・沼尾の社、三処《みところ》を合《あわ》せて、惣《す》べて香島の天の大神と称《い》ふ』

――つまり、鹿島神宮と坂戸神社、そして沼尾神社の三社を合わせて『鹿島の大神』と言うのだとね。この坂戸神社と沼尾神社は、現在も沼尾地区に鎮座しているから、実は今回、興味はあったんだが、台地の森の奥、地元の人間でさえも迷ってしまうような場所にあるということで断念した。入り口近くに『坂戸社・沼尾社遥拝《ようはい》所』があるから、帰り道で拝んで行こう」

　やがて末社の熱田《あつた》社が右手に見え、すぐその先が三叉路になっている。その三叉路右手に、年季の入った木製の鳥居が姿を現した。

　奥宮だ。

　元は本殿だったというだけあって、奈々が予想していたよりも、遥かに大きな三間社流造の社殿だった。参拝するスペースは開いているものの、周りをぐるりと瑞垣が固く取り囲んでいる。

　説明板には、

「祭神
　武甕槌大神荒魂
社殿
慶長《けいちょう》十年(一六〇五)に徳川家康公により本宮の社殿として奉納されたが――云々」

と、先ほど崇が話してくれたのと同じ内容の文章が黒々と書かれている。

　また、この奥宮の社殿前では音を出すことは禁忌らしい。祭の際にも、しのび手――音を立てない柏手を打つという。

そこで奈々たちも静かに、丁寧にお参りした。

次は「要石」。

なぜかこの場所に一軒だけ建っている売店の前を通り過ぎて、分かれ道に立てられた案内板の「要石」と書かれた右矢印方向に進む。

細く緩やかにカーブしている上り坂を歩きながら、崇が口を開いた。

「香取神宮で言ったように、こちらの要石も、やはり大鯰を押さえているといわれている。実はそのおかげで、地震に悩まされていた江戸では、鯰絵が大流行した」

「鯰絵?」

「大きな鯰を、大勢の人々で押さえていたり、武甕槌神たちが退治しているような錦絵《にしきえ》——多色刷りの浮世絵だ」

「おう」小松崎が声を上げた。「どこかで見たことがあるぞ。でもそれは、風刺絵だと聞いたがな」

そうだ、と崇は頷いた。

「きっかけは、安政《あんせい》二年(一八五五)十月二日。戌《いぬ》の下刻——午後十時頃に、大地震が突如、江戸を始めその近隣の地域を襲った。特に江戸は震度六以上だったというから、家屋や土塀の倒壊、地割れ、火災などで、確認されただけでも死者が七千人だが、もちろんそれ以上の被害が出ただろう」

「確かに……悲惨です」

「しかし、それが少し落ち着くと、江戸っ子たちの間で、こんな噂が広まった。大地震が起きたのは十月。十月は神無月《かんなづき》。この月には、日本国中の神々が出雲国に集合する。従って、大鯰を押さえていたはずの武甕槌神と経津主神も、出雲に行ってしまっていたんだろう。だから、長い間地面の下でじっと我慢させられていた大鯰が、大喜びで暴《あば》れ出した。そこで、あんな大地震が起こってしまった——と」

「そんなこと」奈々は笑う。「どこまで本気で、どこまで冗談なのかは分かりませんけど、よく考えますね」

「江戸っ子だからね」崇は、しれっと応える。「とにかく、これがきっかけで『鯰絵』が生まれて、大評判となって大売れに売れた。途中から幕府の取り締まりが入り、販売禁止のお触れが出回ったが、江戸っ子がそんな圧力に屈するはずもない」

「もちろんだ。てやんでい、べらぼうめ、だな」

大きく頷く小松崎の隣で、崇は続けた。

「版元はどんどん刷り続け、庶民も買い求めて鯰絵を楽しんだ。その結果、

押さえても鯰の絵だけつかまらず

という川柳まで詠まれたんだ。更に、熊がさっき言ったように、絵の中に当時の社会風刺を書き加えたりして、ますます人気が上がっていった」

「まさに江戸っ子らしいな」

このように、と崇は言う。

「当時から要石の存在は有名で、歌舞伎・市川《いちかわ》家の十八番の荒事芸『暫《しばらく》』でも取り上げられ、舞台には『鯰坊主鹿島入道』が登場するし『動かぬ鹿島の要石』などという台詞《せりふ》もある。それほど、江戸庶民に滲透《しんとう》していたんだな」

そんな話を聞くと、今までの何となく重い気分も楽になる。さすが、江戸っ子。何でも洒落《しゃれ》にしてしまう——。

爽やかな林の中の一本道を、かなり歩いたと感じる頃、景色が開けた。

空間の中央には、人の背丈ほどの石灯籠が立っている。その左手に要石が祀られているようだった。見れば木製の鹿島鳥居が建ち、脇の駒札には、

大地震《おおない》にびくともせぬや松の花

という、小林一茶《こばやしいっさ》の句が書かれていた。

鳥居には、ひょろりと細い注連縄《しめなわ》が張られ、白い紙垂《しで》が下がって風に揺れていた。

背の高い瑞垣が、ぐるりを取り囲み、ポツンと立てられた白い幣《ぬさ》の前に、小さな「要石」が見えた。「陰石」という名の通り、平たく中央にくぼみ——ヘソがある石だった。

瑞垣手前に立てられた駒札には、

「神世の昔、香島の大神が座とされた万葉集にいう石の御座《みまし》とも、或《あるい》は古代における大神奉斎の座位として磐座《いわくら》とも伝えられる霊石である。

この石、地を掘るに従って大きさを加え、その極まる所しらずという。

水戸黄門仁徳《じんとく》録に、七日七夜掘っても掘っても掘り切れずと書かれ、地震押えの伝説と相俟《あいま》って著名である。

信仰上からは、伊勢の神宮の本殿床下の心《しん》の御《み》柱《はしら》的存在である」

とあった。

伊勢神宮の中心ともいわれる「心の御柱」と同様とは驚いた。

もしそれが本当ならば、この要石は鹿島神宮の「全て」に等しいことになる。

つまり、この場所こそが鹿島神宮の中心なのだ。

奈々は大きく深呼吸して、その場の雰囲気をじっくり味わった。

全員で今来た道を戻りながら、小松崎が尋ねた。

「結局、要石ってのは何なんだ？　まさか本当に、大鯰を押さえているわけじゃないだろうに」

「こんな説もある」崇は答える。「大鯰というのは、海神の族長のことなのではないかと。そして、大鯰が地震を起こすというのは、彼らが『地上に騒乱を惹起《じゃっき》する意味であった』とね。つまり、ここで言う『地震』は、朝廷や幕府を引っ繰り返そうという騒乱だったというわけだ」

「なるほどな」小松崎は頷く。「じゃあ武甕槌神たちは、その騒ぎを起こしそうな海神を押さえている ってことだな。しかし……武甕槌神の磯良も、同じ海神だったんじゃねえのか」

そうだ、と崇は言った。

「海神で海神を押さえたんだ。朝廷の、いつもと変わらぬ姑息《こそく》な作戦だ」

そういうことだ。

遥か昔から——ひょっとすると現代まで——続いている戦法だ。

先ほどの売店の前まで戻ると、今度は「御手洗池」と書かれた左矢印の方向へ向かった。こちらの道は、今までよりも広い下りの坂道だったが、相変わらず両側には鬱蒼とした林が続いている。

参道が、突然ほぼ直角に右に折れると、ポッカリと景色が開けた。ここにも一軒、森を背にして大きな茶店があり、何人もの参拝客が休憩していた。

茶店の向こう側に広がる御手洗池は、三メートル×八メートルほどの長方形と、その一辺の長辺に台形が合体したような——六角形のベンゼン環を少し歪めたような形で、周囲を石で縁取られている。

今でも一日何十万リットルという清水が湧き出しているという澄んだ水が湛《たた》えられた池には、何匹もの鯉が泳ぎ、ほぼ中心には、瑞垣が一列に並んでいる。瑞垣が途切れた中央の空間には、またしても「水中鳥居」——古色蒼然たる木製の鹿島鳥居が建ち、その笠木の上に覆い被さるように、池の後方から大きな老木が幹と枝を伸ばしていた。

昔は神宮の参道が、この御手洗池を起点としていて、この地で身を清めてから参拝するため「御手洗池」と呼ばれているのだそうだ。

池の縁には「御手洗川」と彫られた古く小さな石碑が建っているから、昔この近くには川が流れていたのかも知れない。

池の前に立てられた説明板を読むと、

「古来、神職並びに参拝者の潔斎《けっさい》の池である。池の水は清く美しく澄み、四時滾々《こんこん》と流れ出てどのような旱魃《かんばつ》にも絶えることのない霊泉で、神代の昔御祭神が天曲弓《あめのまがゆみ》で掘られたとき、宮造りの折一夜にして湧水《ゆうすい》したと伝えられ、大人小人によらず水位が乳を越えないという伝説により、七不思議の一つに数えられている」

とあった。ちなみに、七不思議——「鹿島七不思議」というのは、

先ほど見た、根底が深く測り知れない「要石」。流れて行くほど行方の知れなくなる「末無川《すえなし》」。花の多少によって、その年の豊凶を予知する「藤の花」。

などなど——だそうだ。

しかしこの、

〝乳を越えない……〟

どういうことなんだろう。

何か特別な意味でもあるのだろうか。

奈々は首を捻る——。

また、毎年一月には、男女問わず二百人もの人々が白い褌《ふんどし》、あるいは白装束に身を包んで祝詞を唱えながら、真冬の凍えるような池の水に浸かる「大寒禊《みそぎ》」の風習が、現在も執り行われているという。

こちらも凄い歴史がある。

奈々たちは池を一周し、隣に広がる小さな公園を散策すると、御手洗池の向こう、林の中に鎮座する大国社に参拝して、再び茶店に戻った。

やはり観光客が途切れずに訪れていると思ったら、この茶店では、御手洗池の神水を用いた、だんごや蕎麦《そば》を始めとする飲食物を提供しているらしかった。

そこで奈々は二人を強く誘って店に入り、三色だんごを注文した。小松崎も興味が湧いたらしく、みたらしだんごを注文していたが、崇は一人、またしても（御手洗池の神水を使用しているという）地酒を頼み、ぐびりと空けていた。

参道を戻りながら、崇が鹿島神宮と香取神宮の祭に関して奈々たちに伝える——。

十二年に一度、午《うま》の年に執り行われる大祭で、開催月こそ四月と九月と異なるものの、どちらも船を中心にした祭だという。

極彩色の龍頭鷁首《りゅうとうげきしゅ》の大きな御座船《ござぶね》に神輿《みこし》を載せ、その周囲を何十艘という供奉《ぐぶ》船が取り囲んで巡航する、実に豪華絢爛な水上絵巻が繰り広げられるらしい。

この祭は、神功《じんぐう》皇后三韓征伐《さんかんせいばつ》にちなんで催行される「御生《みあれ》」——神の降臨を祝う祭なのだそうだ。

鹿島神宮の祭「御船祭《みふねまつり》」では、香取神宮のお迎えを受け、香取神宮の祭「式年神幸祭《しきねんじんこうさい》」では鹿島神宮のお迎えを受ける。

その祭の間は、神楽《かぐら》や獅子舞《ししまい》を始め、武者行列も奉納されるという、とても華やかで、かつ勇壮な祭だという。


やがて拝殿近くまで戻ると、折角なので宝物館に立ち寄る。

そこには、日本最古で最大の直刀「韴霊剣《ふつのみたまのつるぎ》」が飾られていた。この名前は、崇が言っていたように経津主神の「フツ」だ。

実は崇神《すじん》天皇の御代に、韴霊剣は奈良の石上《いそのかみ》神宮に奉斎され、神宮には戻らないままだった。そこで、改めて製作されたのが、この剣だという。

全長約二・五メートル、普通の太刀の三振り分はあり、反りがほとんどない「直刀」だ。

製作年代は約千三百年前。刀身の作者は無銘で明らかではないが金銅《こんどう》黒漆《くろうるしぬり》平文《ひょうもん》拵《ごしらえ》が素晴らしく、昭和三十年（一九五五）に国宝に指定されたのだという。

また、この剣のエピソードとして——。

神武《じんむ》天皇即位前記六月、天皇が熊野にいた丹敷戸畔《にしきとべ》という者を討った時、毒気によって天皇も兵士たちも動けなくなってしまった。

すると、熊野の高倉下《たかくらじ》という人物が夢を見た。

その夢の中で、天照大神が武甕槌神に向かって、

「葦原中国が不穏なので、征討に向かうように」

と命じたが、武甕槌神は、

「自分が行かなくとも、かつて自分が葦原中つ国を平定した時に使った剣を下ろせば、平定することができるでしょう」

と答えた。天照大神は、なるほどそうだと納得し、武甕槌神は高倉下に、

「師霊剣を庫《くら》の裏《うち》に置いたので、それを神武天皇に献上するように」

と告げた。

そのお告げを受けて高倉下は目を醒《さ》まし、急いで庫に行ってみると、確かに庫の床に突き立っている剣があった。早速それを引き抜いて天皇に献上したところ、それまで寝込んでいた天皇や、毒気に当たっていた兵士たちも急に回復し、再び進軍することができたという——。


この直刀はレプリカが展示されて、それに触れられるようになっていたが、重さ約八キロということだから、実戦で使われたというよりは、権力や権威のシンボルとして造られたのだろう。

その他、「御神璽《ごしんじ》」といわれる「申田宅印《しんでんたくいん》」の銅印も飾られていた。

「この銅印は」崇が説明する。「神職を任命する際に捺印された物だ。この『申田宅印』の意味は、従来定説がないとされている。しかし『申』は『稲光』『神』を表しているから『申田』というのは、取りも直さず『雷』のことだろうとされている。つまり『古事記』に書かれている『建御雷』——武甕槌神を表しているといわれているんだが……」

何か考え事を始めてしまった崇を放って、奈々たちは、その他、珍しい古瀬戸の狛犬や香木などを見学する。

しかし最も驚いたのは「悪路王《あくろおう》」の首の像だった。卵形のふっくらとした顔面に、こちらをギロリ

と睨みつけている吊り上がった目。それ以上に波打つ眉。顔の真ん中の大きな鼻。一文字に固く結んだ唇。頭髪は後方へ撫でつけられ、頭上で結わえられている。ところどころ剝《は》げているものの、肌色の着色が残っているが、この首は額の真ん中から顎の先まで、縦真っ二つに割れ目が入っていた。

奈々は、以前に伊豆・修禅寺《しゅぜんじ》の宝物殿で見た源《みなもとの》頼家《よりいえ》の面を思い出す。あの面も、額から顎にかけて、真っ二つに割れていた。これは、保存云々という以前に、何か理由があるような気がした……。

それらを全て見学し終わると、三人は再び大鳥居をくぐって駐車場に戻る。

車に乗り込むと小松崎は、エンジンキーを回しながら軽く汗を拭い、崇と奈々に振り向いて言った。

「順番はともかくとして、こうやって東国三社をまわり終えたことはめでたい。ひとまず良かった」

「何しろ」奈々もホッとしながら頷く。「三つの神社で直角二等辺三角形を作っているという、物凄い場所でしたから」

「本当に昔からそんな形を作っていたんだからな。驚いた」

と言って小松崎は、崇を見る。

「そういえばタタルは、この直角二等辺三角形に関して、何か言おうとしてたな」

その言葉に「ああ」と答えて、崇は資料を取り出しながら答えた。

「実は、この三社の位置関係については、世間一般に言われている以上の話がある」

「ほう。それは何だ？」

「さっき言ったように、息栖神社は日川《にっかわ》に元宮があった」

「男女の甕が、神社愛しさの余り追いかけて来たという話だな」

「そうだ」崇は頷く。「そして、大同二年（八〇七）に、現在地に移った。つまり、今の息栖神社の鎮座地は、新たに意図的に考えられた」

「当然、そういうことだろうな」

「しかしそれだけじゃない。実は、鹿島神宮もそうなんだ」

「この鹿島神宮も？」

「ここから西北西方向に十キロほど行った、昼なお暗い林の中に鎮座している『大生《おおう》神社』が、元鹿島といわれている」

「おおう神社？」

「日本最古の皇別《こうべつ》氏族——天皇家から分かれて臣籍降下したという多《おう》氏の氏神といわれている。主祭神は、もちろん武甕槌神で、こちらの社も参道が鹿島神宮の奥参道のような、林の中の一本道になっているという」

なるほど、と小松崎は頷く。

「その神社が、やっぱりこっちに移って来て、直角二等辺三角形が出来上がったってわけか。ちなみにそいつは、いつ頃だ？」

「大同二年（八〇七）」

えっ、と息を呑む奈々の前で小松崎が叫んだ。

「何だと！　息栖神社と同じ年じゃねえか」

「まさにそうだ」

「どういうことなんだ！」

おそらく……、と崇は首を捻った。

「朝廷の誰かが、二つの神宮と一つの神社で直角二等辺三角形を作りたかったんだろう」

「茶化《ちゃか》すな。そりゃあさっき、奈々ちゃんが言ったばかりだ」

「いや、真面目に答えてる」

崇は言うと、資料の山から一枚の地図を取り出して広げた。

そこには「香取神宮」「元鹿島・大生神社」「元息栖神社跡」の三点が打たれ、今度は香取神宮を頂角とする大きな直角三角形が描かれていた。

「何だ、こりゃあ」小松崎が覗き込んで首を捻る。

「やっぱり、直角三角形か。二等辺じゃないがな」

「三社は、元々このような位置関係にあったんだろ

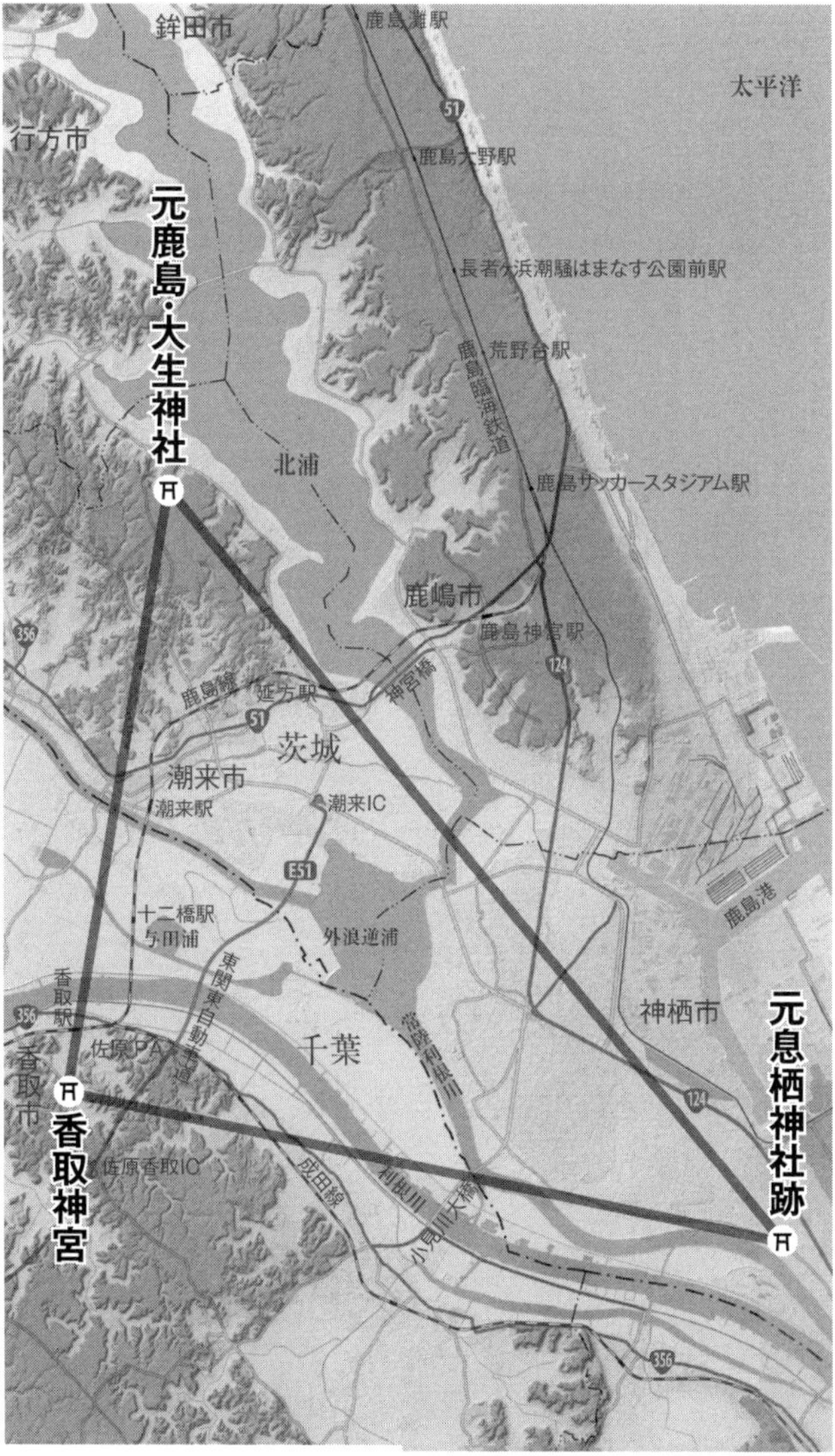
鉾田市
鹿島灘駅
太平洋
51
行方市
鹿島大野駅
元鹿島・大生神社
長者ヶ浜潮騒はまなす公園前駅
鹿島・荒野台駅
鹿島臨海鉄道
北浦
鹿島サッカースタジアム駅
鹿嶋市
鹿島神宮駅
356
124
鹿島線
延方駅
神宮橋
51
茨城
潮来市
潮来駅
潮来IC
E51
十二橋駅
与田浦
外浪逆浦
鹿島港
東関東自動車道
香取駅
356
常陸利根川
神栖市
元息栖神社跡
佐原PA
千葉
香取市
香取神宮
124
佐原香取IC
成田線
利根川
小見川大橋
356

う。それを、大同二年（八〇七）に、さっきも見たような、綺麗な直角二等辺三角形になるように遷座させて調整した」

でも。

調整と言っても、大変なことではないか。

男甕・女甕ではないが、大騒ぎして泣き叫ぶ人々も大勢いたに違いない。しかし移転は強行され、現在の形となった。

「そうだとすれば……」奈々は尋ねる。「一体何のために、わざわざこんなことを？」

「当然、『結界《けっかい》』を張りたかったんだろうな。時代が下って江戸時代、黒衣の宰相・南光坊天海《なんこうぼうてんかい》が得意としていた技だ」

「江戸ですか……。たとえば、どんな？」

「幕府は、音羽《おとわ》・護国寺《ごこくじ》と、上野・寛永寺《かんえいじ》と、芝《しば》・増上《ぞうじょう》寺の三寺で二等辺三角形を作るために、それまで千代田《ちよだ》区・平河町《ひらかわちょう》にあった増上寺をわざわざ移築させている。これによって、寺紋に『三ツ葉葵』を持つ三つの寺院によって、江戸城の周囲に結界が張られたんだ」

崇は、また違う地図を広げた。

「本当だ」小松崎は目を丸くした。「これを、天海がわざとやったのか」

「もちろんだ」

でも……と、その図を眺めながら奈々は尋ねる。

「江戸の結界は分かります。こうやって中心に、江戸城がありますから。ところがこちらでは――」

常陸国の地図を広げる。

「結界の中には、何もありませんよ。ただ、香取の海があるだけで」

「昔に遡れば益々、海だらけになるだろうな。さっき言ったような『沖洲《おきす》』『沖栖《おきす》』だ」崇は認める。

「しかも、常陸国の場合は三社の本殿だけじゃない。息栖神社と、鹿島・香取の奥宮を結んでも、ほぼ同じような直角二等辺三角形ができる。凄い念の入れようだ」

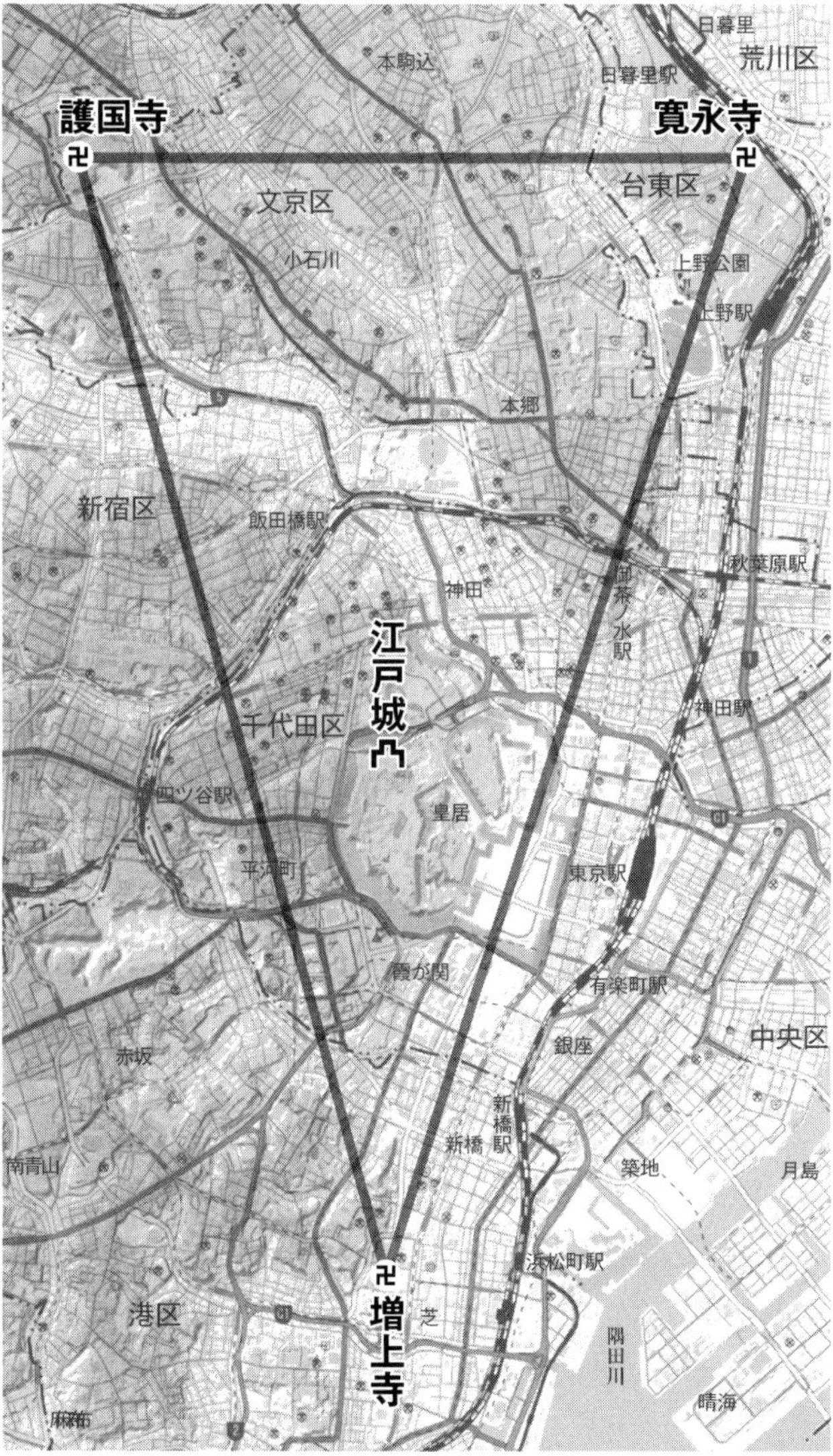

日暮里
荒川区
本駒込
日暮里駅
護国寺
寛永寺
台東区
文京区
小石川
上野公園
上野駅
本郷
新宿区
飯田橋駅
秋葉原駅
神田
御茶ノ水駅
江戸城
神田駅
千代田区
四ツ谷駅
皇居
平河町
東京駅
霞が関
有楽町駅
赤坂
銀座
中央区
新橋駅
新橋
南青山
築地
月島
浜松町駅
増上寺
港区
芝
隅田川
晴海
麻布

「でも、その真ん中は海なんですよね」

「そういうことだ」

「じゃあ、どうして?」

「分からない」崇は思い切り眉根を寄せた。「ただ、東国三社のうち二社までが、わざわざ遷宮を行っているんだ。しかも、大同二年(八〇七)という同じ年にね。だから、そこには絶対に何か大きな理由が隠されているはずだ。しかし」

崇は軽く嘆息する。

「今のところは、全く不明だ」

「案外、本当にその形が目出度《めでた》いとか面白いとか、そんな単純な理由だったのかもな」

「まさか」崇は小松崎を見る。「独り暮らしの学生の引っ越しじゃないんだぞ。本殿、拝殿、奥宮だけでも大事《おおごと》なのに、それに伴って何十という施設も新築するんだ。息栖神社では『男甕・女甕』が、故郷が恋しいと泣きつつも、神社を慕ってやって来ているほどだ。そんな理由で、動くものか」

「だが、その理由は分からねえんだろう」

「……今のところはな」崇は唇を嚙む。「しかし、絶対に何かあるはずだ」

「そうか」と小松崎は頷いた。「だが、その結界を張ったおかげで、現代まで『パワースポット』だ何だのと騒がれてるし、昔も賑わっていたと書かれていたじゃねえか。それも、結界の恩恵かもな」

「それは少し違う」崇は苦笑する。「現代はともかく、昔、この辺りが大人気だったのは『お伊勢参り』と同じ理由だ」

「伊勢?」

「遊郭だよ」

「なんだと」

「この辺りは、東国有数の港町だったからな。当時、港町といえば――」

「確かに、遊郭だな」小松崎も笑う。「今は全く面《おも》影《かげ》もないが、そんなに凄かったのか?」

「何しろ、潮来の遊郭は、水戸藩公認だったという。大変な賑わいだったそうだ」

「吉原《よしわら》や、それこそ伊勢みたいなもんだな」

「まさに、
伊勢参り大神宮にもちょっと寄り
——だ。こちらの神宮にも、本来とは違う目的で参詣する連中も多かったろう」

全く、と小松崎は苦笑しながら嘆息した。

「相変わらずロマンを壊す男だな、おまえは」

「正しい認識の上に立ってこそ、真のロマンだ」

「そうかも知れねえがな……」と言って小松崎は、運転席に座り直した。「さて、そろそろ出発するが、どうする？　ホテルに入っちまうにゃあ、まだ少し早い。どこかでお茶でもするか、それともこの辺りをドライブでもするか」

いや、と崇は首を横に振った。

「折角だから、もう一つ二つ神社をまわろう」

「そう言うだろうことは想定内だが」小松崎は笑った。「日立の大甕《おおみか》神社は無理だぞ。ちょっと遠すぎるからな。明日にしよう」

「では、水戸に向かうんだから、ここから少し北に行った所に大洗《おおあらい》があるな」

「水戸から、十五キロほどの所だな。こっちは、そう遠くない」

「そこに、大洗磯前《いそさき》神社がある。祭神は、大己貴命《おおなむち》と、少彦名命《すくなひこな》となっているが、当然『磯』は、ただの磯じゃない。そこには『磯良』が隠されていると考えて間違いない。というのも、これだけ広い範囲で『磯』が続いている地域で、わざわざ『磯』の名称を冠しているんだからな」

「安曇族の王、磯良か」

「おそらく彼も、香香背男を倒した後、この近辺で殺されてる」

「本当かよ」

「鹿島神宮の神徳を見ただろう。『交通安全・旅行安泰』だ。つまり、ここまでやって来た武甕槌神――安曇磯良は、交通も旅行も安全ではなかったということになる」

　そういうことだ。

　先程、奈々もそう思った。

「甕星香香背男《みかぼしかかせお》の討伐が終わったからといって」

　崇は言う。

「磯良たちをそのままこの『神仙境』『楽天地』に放置してはおけない。常陸国は食料も鉄も豊穣な土地だから、彼らがそこで大きな力を持つ一団を形成してしまう可能性もある。そこで朝廷は、磯良殺害に踏み切った。最初からそのつもりだったのかも知れないし、あるいは何か揉めごとがあったのかも知れない。その辺りの機微に関しては、全く分からないがね」

　これも同じだ。

　用が済んだら、その人間も殺す。その結果ここ常陸国は、磯良たちにとっての「常夜《とこよ》の国」――黄泉《よみ》国になってしまった……。

「相変わらずだが、酷《ひで》え話だ」

　顔をしかめる小松崎に、崇は言う。

「同時に、磯良の『磯』は、隠語で『岡場所《おかばしょ》』を意味している。公認ではない色町《いろまち》だ。水戸藩公認の潮来や、伊勢とはレベルが違うが、ここもやはりそういう場所になった」

「なるほどな」小松崎は、サイドブレーキを落とすとアクセルを踏み込んだ。「今日は、そういった場所をまわってるってことだな。続きは、走りながらにしてくれ」


　信号機の殆どない道を快調に飛ばす車の中で、奈々は今回まだ始まったばかりの旅を思う――。

　どう読んでも「ひたち」と読めない「常陸国」の名称が「常世の国」のことであり、素晴らしい楽天地であり、神仙境だった。

　しかし、かえってそのために朝廷から狙われて、大勢の人々が虐殺され「黄泉国」――あの世である「常夜の国」となってしまった。この大量殺戮に関してでも朝廷軍は、例によって卑怯な作戦を次々に繰り出し、しかもその事実を隠そうともしていない。

これも、奈々にとっては驚きだ。

日本武尊に関するエピソードもそうだけれど、卑怯な戦法や欺《だま》し討ちで、土地の人々を殺害したことを、何のためらいもなく公にしている。

当時は誰もが、手段を選ばず、とにかく勝てば良いというそんな感覚だったのだろうか。

そんな朝廷軍の尖兵《せんぺい》として東国に乗り込んできたのが、先導する猿田彦神と、その後から武甕槌神と経津主神たち。

それに抵抗する地元の人々と、総大将ともいえる甕星香香背男。この香香背男は非常に強く、さすがの武甕槌神や経津主神たちも手を焼いた。

そこに現れた謎の神、倭文神《しとり》・建葉槌神《たけはづち》。膠着《こうちゃく》する戦いの中、あっという間に香香背男を倒し、東国は平定された。

やがて、武甕槌神(安曇磯良)は、香島(鹿島)神宮に、

経津主神は、楫取(香取)神宮に、

猿田彦神は、沖栖(息栖)神社に祀られる。

(但し、一番の功労者と言っても良いほどの建葉槌神は、摂社として祀られてはいるものの、単独では祀られなかった)

ところがその後、同じ年の大同二年(八〇七)に、鹿島神宮と息栖神社の両社殿が移築され、三社は測ったように綺麗な二等辺三角形を形作った。

この位置関係を見て崇は、護国寺・寛永寺・増上寺によって江戸城周囲に張られた「結界」を作ったのだと言ったが、常陸国の三角形の中には、香取の海しかないのだから、さすがにこれは崇の勘違いか、それとも考えすぎなのかも知れない……。

そして、更にこの三社を個別に見れば。

北九州――いや、ひょっとすると九州全土の王だ

ったかも知れない安曇磯良の故郷、「志賀島《しかしま》」からくる名前の「鹿島」神宮。

その磯良が祀られているという本殿は、参道の脇に建ち、しかも北に向き、なおかつ本殿内の神座は東北東を向いているという、混沌《こんとん》とした造りになっている。

これら全てに、何か意味があるのだろうか。

次に、経津主神の鎮座する香取神宮。

こちらは何と言っても、派手な「大饗祭《たいきょうさい》」だ。この血生臭さは、諏訪大社の「御頭祭」と双璧をなすだろう。また、やはり二羽の鴨の「活き作り」が登場する「団碁祭《だんき》」。この祭は、女神に捧げるものとされているが、果たしてそれが、奥宮の祭神と繋がりがあるのかどうか。

というのも奥宮は、綺麗な「女神を祀る造り」になっていたからだ。しかもその社は、牢屋のようにしっかり閉ざされていた。

これはただ単に経津主神が、地主神であった女神を攻め滅ぼして、その後に収まったということなのか、それとも他に何か理由があるのだろうか。

最後は、猿田彦神の鎮座する息栖神社。

元々の神であった気吹戸主《いぶきどぬし》に代わって、岐神《くなど》である猿田彦神が祀られるようになり、今でも神社近辺には「猿田」を名乗る人が多いという。

社殿の移築に伴って、神社を追って来たという男甕・女甕も怪しい。まさか本当に甕——瓶が川を遡るはずもあるまい。

そこに何か隠されてはいないか。

そして、三社に共通する「水中鳥居」。

これが、嚴島神社のように一社、あるいは二社ならともかく「東国三社」全てが、水中鳥居を持っていたという。

ここにも、何か秘密があるはずだ。

こうして思い返してみても、そこらじゅう不可思議だらけではないか。まさかこの、一見単純そうな「パワースポットの東国三社」に、こんなに多くの謎が秘められていようとは……。

　奈々が、窓の外を流れる景色を眺めながら考え込んでいると、

「おい、タタル」小松崎が運転席から呼びかけた。「次の酒列磯前《さかつらいそさき》神社と大洗磯前神社についての蘊蓄《うんちく》を、前もって披露しておかなくて良いのか。そろそろ、大洗に到着するぞ」

「そうですね」ハッと我に返って、奈々も言う。「『酒列』なんて名前も不思議ですし、『磯前』という名称も、良く考えると変わっています」

「どうしてだよ」小松崎が尋ねてきた。「磯の前にある神社ってことだろう」

「でも、磯の前は海なんじゃないですか。神社が建っているのは、磯の背後では？」

「そりゃあ、視点の相違だ。奈々ちゃんもついに、タタルみたいな屁理屈を並べるような人間になっちまったか」

　すると、

「そうだな」崇は視線を上げると、「じゃあ、簡単に話しておこうか」

　と言って、今まで読んでいた資料を閉じると、今度は違う資料を膝の上に広げながら説明を始めた。

「鹿島灘《かしまなだ》に面する大洗磯前神社と、那珂川《なかがわ》を挟んで北方《ほっぽう》の阿字《あじ》ヶ浦《うら》に鎮座する酒列磯前神社の祭神は、大己貴命と、少彦名《すくなひこな》命だ。『文徳《もんとく》天皇実録』によれば、斉衡《さいこう》三年（八五六）十二月二十九日。鹿島郡大洗の海上に、夜、煌々《こうこう》と輝く物が見えた。翌日、漁師が磯に出てみると、二つの怪しげな大石が波打ち際にあった。更にその翌日、今度は二十余りの石が、二つの大石の左右に侍《はべ》るかのように並んでいた。その形は沙門《しゃもん》――僧侶のようにも見えるが、目も耳もない。すると突然、その大石が言った。

『我らは「大奈母知《おおなもち》」――大己貴命と、「少比古《すくなひこ》奈《な》」――少彦名命である。昔、この国を造り終えたのち東海に去っていたが、今、民を救うために帰っ

て来た』――のだと。翌年この神は、大洗磯前神社、酒列磯前神社として祀られた」

「川を隔てて、別々に祀られたんですか？」

「そもそもこの二柱の神は、一体分身・同体異名ではないかとする説がある」

「同じ一柱の神だと？」

「これら二社とも、古い由緒には『大奈母知少比古奈命』とあるようだし、また『播磨《はりま》国風土記』の飾磨郡《しかまのこおり》の条にも『大汝《おおなむち》少《すくな》日《ひ》子《こ》根《ね》命』と登場する。そもそも、少彦名命は大己貴命――大国主命の手の上に乗るほど小さな神だったわけだから、同一神と考えてもおかしくはない。だから、奈々くんの言ったように、あえて彼らを分けたんだろう。神を二分割して祭祀《さいし》するのは、その神が持っている霊力や威力を半減させる目的があるからね。神本来の力を削ぐんだ。天の河を挟んだ彦星《ひこぼし》・織姫《おりひめ》が、未だにそうされているようにね」

「素戔嗚尊と天照大神ですね。二人を会わせると災厄が――庶民ではなく朝廷にとっての――災難が起こる」

「あるいは、江の島の弁才天と龍口《りゅうこう》明神社の五頭《ごず》龍《りゅう》のように」

「じゃあ、その二つの神社には誰が？」

「それを知るためには、神社名を解読しなくてはならない」

崇は奈々を見て続けた。

「まず『酒列』は当然、『逆列《さかつら》』だろう」

「逆――ですか」

「そう。『逆』は『さからう・たがう』あるいは『背く』『謀反』という意味を持っている。そして『字統』によれば『正邪でいえば、よこしま』であり、不遇を『逆境』という、とある。そして『列』は『歹《れつ》と刀とに従う』と」

崇はノートに文字を書いて、奈々に見せた。

「『まがりがわ』の下に『夕』の文字だ」

「まがりがわ？」

尋ねてくる小松崎に崇は、

「ああ」と答える。「『災難』の『災』の字の上の部分だ」

「平仮名の『く』が三つ並んでるみてえなやつだな。その下に『夕』？　見たことのない漢字だ」

「現在は殆ど使われていないし、もちろん常用漢字にも入っていない」

「その『𡿧』は、どういう意味なんですか？」

「首切りだ」

「首切りって！」

「この場合は素直に、罪人の首を落とすことだ」

「い、いえ。言葉の意味は分かりますけど――」

「𡿧には『頭髪の残っている頭蓋骨』という意味もあるからな」

「え……」

「つまり『列』は『𡿧』と『刂《りっとう》』で、刀で首を落とすという意味になる。名詞だと『行列・並び』だが、動詞になると『分割する・分ける・陳列する・つらねる』などとなる。但し、この『陳列』も、元を辿れば悲惨だ」

「……それは？」

恐る恐る尋ねる奈々に、崇は答える。

「『列』にはまた『断首して、呪禁《じゅごん》としてその聖域の出入のところに埋める』という意味がある」

「呪禁……」

「悪邪を防ぐ結界を作ることだ。まさに猿田彦神――岐神であり、道祖神だな。中国古代王朝の殷《いん》では『断首坑《だんしゅこう》』と呼ばれるものまであった。落とした首と残った体を、各十個ずつ一つの坑中に埋めて、それを数列にわたって並べる」

「えっ」

「スイカ割りも似たようなものだ」

「……夏の浜辺の風物詩の？」

「あれも、もともとの起源は中国で、戦の前に罪人を首だけ出した状態で土の中に埋め、その頭を叩き割った風習からきているというからな。一種の呪禁だろう」

「はぁ……」

嘆息する奈々に、

「そして」と崇は言う。「この慣習によって『陳列』という言葉が生まれた」

そういうことか。

徹底的に、悲惨らしい。

しかし、畳みかけるように崇は言った。

「この『列』は、まだマシな方だ。強烈や熾烈《しれつ》の『烈』は、見た通り『列』と『灬《れんが》』、つまり『火』で焼くことだ。つまり、斬首《ざんしゅ》した頭骨を『焚《や》く』という形になる。『列』よりもっと残酷だ。更に、引き裂くの『裂』は『字統』に、こうある。

『人の四肢を四馬に結んで、一時に四方に走らせる刑を車裂という。刑の最も残酷なるものである』

――とね」

「げっ」小松崎は呻いた。「例の、八つ裂きの刑ってやつか」


またしても登場した。

本当に「八つ裂きの刑」はそれほど多く行われていたのか。それとも、脅しや見せしめとして行われていたのか。

奈々には判断がつかなかったが、とにかくその時代のその場にいなくて良かったと本心から思う。

それに「潮来」の話をしていた時にも、

〝『分《いた》』は『分岐』の意ではなく（身体を）『刻《きざ》む』〟

という意味だと崇が言っていたから、どうやら実際に何度も行われていたのかも知れない……。

「こうやって」と崇は続ける。「鬼たちが殺戮された場所が『酒列』で、その屍体を波が洗っていた場所が『鬼洗い』――『大洗』となったらしい」

そういう意味だったのか。

「じゃあ、やはり『磯』は、安曇磯良だったんですね……」

おそらくね、と崇は頷く。

「『磯』は、素直に『河原』や『水中に石のある所』『波打ち際の砂浜』という意味だが、語源をたどると『石上《いそのかみ》』や『石島《いそじま》』というように『石』の音の転化したものとされている。そして、この『石上』を『磯上——磯神』と読めば、やはり磯良のことになる。現在の祭神こそ、大己貴命らになっているが、元は磯良とその関係者だったんだろう」

「その『鬼』たちが、裂かれて波で洗われたってことか」

「同時にそこに、公認ではない色町、岡場所の意味を持たされた。ちなみに言うと、これに関連して『磯女』といえば、男の『血』つまり『生——精』を吸い取る妖怪だ。同時に磯は『石女《いそ》』ともなり、子供を産めない——生むことを許されなかった女という意味になり、そのまま遊女のことだ。つまり『水辺』や『水端《みずは》』で暮らす人々を指すようになっていった」

みずは？

以前にどこかで聞いた。

どこだったか……。

眉根を寄せながら考え込んだ奈々の脳裏で、一つの単語が弾けた。

もしかして。

「罔象女《みずはのめ》もですか！」

「そういうことだ」崇は微笑んだ。「瀬織津《せおりつ》姫と共に、わが国を代表する水神で、美しい女神だ。しかし同時に『水端』の女神として虐げられてきた。そもそも『水に流す』は『なかったことにする』だ。『水』には、そんな意味がある。だから、滋賀県などの方言『磯へ寄る』という言い回しは、困窮するという意味なんだ。つまり、水辺の民と親しくしても『賤《せん》』になるだけだということだな。水辺に追いやられて『陸でなし』——『ろくでなし』になってしまうという」

「そんな！」

「だが、これが現実だ」崇は肩を竦《すく》める。「また『伊勢国風土記逸文』によれば『五十鈴《いすず》』という名称は、大勢の若い男女が集まり、今で言う合コン——というより、公認されたフリーセックスの場が設けられた場所であり『いすすき遊んだ』『磯好遊《いそすき》んだ』ことから来ているという。本質は同じだ。まあ、どちらにしても『磯良』の『磯』は、余り好ましい意味では使用されていなかったようだな」

「では、磯前の『前《さき》』も、もしかして……」

「そうだろうな。当然、『裂《さき》』だろう。あるいは『烈』か」

「ああ……」

奈々は嘆息する。

逆列磯裂と鬼洗磯裂——。

今までの話から推察すれば、充分に有り得る。

「さあて、着いたぞ」小松崎が覗き込む。「しっかりお参りするとしようじゃねえか」

大きくハンドルを切って、車を駐車場に入れた。

＊

三神神社宝物殿の瓶の中に入っていた白骨死体に関して、沼岡のもとに科捜研から報告が届いた。

やはり、六十年程前の遺体だろうという。戦中か終戦後、神社から常駐の宮司もいなくなり、参拝客の出入りも途絶えた時代の物らしいと。

性別は男性で、二十〜四十代。

頭蓋や上腕骨、頸骨などに損傷が見られるが、それが当該男性の死因に直接関連しているかどうかは、不明。戦争で負った傷の可能性もある。

それはそうだ。当時は戦禍の真っ只中だったのだから、敗戦となって本土に引き上げてきた人間の体も、あちらこちらがボロボロだったに違いない。

また、その白骨死体の個人特定も、DNA鑑定にかければ判明の可能性がなくもないが、これは相当に時間がかかるだろうということだった。

そういえば――。

沼岡は思う。

先程受けた警官からの報告に、地元の人間の話によれば、赤頭善次郎は、その白骨死体を見に神社まで行ったのではないかとあった。もちろん、その時点で白骨死体は科捜研に回っていたのだが、それを知らずに一人で出かけたのではないかと。

善次郎は、今年九十一歳。白骨死体は六十年ほど前の物。

とすると善次郎は、当時まだ三十前後だったはず。ひょっとすると、あの白骨死体に関して、心当たりがあった可能性もある。

ただの好奇心だけで、そんな歳《とし》の老人があの古社まで足を運ぶのは不自然だ。だが、個人的に心当たりがあり、それを確認しに行ったと考えれば話の筋が通る。しかも善次郎の家は、代々あの社の宮司だったのだから。

そこで、誰かに付き添ってもらって、現場の神社まで行った。

しかし、高齢のため足元を取られて基壇に頭を打ちつけ、死亡してしまった。そう考えれば、善次郎の行動の理屈は通るが――。

沼岡は顔をしかめる。

細かい点で辻褄《つじつま》が合わない。

たとえば……善次郎は、白骨死体が科捜研へと移されていることを知らなかったのか。

いや、善次郎はまだしも、その「付き添い」の人間もそれを知らなかったのか。

百歩譲ってそうだったとしても、やはり最大の問題は「何故」善次郎の遺体が、六十年も前の白骨死体と同じように、瓶の中に入れられていたのかということだ。

検案によると、善次郎の体は後頭部と、おそらく倒れた際についたと思われる擦過傷程度の傷だけで、その他の大きな損傷は見られなかったという。

つまりその人間は、善次郎の体を丁寧に扱ったことになる。亡くなってさえ、思いやったのだろうか。

しかし、その一方。

すぐに救急、あるいは警察に通報しなかった。更に、遺体を瓶の中に入れるという不可解な行動を取っている。

わけが分からない。

念のために確認を取ったのだが、あの村には遺体を瓶に入れておくなどという風習は、今も昔も全くなかったという。遥か昔は土葬もしていたようだが、現在はもちろん火葬。

事実、村にはいくつもの墓が建っていたし、洪水などで遺体が発見されなかった人間のための立派な供養碑も見られた。

つまり今回と、約六十年前の遺体だけが、例外的に瓶に入れられたことになる。

〝どういうことだ？〟

沼岡は、不快そうに報告書を机に放り投げた。

＊

酒列・大洗と磯前神社を回り終えると、奈々たちは小松崎の車に戻った。

夕方も近いのに、まだまだ参拝客も多く、更にこれからやって来る人々もいる。

どうやら二ヵ所とも、かなりの人気スポットになっているようだった。

どういう謂われがあるのか分からないが、酒列磯前神社は宝くじ当選の御利益もあると謳《うた》っていて、誰もがお守りや招き猫の形をしたお神籤《みくじ》を買い求めていた。

神社近くの磯には、弘法大師《こうぼうだいし》・空海《くうかい》が護摩《ごま》祈禱を行ったという伝説の岩も残っているから、もしかするとそんなことも関係あるのかとも思ったが……どうやら関係なさそうだった。

もう一方の大洗磯前神社は、太平洋に面した岩礁にそびえ立つ「神磯《かみいそ》の鳥居」が有名なようで、やはり何人もの人々がこぞって写真に収めていた。東に向いて立っているため、元旦には初日の出が鳥居にかかる姿を撮影しようと、大勢の観光客が訪れるとも聞いた。

「さて」小松崎が運転席に座り「ホテルに向かうとするか。少し早めのビールタイムだ」

そう言った時、携帯が鳴った。

小松崎は発信者を確認すると、

「波村からだ。ちょっと待っててくれ」

奈々たちに断って携帯を耳に当て、少し話していたが、

「何だとお」突然声を荒らげた。「もう、こっちまで来てるんだ。何とかならないのかよ」

そして「ああ……うん……分かった」と答えた後、携帯を耳から外すと、奈々たちを振り返った。

「三神神社でやっぱりトラブルだ」

えっ、と驚く奈々たちに向かって説明する。

明日見学に行く予定だった三神神社の本殿近くの草むらで、今朝ほど新たに男性の遺体が、やはり宝物殿に置かれていた瓶の中から発見された。その男性は、もう九十歳を超えた元宮司で、しかも今回は、白骨死体ではなく死後一日二日。

そのため神社は急遽《きゅうきょ》立ち入り禁止となり、宝物殿見学どころか境内にすら近づけないので、申し訳ないが今回の計画は一旦中止して、またいつかに改めて欲しいと言っている——。

「ホテルに関しては、波村がキャンセルを入れてくれると言っているんだが、どうする？」

その報告に驚きながらも、奈々は尋ね返す。

「小松崎さんは、どうされるんですか」

「もちろん」小松崎は真剣な顔で答えた。「予定通り水戸に泊まって、この事件を取材する。殺人事件かどうかは、まだ確定していないようだがな。明日になれば、大きなニュースになるのは間違いないか ら、今夜中に波村に会って話を詰める。奴は今、茨

城県警にいるらしいから、ホテルから直行する。タタルはどうする。どっちみち水戸まで行くから、その間に考えてくれ」

いや、と崇は即答した。

「大甕倭文神社も行っていないし、他もまわりたい。折角ここまで来たんだから一泊して、明日は勝手に神社をまわる」

「こっちの事件は？」

「興味がない」

「そう言うと思ったよ」小松崎は苦笑した。「奈々ちゃんは……と、訊くまでもないか」

「はい」奈々は頷いた。「タタルさんと一緒に」

「じゃあ、決まりだ。予定通り、水戸で一泊だな」

そう言うと小松崎は、再び携帯を耳に当てて話をする。それが終わると、エンジンキーを回しながら二人に言った。

「ホテルでチェックインしたら俺はそのまま県警に行くから、地ワインでも飲みながら常陸牛でも鰻《うなぎ》でも、適当に夕飯を食べてくれ。今からのことは、今夜か明日の朝にでも連絡する。何しろ、向こうに行ってみないことには、詳しいことは何も分からねえからな」

小松崎は車を出しながら、バックミラーを覗き込んだ。

「もし何なら、一緒に県警に行ってみるか？　奈々ちゃんの好きな、殺人事件かも知れないから」

「わ、私ですか！」

「タタルは、行くわけもないな」

「もちろん」

「しかし、何かあったら連絡を入れるから、余り飲み過ぎてるんじゃねえぞ。そして、今夜も明日の朝も遠くには行くな」

「どうして？」

「念のためだよ。今までもあったように、タタルの意見が必要になる可能性もあるからな」

「どっちみち、茨城県内にはいる」

「県内は広いぞ」

「六千平方キロメートルほどあるらしいな。長野県や新潟県の半分ほど、といっても東京や大阪の三倍近くはある」

「その中のどこかの神社近辺にいるってわけだな」

小松崎は再び苦笑いすると車を飛ばし、

「それにしても」と呟くように言った。「一体どこの誰が、わざわざ遺体を瓶の中に入れたんだろうな。そもそも、そんなことをしようと思った理由は何なんだ」

「本当ですね」奈々は答える。「白骨死体発見の話を聞いて、面白半分でやったんでしょうか」

「そうかも知れねえな……。タタルは、どう思う」

もちろん、と崇は窓の外の景色を眺めたままで答えた。

「棺桶のつもりだったんだろう」

「何だ？　棺桶だと」小松崎はバックミラーを覗き込む。「どういうことだよ」

「そのままだ」あっさり言い捨てる。「しかしそうなると、死人が出るかも知れない」

「なんだとお」

「おそらく……水死かな」

「また、いい加減なことばかり言いやがって」小松崎は呆れたように言った。「相変わらず無責任な男だ。その上、肝心な点には無関心ときてるからな。よく社会生活を送れているもんだと思うぞ。なあ、奈々ちゃん」

「え、ええ……。い、いえ、そんな！」

そっぽを向いたままの崇の横顔を目の端でチラチラと眺めながら答える奈々から視線を外すと、小松崎は無言のまま車のスピードを上げた。

その夜。

小松崎のアドバイス通り、二人でつくばワインを飲みながら常陸牛という、ちょっと贅沢な夕食を摂りながら明日の予定を話していると、奈々の携帯に当の小松崎から連絡が入った。やはり今夜は遅くまでかかりそうだから、勝手に寝ていてくれという。

後輩のジャーナリストとは会えたものの、警視庁や京都府警とは違って、茨城県警には全くコネがないため取材が殆ど進展していないようだった。

そこで、二人で食事をしながら旧交を温めつつ、次の作戦を練ることにしたらしい。今日中にはホテルに戻るつもりだが、時間が全く読めないので、明日の朝会おうと言った。

「明日、奈々ちゃんたちはどこに行くんだ?」

予定通り、大甕倭文神社に向かうつもりだと答えると、今のところ帰りは一緒に帰るつもりだが、これも流動的なので明日の進展次第。だから、どちらにしても大甕までは回れない。

これは当然なので、奈々は了解する。

だが小松崎は親切にも、明日の朝一番でもう一度県警に行くから、水戸駅まで送ってくれるという話になり、奈々はお礼を言って電話を切った。

《麓崩《ろくほう》》

昨夜、小松崎は日付が変わる頃、ホテルに戻ってきたらしい。そして今日も早くから、県警で波村と待ち合わせていると言った。

寝不足か酒の飲み過ぎか（それとも両方か）、小松崎は目を真っ赤にしながら、

「いいか。あんまり遠くに行くんじゃねえぞ。行って良いのは、呼んだらすぐに戻って来られる場所だけだ」

と何度も念を押して、奈々たちは水戸まで送ってもらった。

更に畳みかけようとする小松崎に、

「分かってる、分かってる」

崇は軽く答えると駅のロータリーで別れ、奈々たちは常磐《じょうばん》線に乗って、大甕《おおみか》へと向かった。

各駅停車で四駅、約二十分。そこから歩いて十五分ほどで、大甕倭文《おおみかしとり》神社に到着するという。

ちょうどホームに滑り込んできた電車に乗り込み、シートに腰を落ち着かせると、

「今から行く大甕倭文神社の祭神の一柱、甕星香香背男《みかぼしかかせお》は」

と崇が口を開いた。やはり、事件ではなく神社巡りで頭が一杯のようだった。

奈々は、もちろん事件も気にかかる。

それに昨日、何気なく言った、崇の言葉——。

〝瓶が棺桶。そして死人。しかも水死？〟

どういう意味だったのだろう。

もっと詳しく聞きたかったが——そんな発言は、すっかり忘れてしまったかのように、崇は続ける。

「昨日も言ったように、瓊瓊杵尊《ににぎ》の命で、猿田彦《さるたひこ》神を先導役とし、武甕槌《たけみかづち》神と経津主《ふつぬし》神が送り込まれたものの、彼らに屈せず抵抗を続けていた『悪神』

だ。そこで彼らに代わって、香香背男討伐の役目を担ったのが、倭文神・建葉槌《たけはづち》神で、この神は見事に香香背男を倒し、常陸国が平定された」

「正体不明の神ですね」奈々は頷く。「でも、それほどまでに強かった」

　ああ、と崇は応える。

「その際に建葉槌神は、戦いに敗れて『雷断石』という大きな石になってしまっていた香香背男を、力一杯蹴り上げた。すると、その巨石は飛散して、神《かみ》磯《いそ》という磯を形成したり、石神《しゃくじん》などになったりしたと伝えられている。また御根《おんね》様と呼ばれる海中の岩礁になったともいう。この岩礁は、大甕近くの久《く》慈《じ》漁港から海上二キロほどの地点にあり、干潮時には姿を現し、満潮時には白い波しぶきを上げているらしい」

「おんね様ですか……」奈々は眉をひそめた。「いかにも恨みが深そうな、強い怨念を抱いていそうな名称です。しかも『様』づけで呼ばれるなんて、よほど人々から恐れられていたんでしょう」

「一説では、香香背男が殺された際に、建葉槌神の軍勢によって多くの婦女子が海に投げ込まれた、その怨念が凝固した岩礁ともいわれている。だから、かつてはきちんと鳥居も建っていたらしいが、第二次大戦時に逆賊ゆかりの岩ということで、陸軍の砲兵隊によって砲撃演習の的にされてしまった」

「そんな……」

「そのため、鳥居も岩礁も砕け、現在のように海中に没してしまったのだという。だから昔、暗夜にはあの辺りに青い光が漂っているのが目撃されたらしい。怨念の上に憤怒《ふんぬ》を重ねている岩だ」

酷い話だ。

奈々は思わず顔をしかめた。

　そんなことまでされては、鬼火だって出るだろう。真の「悪」は、一体どちらなんだと訴えかけるように——。

「しかし」と崇は言う。「すでに『石』になってしまっている香香背男を蹴り上げてバラバラにしてしまったというんだから、建葉槌神も、ただの倭文神——機織《はたお》り神ではないことは確かだ」

「しとり神というのは本来、機織りの神さまなんですね」

　ああ、と崇は頷いた。

「『万葉集』などにも『しつたまき』の枕詞《まくらことば》もあるし、『日本書紀』は倭文を『之頭於利《しつおり》』、倭文神を『斯図梨俄未《しとりかみ》』と読み、『延喜式神名帳』も『シトリ』と読んでいる。そして、この倭文は、

『シツと言って麻や楮《たく》等の繊維で織った布で、紋様ができるので「文」の文字を用い、その布は日本古来のものであったので「倭《わ》」の文字を用いた』

　という説もあるし、また、

『「シトリ」は「シツオリ」の変化したことばで、倭文を「シツ」とも訓《よ》み、シツオリに倭文織とも当てている』

　だから『古語拾遺《こごしゅうい》』にも、

『天羽槌雄神《あめのはづちのお》（倭文が遠祖なり）をして文布《しつ》を織らしむ』

　とある。この『天羽槌雄』は、もちろん建葉槌神のことだから、建葉槌神は倭文神であり、同時に機織り神ということになる。ちなみに、倭文というのは、わが国古来の織物の一種で、荒妙《あらたえ》ともいうんだ。『梶《かじ》の木や麻などの繊維を青、赤などに染め、これを横糸として筋模様、格子模様を荒く織り出したもの』だとね」

「織物の神と聞くと、武神のイメージが湧きませんね」奈々は微笑みながらも首を傾げた。「天女の羽衣ではないですけど、おしとやかな女神をイメージしてしまって。でもその神が、武甕槌神や経津主神や甕星香香背男たちより強かったんですね」

「そういうことになる」

「タタルさんのお話では、常陸国では養蚕も盛んだったということでしたから、もしも建葉槌神が常陸国の神さまだったなら、そんな仕事に携わっていて

もおかしくはないんですけど、他の国からわざわざやって来たんでしょうか？」

「…………」

「どうかしましたか。タタルさん」

奈々の声に、崇はハッと顔を上げると、

「今、自分で言ったことなんだが、改めて考えてみると……何か引っかかる」

「建葉槌神が、機織りの神さまということが？」

「そうじゃない」崇はトントンと額を叩いた。「まあ、いい。後でもう一度考え直してみよう。実際に神社をまわれば、何か分かるかも知れない」

崇はそう言って口を閉ざし、奈々は崇に手渡されたパンフレットに、ゆっくりと目を通す。

「『日本書紀』によれば、天祖・天照大御神の御命令により」

云々と始まっていた。そして、

「如何《いかん》とも征服する事の出来ない者に、常陸国の悪神・甕星香香背男があり、大甕山上に陣取り、強大なる勢力を持っていた。

そこで二神に代り、悪神誅伐の大任を負わされたのが建葉槌命であった。命は見事に悪神を誅伐し、常陸地方を平定され、此の大甕の地にお鎮まりになられ」

たのだという。また、

「当社の創始年代は詳《つまび》らかではないが、元禄二年（一六八九）に至り、水戸藩主・徳川光圀公により、由緒の重大なる事が認められることとなり、大甕山上より藩費をもって宿魂石上に御遷宮申し上げられ、今日に至っている」

とあった。

奈々と崇は大甕駅の改札を抜けると、のんびりとした田舎道《いなかみち》を歩き始める。少し離れた場所には、広い国道も通っているらしいが、こちらは畑と住宅に挟まれた、のどかな道だ。

「そもそも、この大甕倭文神社は」崇は言う。「『神道大辞典』『神道辞典』『神社辞典』そして、地元茨城県の『郷土資料事典』にも載っていない」

「まさか！」

「その上、『書紀』のどこを探しても、甕星香香背男が、どういった悪事を働いたかということも全く書かれていない。つまり、朝廷にしてみれば、できる限りこの神に関して触れたくなかったということなんだろうな。だから、最低限の隠しきれない部分だけ書き残したというわけだ。さあ、あそこだ」

　言われて視線を上げれば、道の向こうに建つ白い大きな鳥居が目に入った。

「ゆっくり、気が済むまでお参りするとしよう」

　その言葉に奈々は、少し小松崎たちのことも気にかかったが、ここは——仕方ないか。奈々は軽く肩を竦めると、崇の後について行った。

　すると崇は、びくりと足を止めた。そして、鳥居に掛かっている額をじっと見つめ、

「これは……」と呟くと奈々を振り返り、「あちらにも入り口があるはずだから、ちょっとまわってみよう」

　と言って、神社の石垣と瑞垣に沿って坂道を下り始める。

　何があったんだろう。

　奈々は、わけも分からず崇の後を追う。

　すると、言葉通り道の途中に神社の入り口があり、石の鳥居の下に二十段ほどの石段が見えた。

　崇は再び立ち止まり、

「やはり……」と呟く。「神宮じゃないか」

　神宮？

　奈々も、神社入り口に刻まれた社号標に目をやると、確かに「大甕倭文神宮」と彫られている。

「先ほどの大鳥居の額にも『神宮』とあったんだ。そしてこれは、神明《しんめい》鳥居。どうやらここは、由緒正しい『神宮』だったようだ」

　言われて見上げれば、鳥居には額束《がくづか》もなく笠木《かさぎ》も貫《ぬき》も円柱の、綺麗な神明鳥居だった。

「ということは、この神社は皇室ゆかりの？」

「それは、まだ分からない。ただ少なくとも、想像以上の怨霊を祀っていることだけは、間違いなさそうだな」

　以前に崇は「神宮」と冠された神社は皇室ゆかりの祭神、もしくは「大怨霊」を祀っていると説明してくれた。そもそも、天照大神がその両方だというのが、崇の持論だった。

　崇は石段に足をかけ、奈々も続く。

　左右から延びて中央で結ばれている珍しい注連縄の張られた鳥居をくぐった正面には、狛犬と石灯籠を備えた立派な拝殿が建っていた。しかし、

「ここは後だ」

　崇は参道を右折して社務所へと向かおうとしたが、またしても急に足を止めた。そして、じっと拝殿奥を覗き込む。

　何か見つけたのかと思い、奈々も隣から覗き込んでいると、

「ここもだ。間違いない」

「えっ」

　不思議そうな顔をする奈々の横で崇は、拝殿奥に掛かっている額を指差した。薄暗がりの中、奈々が目をこらすと、年季が入っていそうな額には、

「倭文神宮」


　と金文字で描かれていた。

「拝殿表正面の額には『式外　大甕神社』とだけあるが、社殿奥には、きちんと『神宮』の文字が残っている」

「確かに……」

　奈々は驚きながらも大きく首肯したが、崇はすでに歩き出していたので、急いでその後を追う。

　本殿への参道や摂社を通り過ぎ、再び石段を上って、立派な唐破風の屋根を載せた儀式殿に併設されている社務所に到着すると、崇は早速由緒書きをい

ただきながら神職と話を交わし、それが終わると丁寧に礼を述べて戻って来た。

奈々も、放し飼いされている（が、人間慣れしているのか近くまで寄ってくる）可愛らしい鶏《にわとり》——東天紅《とうてんこう》たちを避けつつ、崇の横から由緒書きを覗き込んだ。

「主神　建葉槌命（織物の神様）
地主神　甕星香香背男（星の神様）

今に、建葉槌神はおだて山、乃《すなわ》ち美しい山と人々から敬愛の念を持って呼ばれる大甕山山上に葬られていると伝えられております。

水戸藩の計らいによって、大甕倭文神宮という最も格式の高い神宮の号を用いる事となり、元禄八年（一六九五）には、普請奉行・関口九郎次郎に命じて社殿の造営が成されました。

現在の拝殿は、昭和八年（一九三三）御造営が成ったものであります」


とある。

「やはり、神宮だったんだな」崇は呟いた。「それが、明治になって『神社』に改名させられてしまった。しかしその名残が、標柱や額に残っていた。それに、この神社の神輿は天皇の高御座《たかみくら》と同じ八角形——八角神輿だそうだ」

「さっきのパンフレットにも書かれていたように、水戸光圀公が認めておられたんですから、本当に神宮だったんでしょう」

「ところが、香香背男も建葉槌神も正体不明どころか、その存在すら余り公になっていない。更に言えば、徳川幕府ゆかりの水戸藩が『神宮』という名称を許可したことも、明治政府にしてみれば気に入らなかったのかも知れない。だから、取り消させたんだろう」

確かにそうだ。

こうやって崇とさまざまな神社を巡っていると、名前にしても、祭神に関してすらも、かなり政治の力を受けていることを感じる。昔は、まさかそんな所まで関与するだろうか……と思っていたが、想像以上に手を入れられてしまっている例が多い。

それよりも驚いたのは「神徳」の数だった。

「神徳。

家内安全・交通安全・航海安全・大漁満足・心願成就・学業成就・企業隆昌・工事安全・五穀豊作・病気平癒・厄除祈願・安産祈願等……云々」

とある。

もちろん後世、徐々に追加された物もあったろうとは思うが、

「それにしても、凄い数の神徳です」奈々は目を見張った。「ということは、この神さまは、それほど酷い目に遭わされたということですね」

「そういうことだろうな」崇は頷きながら、由緒書きを畳んだ。「さて、改めて拝殿からお参りするとしようか」

拝殿に戻る道すがら、奈々たちは参道横に立てられている由緒書きを読む。

そこには、創祀は社殿によると皇紀元年——神武天皇即位元年（紀元前六六〇）であり、建葉槌神が甕星香香背男を封じていること、それ以来、地元の人々の鎮守となったこと、江戸時代に藩命を受けて香香背男の磐座上に社殿を造成したこと……などが、文語体で延々と書かれていた。

ここも大体、今までの話と同じ。

奈々たちは、改めて手水を使い拝殿に参拝する。

お参り後に、じっと奥を見つめれば、やはり神座の上に「倭文神宮」の額が見えた。

その下方、両脇には鰭鉾《ひれほこ》が飾られ、額の下のほの暗い空間に立てられた金色の御幣は、まるで天空か

ら落ちてくる雷のように見える。しかし、今までの崇の話が真実ならば、まさにこの神は、雷《いかづち》――怒れる霊《ち》であっても全くおかしくはない。

　拝殿の回り縁《えん》奥に飾られた、建葉槌神の甕星香香背男を討伐している場面の彫刻などを見学して、奈々たちは移動する。

「では、本殿にお参りするとしよう」

　崇が言って「御本殿参道」へと向かったのだが、そこにあったのは「参道」どころか、小高い岩山に上るための岩の道だった。

　入り口には小さな祠と、その横に「宿魂石」と大きく刻まれた岩盤が立っている。

「この宿魂石は」と崇が言う。「例の、久慈浜にいらっしゃる『御根様』と繋がっているらしい。鹿島・香取の『要石《かなめいし》』のようにね」

「海上二キロの地点にある岩礁と？」

「それほど思いが強い、ということなんだろう。何しろ『宿魂石――宿恨石』なんだからね。さて、上ってみようか。この岩山全体が宿魂石といわれているが、土足は許していただいて」

　参道、という名の自然石でできた石段を上る崇の後から、奈々も続く。しかし石段と呼べる部分はそこだけで、すぐに急な岩肌の道になった。いや、道ではない。緩い崖に近いだろうか。

「この岩群は日本最古の物で、五億年も前の地層だそうだよ」

　事件のことも、もちろん「水死」のことも、全く念頭になく喋りながら上る崇の後から、奈々は、何となくモヤモヤしながら汗をかきつつ続いた。

　岩と岩との間の細い隙間を通って上って行くと「もじずり石」と呼ばれる、岩山の上方から垂れている鎖を伝って上らなくてはならない場所があり、奈々はようやくのことで頂上に辿り着く。

　そこには、かろうじて前面は開いているものの、ほぼ四方をぐるりと瑞垣で囲まれた、一間社の小振りな本殿が建っていた。何となく、香取神宮奥宮を連想してしまう。ここに、倭文神・建葉槌神が鎮座されているのだという。

本殿前のスペースは狭いので、奈々たちは交代で参拝し終えたが、下りは、上り以上に大変だった。雨や雪の当日は勿論《もちろん》、その翌日でも登攀《とはん》はかなり危険なのではないか。奈々は必死に鎖につかまり、へっぴり腰になって、ようやく地上に降り立つことができた。

二人はもう一度、社務所方面に向かい、今度は「甕星香香背男社」に参拝する。

こちらは、普通の石段を十段ほど上った場所に鎮座している、やはり一間社の小さな社だった。

庇の下に掲げられている社名には、「☆」に重なって、奈々の目にしたことのない、「生」に似た文字の上に「〇」が三つ並んでいる文字があったが、おそらく「星」という意味なのだろう。

崇に尋ねると、

「あれは『古文《こぶん》』の『星』だ」

と教えてくれた。中国の古い字体らしい。

お参りを終えて戻ると、社の右横に立っている駒札に「宿魂石」の由来が書かれていた。それによれば、この宿魂石は「境界（結界）に祀られた『大甕』と称する磐座」とあった。つまり、この場所は「朝廷の支配の及んだ地域」と「未知の世界」「日高見国」との境界だということらしい。

奈々たちは、その他の境内摂社と、国道を渡ってやはり大甕神社の境内になる「久慈浜稲荷神社」や「祖霊殿」をお参りする。古宮はハイキングロードを上って行った場所ということなので「古宮遥拝所」から遥拝した。

再び国道を渡りながら、崇は言う。

「境内を国道が横切っているというのも無残な造りだが、奈々くんの地元、鎌倉の鶴岡《つるがおか》八幡宮の参道も、横須賀《よこすか》線に横切られているな」

「時代の趨勢《すうせい》――時の流れですね」

淋しそうに応える奈々に、崇は続けた。

「しかし、この神社の名称といい、甕星香香背男の祀られ方といい、ここもなかなか謎が多い神社だね。ただ間違いないのは、それまで朝廷に刃向かっていた神が、この地で建葉槌神や武甕槌神や経津主神たちに敗れて『石』になったということだ。そして『香香背男』——おそらくは『香島』『香取』に『背いた』男として封印されてしまった」

「でも真実は、朝廷が一方的に攻め込んできたんですよね」

「まさに『鬼を以て鬼を退治する』戦法だ。しかもその後、武甕槌神を始めとする武神たちも次々に討伐されてしまった。今までの話の流れからすれば、おそらく建葉槌神もだろう。それをこうして、倭文神・建葉槌神の後裔たちが祀っているという、何度目の当たりにしても、実にやるせない光景だ」

崇は軽く嘆息し、大甕神社を後にした。

大甕駅までの道を歩いて戻りながら、

「建葉槌神——倭文神に関してなんですけど」

ふと思って奈々は尋ねた。

「機織りの神さまで戦神《いくさがみ》という、イメージしづらい点は別にしても、やはり建葉槌神自体が良く分かりません……」

「そうだな」崇は応える。「俺も、少し引っかかっているから、この機会に見直しておこう」

「お願いします」

という奈々の言葉に、崇は歩きながら口を開く。

「まず、この倭文神である建葉槌神は、天羽槌雄神、天棚機姫《あめのたなばた》神、建葉槌命、天羽雷《あめのはづち》命とも呼ばれている。この神は、天照大神の天の岩屋戸隠れの際に、文布《あやぬの》を織って捧げたという」

「棚機姫でもあったんですね」

奈々は頷いたが、機織りの神なのだし「棚機姫」というのが固有名称でないとすれば、当然と言えば当然。

「倭文神を祀る神社は歴史が古く」崇は続ける。

「『延喜式神名帳』には、十三社も記されている。そして、これらの倭文神社は、海や川や湖や沼などに近接するか、あるいは近くの高台に鎮座しているのが特徴とされているんだ。沢史生によれば、『「倭文神」と書かれてきた。その辺りに倭文神についての素性の謎が、隠されていたと考えられる』ということになる」

「……と言うと？」

「『しとり』や『しとる』という言葉は、『湿《しと》る』『湿《しめ》る』という意味も持っている。つまり倭文神というのは、水辺の神だったんだろうね。まさに棚機《たなばた》津女《つめ》が、神を迎えるために水辺の機屋《はたや》に籠《こ》もっていたように」

「水辺ですか……」

「同時に、その神が『水辺の神』であるとするならば、朝廷側からの蔑視《べっし》が当然入る。機織り神以前の倭文神は『賤居《しつおり》』神だったんじゃないかな」

「身分が低い神、ということですね……」

そうだ、と崇は頷いた。

「『賤居』あるいは『賤降《しつおり》』の『文《あや》』という意味合いで『倭文』を『しとり』と読ませた。『しとり』は『しつおり』の音便だからね。また『万葉集』などにおいて『しつたまき』と言えば『数にもあらぬ』『ものの数にもならぬ』『取り立てて言うこともない』――つまらない存在という意味になる。だから『書紀』は、その意味を充分に承知して、敢えて『倭文神』と表記したと考えられるな」

いつもの、底意地の悪い表記だ。『書紀』を見ていると、そんな表記が、いくらでも出てくる。

ちなみに、と崇は続けた。

「伯耆《ほうき》国一の宮も『倭文神社』で、主祭神はもちろん建葉槌神だ。ところが、神徳は『安産』であり、織物の神や、織物自体の伝承は社伝として残っていないという。わずかに、地元では機織りが盛んだったという程度でね。つまり倭文神は、布を織ることが本来の役割ではなかったんだろうな」

「じゃあ、何が本来の役割だったと言うんですか」

「静《しず》——静かにしていることだろう」

「静かに？」

「紙垂《しで》だよ。『垂《し》ず』だ。吊《つる》され、垂らされて、口を閉ざしたまま静かにしていろということだ」

「え……」

　つまり、
永遠の眠りに就いていろ、
黄泉の国でおとなしくしていろ、
ということか。

「でも、甕星香香背男を討った英雄の、建葉槌神もですか？」

「武甕槌神も建葉槌神も」崇は苦笑した。「二柱共に『槌』の文字が名称に入っているが『槌』という文字はそのまま『叩き打つための棒』であり、『叩く』という動詞も持っている。だから、相手を『叩き打つ』強い神という意味だったのか、それとも『叩き打たれた』神だったのか、どちらとも取れる。ちなみに『槌』は『蚕棚の柱』という意味も持っているから、この点に関しては、建葉槌神にぴったりの名前だな」

　確かに、そうなのかも知れない。

　彼らは、朝廷の命を受けて、香香背男たちを『叩い』た。しかし最後はおそらく自分たちも、朝廷に『叩かれ』てしまった。

　そして『静か』に口を閉じさせられた。

　このパターンも、いつもと同じ。

　夷で夷を、鬼で鬼を退治する。そして、退治させた夷も鬼も退治するという。

　すると、「そういえば」と言って崇は、バッグから『常陸国風土記』を取り出すと、歩きながらページをめくり、

「ここだ。久慈郡の条」

　と読み上げた。

「『郡《こおり》の西□里に、静織《しどり》の里あり。上古之時《いにしえ》、綾《しず》を織る機《はた》を知る人在《あ》らざりき。時に、此の村に初めて

織りき。因《よ》りて名づく』

この近くに『静織の里』があったんだ。『和名抄』は、この静織の里を倭文《しとり》と記している」

「それは、どの辺りなんですか？」

「現在の那珂《なか》市だから、ここから西に向かって行った辺りじゃないかな。そうだ」

崇は、また違う資料を取り出す。

「そこに『静《しず》神社』という社が鎮座していたはずだ。ああ、ここだ」

と言うと、立ち止まって資料を読み上げた。

「茨城県那珂市静《しず》に、地元の人から『お静《しず》さん』と呼ばれる『静神社』がある。常陸国二の宮で、祭神は建葉槌神つまり倭文神で『志津《しづ》明神』とも呼ばれた——とね」

「この近くにも、倭文神が……」

「折角ここまで来たし、行ってみようか。といっても、電車だと一旦、水戸まで戻ることになるかな」

崇に言われて、奈々は携帯で調べる。

すると、水戸まで戻って水郡《すいぐん》線に乗れば、三十分ほどで静駅に到着するものの、約一時間に一本しかない。更に、大甕駅から水戸までも本数が少ないので、静駅に到着するまでにどれくらい時間がかかってしまうか計算できない。

そこで奈々は、タクシーを調べる。

電車だと、水戸経由でV字を描くように移動しなくてはならないが、車なら山沿いにほぼ一直線だ。距離にして約二十キロ、時間は四十分弱とあった。ちょっと遠いしタクシー代もかさむが、移動時間を重視して、大甕駅でタクシーを呼んでもらうことにした。

静神社。

果たしてどんな神社なんだろう。

そして、小松崎たちはどうしているだろう。捜査の進展は……。

やって来たタクシーに乗り込みながら、奈々は胸の中でさまざまな思いを巡らせていた。

*

県警前に車を乗りつけると、すでに波村が待っていて、小松崎の姿を見つけると同時に大急ぎで駆け寄って来た。

小松崎が車を降りながら、

「どうしたんだ、そんなにあわてて」

と尋ねると波村は、

「おはようございます！　昨夜はすっかりご馳走になってしまいありがとうございました。今、携帯に電話しようと思ったんですけれど」

と一息に告げると、引きつった顔で言った。

「またしても、三神村で事件です」

「何だとぉ」

「ついさっき顔見知りの刑事から聞いたんですが、今朝、安渡川から女性の水死体が上がったそうなんです。昨夜遅く、川に飛び込んだようだと」

「水死体だとぉ！」

大声を上げ、胸ぐらを摑《つか》みかからんばかりに詰め寄る小松崎に、

「な……何かあったんスか」

波村は、思い切り腰を引きながら尋ねた。

「ああ」と小松崎は答えた。「昨夜、話に出た俺の同級生——というか、色々と面倒臭い関係の男——タタルだよ」

「今、こちらまで来ているという」

「昨日、俺が事件の話を伝えると『死人が出るかも知れない』『水死かな』と言いやがったんだ」

「ちょ、ちょっと待ってください」今度は、波村が詰め寄る。「昨日から分かっていたって、その人は霊能者かなんかスか？」

「おそらく、そういったことからは最も遠い場所にいる男だ」

「じゃあ、どうして——」

「分からん」小松崎は大きく首を横に振った。「も

は、相変わらず何を考えているか想像のつかない男だからな」

「ぜひ会ってお話を！」

「その前にそっちの話だ。どんな状況なんだ？」

「はい」波村は、メモ帳を広げて答える。「その女性は、三神村に住む、神城友紀子・六十二歳だそうです。三神神社で自筆の遺書が見つかったようで、自殺で間違いないだろうと」

「遺書？」

「詳しいことはまだ知らないんですが『すみませんでした』と書かれていたようス。その遺書を残した後、神社の裏手辺りで川に入ったのではないかと。少し下った地点で、遺体が浮かんでいるのを発見されたようですから。なので県警としては、これから村のおもだった人間を集めて話を聞くと」

「どこで？」

「赤頭善次郎の家だそうです」

「やはり昨日の件と関係してるのか」

「その辺りに関しては、県警もまだ全く分からないようスから、そんな話も含めて事情聴取するんでしょう」

「死んだ善次郎は、神社で発見された白骨死体を見に行って事故に遭ったようだと県警は考えている、と言ってたな」

「あくまでも、村民の言葉ですが」

「しかしそうなると、いくら慣れている山道とはいえ、九十過ぎだ。おそらく誰かが付き添ったろう。今回入水自殺した女性が、その付き添い役だったと考えるのが、一番自然じゃねえか。そこで事故が起こって、善次郎が命を落としてしまった。そのために律儀な彼女は『すみませんでした』といって、自ら命を絶った」

「そちらの話は通りますが、善次郎さんの遺体が瓶の中に入っていた件が謎のままです。今回の女性が入れたにしても、理由が分かりません」

「そうだな」小松崎は腕を組む。「もう一つ大きな謎謎は、タタルがどうして、死人が出る、しかも水死だなんて言い出したか、ってことだ」

「やっぱり、直接その方に話を聞いた方が――」

「分かってる」小松崎は憮然《ぶぜん》と応え、波村に尋ねた。「赤頭善次郎の家ってのは、三神神社の近くなのか？」

「詳しくは知りませんけど、そんなに遠くはないんじゃないですかね。何しろ、元の宮司だったたんですから」

「そうか……」

数秒後、小松崎は意を決したように言った。

「俺たちも、そこに行こう」

「行こうって――」波村は目を丸くして見返す。「無理ですよ。文字通り門前払いス」

「こっちには、水死体が出ると予言した男がいるんだぞ。これが殺人事件だったら、即座に容疑者扱いだがな」小松崎は苦笑する。「県警に伝えてくれ。事件に関して、何かつかんでいる男がいると」

「ほ、本当スか？」

「そう言えばいいんだよ」

「はあ……」

「それと――」小松崎は眉根を寄せる。「余り気が進まねえんだが、仕方ない。警視庁警部の叔父貴に事の顚末《てんまつ》を話してみる」

「岩築《がんちく》さんという方ですね」

そうだ、と小松崎は首肯する。

「叔父貴はタタルをかなり信頼してるから、茨城県警に電話を一本入れてもらう。あとは、タタルを引っ張り込んで、出たとこ勝負だ」

「大丈夫なんスか……」

心配そうに尋ねる波村に、

「大丈夫だろうが駄目だろうが、これしか方法はねえよ。無理にでも、タタルを引っ張り込む。奴は事件そのものには全く関心がなさそうだったが、三神神社や宝物殿の瓶に興味を示していたからな」

「変な人っスね。あ。いえいえ！　そういう意味じゃなく――」

「言い直さなくても構わない」小松崎は笑った。

「文字通り、変人だから」

「はあ……」

上目遣いで答える波村の前で、小松崎は携帯を取り出した。

＊

桜並木が続く公園と、水鳥たちが遊ぶ大きな池の、道を挟んだ前面に立つ真っ白い神明鳥居の前で、奈々たちはタクシーを降りた。

大きな鳥居の脇には、

「常陸　二ノ宮　靜神社」

と彫られた、こちらも立派な石の社号標が建っていた。


奈々たちは一揖《いちゆう》して境内に入ると、手水舎で水を使い、二の鳥居に続く石段横に立っている由緒書きに目を通した。この社は、

「鹿島神宮に次いで二の宮といわれた古い神社」

と書かれ、そのため水戸光圀からも非常に崇敬されて、社殿を改築して奉納されたという。

また、国指定重要文化財である「銅印」や、県指定文化財の「三十六歌仙絵」などを所蔵しているとあった。特にその銅印は、奈良時代の後期の作といわれ、「静神宮印」と刻まれているらしい。

「神宮印！」奈々は崇を見た。「ここも、やはり神宮だったんですね」

しかし崇は、その言葉に無言で頷いただけで石段へと向かい、奈々もその後に続く。

十段ほどの石段を上ると、今度は銅の神明鳥居が建ち、その向こうにまた十段ほどの石段が。そして更に四十段ほどの石段。上り終わって玉砂利の参道を行くと、また二十段ほどの石段。これをもう一度

繰り返して、ようやく神門の屋根が見えてきた。

狛犬前に建っている織物を手にした女神の像は「織姫像」。東京織物卸商業組合が、分社奉祝八十年記念として、昭和五十七年（一九八二）に奉納したものだそうだ。

その周囲の生け垣の中にはたくさんの石碑が並び、例の『常陸国風土記』に書かれていた、

「郡西□里　静織里」


云々という文章が刻まれた碑もあった。

二人で最後の石段を上って神門をくぐろうとした時、崇が足を止めた。そして、唐破風の下に掲げられている額を、じっと見つめて呟いた。

「ここにも『神宮』とある。しかも『太神宮』だ」

その言葉に奈々も見上げる。

すると、年季の入った額には、

「静太神宮」


と金字で書かれていた。

しかし。

「神宮」はともかくとして、「大神宮」や「太神宮」は、伊勢神宮関係の神社にしか用いられない名称だったのではないか。それがこの社にあるということは、伊勢と何かしらの関係があるのだろうか。

あるとしたら、どう関係しているのだろう？

奈々は尋ねたが、崇は口を閉ざしたまま門をくぐると、目の前の拝殿へと向かって歩く。

奈々も、その後から続いて拝殿前に立てば、前面には大甕神社で見た物と同じような、金色の御幣が飾られていた。

神紋は丸に桜——変わり山桜か。

参拝が済むと、奈々たちは右手の神木や、祠のように立ち並ぶ摂社を眺めながら拝殿脇を歩き、本殿へと回り込む。

すると、

「これは……」

崇は、再び足を止めた。

呆然と立《た》ち竦《すく》む崇の隣で、奈々も本殿の屋根を見上げて、

「あっ」

と目を大きく見開いて絶句する。

というのも——。

本殿の千木は内削ぎの女千木。

棟に載っている鰹木は、六本で偶数本。

見事に「女神を祀る造り」になっていたのだ。

しばらく眺めていた崇は、今度は玉砂利を蹴って小走りに社務所へと向かうと、社務員らしき女性に色々と質問するが、うまく話が嚙み合わず要領を得なかった上、宮司も不在ということで、並べられていた由緒や資料を手当たり次第に買い求めた。

社務所を離れると崇は、

「神社庁の公式見解としては、男千木・女千木や棟上の鰹木の数などは、その祭神である男神・女神と無関係ということになっている。それはそうだろう。そんなことを言い出したら、本当の祭神が分かってしまうからね——」

と言いながら早速目を通す。

そこには、由緒としてこう書かれていた。


かつてこの地には三社の神社が鎮座し、さらに七つの寺院がそれらを囲み、大きな「霊域」を構成していた。同時に交通の要衝でもあったため、門前町・宿場町として大いに栄えた。

その中心となっていたのが静の町であり、『延喜式神名帳』に「名神大」として載っている、静神社——静太神宮だった。

神社の創建は不詳だが、社伝によれば大同《だいどう》元年（八〇六）だという。


〝また、大同だ……〟

奈々は首を捻る。

鹿島神宮と息栖神社が現在の地に遷ってきたの

が、大同二年（八〇七）。その結果、あの「直角二等辺三角形」が形作られた——というより「直角二等辺三角形」を作るために遷座してきたようだ。

そのわずか一年前に静神社が創建されている。

一体、その年代で何があったのだろう——。

不審に思いながら先を読むと、やはり常陸国二の宮ということで鹿島神宮との関わり合いも古く、昨日参拝したように、ここの主祭神・建葉槌神は「高房社」として鹿島神宮内に祀られ、拝殿参拝の前に拝むしきたりになっているということも書かれていた。鹿島神宮奥宮建立の際には、ここ静神社の木が用いられ、遠路、鹿島まで運ばれたとあった。

確かにこれは、かなり縁が深い証拠だ。

また、やはり水戸光圀からも篤《あつ》く崇敬され、社殿の造営や神納物奉納、更には、神社神宝の奈良時代の物と推測される「銅印」発見の際にも、さまざまな寄進を受けたという。もちろんその「銅印」は「静神宮印」と刻まれている印だ。


どうやらこの社は「神宮」——太神宮で間違いないらしい。

更に崇は、神社の目の前に広がる池が気になったらしく、それについても色々と尋ねたら、あれはただの溜め池だが少し離れた場所には、毎年白鳥が飛来して越冬する大きな沼——古徳《こどく》沼と呼ばれる観光名所があるということだった。

「それが何か？」

静神社を後にして駅に向かう道で尋ねる奈々に、

「しかし……謎がまた増えてしまったな」

とだけ答えて、崇は顔をしかめた。

仕方ないので奈々は隣を歩きながら、困ったように頷いた。

最初、東国三社をまわると聞いた時、崇が言い出したのだから、単なるパワースポット巡りであるはずはないと覚悟していた。

しかし「常陸国＝常世《とこよ》の国」の話から始まって、香取神宮の奥宮や、異様なまでの大饗祭《たいきょうさい》や団碁《だんき》祭。

息栖神社の不思議な忍潮井《おしおい》や、気吹戸主《いぶきどぬし》と猿田彦神の関係。

鹿島神宮の本殿中の主祭神の向きや、鹿島神宮七不思議の存在。

その鹿島・香取・息栖三社の一の鳥居が、全て水中鳥居であること。

パワースポットと呼ばれるようになった最大の原因の、大同二年（八〇七）に作られた三社による「直角二等辺三角形」。

また。

建葉槌神を祀っている大甕倭文《おおみかしとり》神社や、静神社が「神宮」「太神宮」だったこと。しかも静神社では、建葉槌神があたかも「女神」であったように祀っている——。

あちらでは、小松崎も色々と苦労している様子だが、こちらもこちらで混沌《カオス》だ。

果たして、これらの問題の解答を見つけることができるのか。

いや、それ以前に、解答などあるのだろうか？

「でも、機織りの神様というと……」奈々は何気なく言う。「秦《はた》氏と何か関係があったのかも知れませんね。いえ、それ以上は何も分かりませんけど」

機織りは「秦氏」と以前に聞いていただけ。それを口にしただけだったが、崇は顔をこわばらせた。

そしていきなり、

「奈々くん」

例によって、奈々の両肩をつかむ。

もう奈々は慣れている。そこで余裕を持って、

「はい？」

と笑いながら崇を見たが、

「今、何と言ったんだ」

いつもより語気が強い。

どうしたんだろう。

変なことを言ってしまったのか。

「い、いえ」奈々も少し動揺しながら答えた。「きっと、機織りの神である倭文神——建葉槌神は、秦

氏と関係があるのではないかと思って……」

　ああ、と崇は奈々から手を放すと、大きく空を仰いだ。

「え？」

「相変わらず、バカだった」

「答えは、最初から目の前にあった。ここに来る前から分かっていたじゃないか。まさに織姫だ。あの女神像は真実を突いていた」

　驚いた奈々が、

「タタルさん」思わず声をかける。「何か閃いたんですか！」

「これらの事象は全てきちんと筋が通っている。だから一つ謎が解ければ、一本の紐をたぐり寄せるように、全部の疑問が解決できる」

「本当に？」

　驚いた奈々が尋ねたが、

「そういえば、隣駅の常陸大宮《ひたちおおみや》に、地名の元になったという古い神社があったはずだ。ちょっと調べてみてくれないか」

　言われて奈々は携帯を開いた。

　すると確かに、常陸大宮駅の近くに「甲《かぶと》神社」という社が鎮座していた。ここは昔「甲大宮」と呼ばれており、崇の言う通り、そこから地名も「大宮」になったとあった。

　そしてその創建は、

「大同二年（八〇七）です！」奈々は目を丸くした。「鹿島神宮・息栖神社の遷座と同じ年の」

　黙って頷く崇を見ながら、奈々は続けた。

「主祭神は……甕速日命《みかはやひ》……熯速日命《ひのはやひ》……そして、武甕槌命」

「甕速日命と熯速日命は」崇は言う。「伊弉冉尊《いざなみ》を焼き殺してしまったことに怒った伊弉諾尊《いざなき》が、自分の子である火の神・軻遇突智《かぐつち》を斬った際に、その剣から滴り落ちる血から生まれた神とされている。一書《あるふみ》などには異説もあるが、武甕槌神の祖神といわれている神だ」

「ということは、安曇磯良の先祖になるんですか」

「そうなるが、その辺りはまだ判然としていない。ただどちらにしても、血塗られた暗い歴史と共に、この世界に化生された神であることに間違いはない。ちなみにその際、きみの好きな貴船《きふね》神社の主祭神である高龗神《たかおかみのかみ》や、闇龗《くらおかみ》神も生まれている」

私の好きな？

どこかでそんなことを口にしたか……と考え込みながら、奈々は言った。

「神社の境内には、素鵞《すが》神社もあるそうです」

「素戔嗚《すさのお》尊か」

はい、と奈々は携帯を見ながら答える。

「牛頭《ごず》天王としても祀られていて、延暦《えんりゃく》二十一年（八〇二）には、坂上田村麻呂《さかのうえのたむらまろ》が、蝦夷征伐の際に戦勝を祈願し、見事に勝利して凱旋《がいせん》の際にも立ち寄り、剣を奉納したそうです」

「それは、かなり由緒正しい神社だ。隣駅だし、折角だから訪ねてみよう」

「はい」

「あと、今奈々くんが口にした田村麻呂で思い出したんだが、もう少し南西に行った場所に、またもう一つ面白い神社があったはずだ」

「それは、何という神社ですか」

「鹿嶋《かしま》神社という」

「鹿島……といっても、もちろん『神宮』ではないんですよね」

「そうだ。『鹿嶋神社』だ。小さな神社だけれど、とても面白い。そこの何が面白いといって――」

崇がそこまで言った時、奈々の携帯が鳴った。

ディスプレイを確認するまでもない。

小松崎からだ。

奈々は一旦、崇の話を遮ると通話ボタンを押して携帯を耳に当てた。

「もしもし――」

#《麒麟《きりん》》

奈々たちは電話一本で水戸まで呼び戻されると、駅前で今や遅しと待ち構えていた小松崎の車に、崇と二人、押しこめられるようにして乗り込んだ。

小松崎は、すぐさま車を出す。助手席に腰を下ろしている小柄な男性が、小松崎の後輩ジャーナリストの波村優治《はむらゆうじ》らしい。

「小松崎さんには、いつもお世話になっています」

波村は体をよじり、奈々たちに名刺を差し出しながら挨拶した。

「今回は何かバタバタで、申し訳ありません。お忙しい中、色々と予定を変更させてしまって」

「全くだ」

憮然とした表情で答える崇を、バックミラーで覗き込みながら、

「仕方ないさ」小松崎は、波村に言った。「予定はさまざまあるだろうが、決して忙しいわけじゃないから」

「何を言ってるんだ」崇は憤然と言い返す。「これから忙しくなるところだった」

「忙しくなる前で良かった」小松崎は笑った。「事件が早めに片づいたら、俺がタタルの好きな場所に連れて行ってやるよ。何なら、もう一泊しても構わない。ホテルは、こいつが何とかしてくれるから」

「あ？　は、はい」波村はあわてて答える。「それはもう……」

「それで」奈々が尋ねる。「事件の方は、どんな様子なんですか。やっぱり気になってしまって」

「ええ」

と波村は答えて、事件の経緯を説明した。

それを聞いた奈々は、「水死体って……」隣で険しい表情のままの崇を見た。

「タタルが言ってた通りのことが起こったたってわけだ」小松崎が言う。「岩築の叔父貴から茨城県警に電話を入れてもらった。県警が話を聞いてくれるそうだ」

「余計なことを」

「いいか、タタル。何度も言うがな、人が死んでるんだぞ。ちっとは真面目に考えて、協力しろ」

「俺も何回も言ってる。素人の俺が協力してどうなるものでもない。解決するのは警察だ」

「でも……」波村が、おずおずと振り返る。「協力していただければ、県警も助かると思うんスけど」

「むしろ、迷惑がられる」

「そんなこともないでしょう、タタルさん」奈々も二人に加勢する。「今までだって、何度も協力して、感謝されてきたじゃないですか」

「おう、さすが義姉だ。良いことを言う」小松崎は笑った。「いいかげんに諦めろ、タタル。奈々ちゃんと一緒に旅行しちまった以上、こうなることは目に見えていた」

「わ、私？」

「とにかく、ちょっとつき合ってくれ。今言ったように、終わったらその後で、好きなところに連れて行ってやるから」

「本当だな」

「俺は嘘は嫌いだ。鼻がむず痒《がゆ》くなっちまうから」

「そうだな……じゃあまず、その三神神社に寄ってくれないか」

「おう。どうせ通り道だ」

「でも、瓶は見られませんよ」

　と言う波村に、

「構わない」崇は答えた。「とにかく、神社を見ておかなくては話にならないから」

　そう言うと、崇は再び窓の外の景色を眺めた。

　三神神社に到着すると、波村が見張りの警官に詳しい事情を説明して許可をもらい、安渡川の支流らしき細い川を渡った。そして目の前に続く石段を上ると、今にも倒壊しそうな頼りない神明鳥居をくぐり、神社境内に入る。

すぐ左手に置かれた手水舎の水は完全に涸《か》れて、一面緑の苔で覆われていたのでお清めは許していただき、いかにも無理矢理に曲げてある短い参道を進んで拝殿へと向かった。

古色蒼然を通り越して、半分崩れ落ちているような建物だった。

しかし、これでも明治の頃に一度建て直しているらしかったから、戦後は全く手入れされなかったのだろう。自由気ままに茫々と茂る雑草の向こうには、こちらも瓦解寸前の宝物殿が建っていたが、ロープが二重三重に張られており、立ち入り禁止となっていた。

四人揃って参拝後、崇は拝殿後方に進み、年季の入った一間社流造《いっけんしゃながれづく》りの本殿を眺めると、嘆息混じりに言った。

「女千木か……」

その言葉に〝えっ〟と思って奈々も視線を上げたが――。

確かに本殿の棟には、内削ぎの女千木と、偶数本の鰹木が載っている。

おかしくはないか？

ここは、武甕槌神・経津主神・建葉槌神の「三神」を祀る神社のはず。それなのに、女神を祀る造り……。

首を傾げる奈々を置いて、崇は雑草を踏みしめながら本殿裏手へと回る。すると、そこには小さなスペース――といっても、雑草が茂り放題の空間があった。奥には、「猿田彦大神」と彫られた、この壊れそうな神社にはそぐわないほど、大きく立派な石碑が建っていた。

その向こうから水の音と匂いがしたので近づいてみると、先ほど渡った川とは比較にならないほど大きな河――安渡川が、水を滔々と湛えながら流れていた。

おそらく、先ほどの細い川は、神社に入る前にわざと渡らせるために、こちらの河からわざわざ引いたのかも知れない。そういえば、以前に行った長野県・安曇野《あずみの》にも、同じような造りの神社があったような気がする……。

納得する奈々の横で崇は、

「なるほど」「おや?」「これはもしかして――」

などと独り言を呟きながら、境内のあちこちに建てられている――というより、置き捨てられている――小さな祠を一つ一つ見て回っていた。

「とすると、これは……」

崇が眉根を寄せながら天を仰いだ時、

「もう充分に見たろう」小松崎が促した。「そろそろ出発するぞ。向こうでみんなが待ちくたびれているそうだ」

そこで奈々たちは神社を後にすると、再び車に乗り込み、赤頭家に向かった。


到着した赤頭の家は、旧《ふる》い旅館を思わせる外観だった。

入母屋造りの大きな瓦葺《かわらぶ》きの屋根と、深い軒。警官に案内されて間口の広い玄関を上がると、一間廊下が延びている。古ぼけてはいるものの、老人が一人で住んでいたとは思えないほど広々とした空間が広がっていた。

ひんやりとした廊下を歩き、奥まった畳の部屋に導かれると、大勢の人々が集まっていた。

部屋の広さは二十畳ほどあるだろうか。煤《すす》けた太い梁の通った、高い天井の部屋だった。

長押の上には、額に入った先祖の写真がズラリと並んでいる。しかし誰もがニコリともせず、じっと静かにこの部屋を見下ろしていた。

部屋の突き当たりには、奈々の身長ほどの大きな仏壇が置かれ、さまざまな仏具が供えられている。何本もの線香の煙が立ち昇り、前面両脇には白い仏花が飾られていた。

警官が「お見えになりました」と告げると、全員の視線が一斉に奈々たち四人の上に注がれたが、好意的な視線は一つもない。むしろ、こんな時にどうしてという、あからさまな嫌悪を感じさせる視線ばかりだ。

警官が持ち場に戻り、人々と一緒に部屋にいた中年の刑事らしき男性の「どうぞ」という声に導かれて、所々擦り切れている畳の上に腰を下ろすと、波村が奈々たち全員を紹介する。

「警視庁からも連絡をいただきましたが」先程の短髪の刑事が言った。「それで、今回の事件を想定していた男性というのは――」

「こちらの」波村が緊張しながら崇を示す。「桑原さんです」

「そうですか」

刑事は、じろりと崇を見た。

外見はどことなく純朴そうだったが、さすがに視線は厳しかった。その刑事が「茨城県警警部補の、沼岡喜三郎です」と自己紹介がてら、部屋に座っている全員を紹介する。

隣は、同じく折田一彦巡査。

今回、村を代表してここに集まってもらっている本家の人々は六人。現在の村民は、分家の人々も入れて全員で二十名ほど。改めて全員から個別に話を聞くつもりだが、今日のところは今いる六人ということらしかった。

六人は半円を描くように腰を下ろしており、沼岡の左手から時計回りに、今年八十九歳になるという後谷《うしろや》かすみ。

十八歳の神城《かみしろ》芙蓉《ふよう》。

その向こうで肩を落として俯いたままの女性は、亡くなった友紀子の母親・神城（沖墨《おきずみ》）友子《ともこ》。七十九歳になるという。

その隣には、芙蓉の母親・総子《ふさこ》四十五歳。どうやら、総子と芙蓉の二人で、高齢の女性二人を気遣う席順になっているようだった。

総子の隣は、夫で五十八歳になる竜一《りゅういち》と、目を泣き腫《は》らしている十六歳の若者の朔《はじめ》。朔は友紀子の一人息子だそうだ。

「もともとは」折田が静かに説明する。「ここにいらっしゃる、後谷さん、沖墨さん、神城さんの他にも、百鍋《はくなべ》、株木《かぶき》、阿久丸《あくろ》、明越《あけごえ》、畔河《くろが》、そして赤《あか》頭《がしら》という六軒の家があり、全部で九つの本家があったそうですが、洪水に襲われたり、太平洋戦争があったり、現在はこちらの方々の家だけになられてしまったそうです」

「赤頭の家は」沼岡がつけ加えた。「昨日、一人だけ残っていた善次郎さんが亡くなられてしまったため、断絶してしまったということでした」

その言葉に、奈々たちが口を閉ざしたまま頷いていると、

「それで」と沼岡が崇を見た。「きみは、その善次郎さんに続いて、もう一人死人が、しかも水死人が出ると言ったそうだが、それはどういうことだったのかね」

沼岡の言葉に、全員の視線が崇に集中する。

冷淡で、疎ましさを隠そうともしない、強い猜疑《さいぎ》の目だ。

奈々は背すじがゾクリとしたが、以前にこれと同じような空気を全身に感じたことを思い出す。

六年前の伊勢だった。しかもあの時は、もっとあからさまな敵意までも加わっていた……。

すると崇は、

「直感——ただの思いつきです」

あっさりと答え、竜一を始めとする村人たちは、呆気に取られた顔で崇を、そして沼岡たちを見た。

「き、きみ」折田が尋ね返す。「思いつきと言ってもだね、きみのその言葉で警視庁の警部までが、わざわざ県警に直接電話を——」

「それよりも」崇は平然と言った。「今、お名前を聞いて思ったんですが、みなさんはどちらにお住ま

いなんでしょうか」

「どちらって、この村に決まってるだろう」

「この村の、どちらに？」

ハラハラしながら見守る奈々の斜め前で、崇は一枚の地図を取り出すと畳の上に広げた。東京から持参した、この三神村の地図だ。四方を山に囲まれた広い盆地に、大きくうねる安渡川。中央には小さく「三神神社」と載っている。

「今、俺たちのいる赤頭さんのお宅はここですね」

崇はペンを取り出すと、地図上に印を書いた。

「とすると、他の皆さんのお宅はどちらかと思いまして。いえ、もちろん、第三者である俺たちには教えられないというのであれば構いませんが」

お互いにチラチラと視線を交わしていたが、

「神城の家は」竜一が、崇を疑わしそうに覗き込みながら、地図に指を置いた。「ここだ。かすみさんの後谷の家は、ここで、沖墨の家は、ここだ」

「亡くなられた友紀子さんも、友子さんとご一緒に？」

「友紀子さんは、善さんの面倒を看《み》とったから」総子が投げやりに答えた。「誰もおらんようになってしまった株木さんの家に暮らしとった。ここだ」

総子は地図を指差す。

「なるほど。ここ、赤頭さんの家の近くですね」

納得する崇に、

「それが」と沼岡が尋ねる。「どうかしたのか」

その言葉を無視するように、

「もしもよろしければ」崇は竜一に言った。「無くなってしまった昔のお宅も教えていただけますか。ご存知の範囲で結構なので」

「なに？」

竜一は怪訝《けげん》そうな顔をしたが、かすみと友子が二人の間にいる芙蓉に耳打ちして、芙蓉がおずおずと進み出て地図を指差した。

「百鍋と阿久丸の本家は……ここでした」

「これは——」崇は地図に印をつけながら、トントンと自分の額を叩いた。「非常に珍しいですね」

「何がだ」

尋ねる沼岡にまたしても答えず、崇は訊いた。

「ということは……もしかして、畔河さんの本家はこの辺りで、明越さんの本家は、ここら辺だったんでしょうか」

「昔の話は知らん」

突き放すように答える竜一の前で、

「その人の言うとおりじゃ」かすみが小さな声で言った。「のう、友子さん」

すると友子は弱々しく「ああ……」と頷いた。

「どうして分かったんだ」沼岡は驚いたように崇を見た。「部外者のきみが」

はい、と今度は答える。

「今ご覧になったとおり、皆さんのお宅——この村の本家は、三神神社を囲むように存在していると思ったからです。ここと、ここと、ここ……」

崇はペンで書いた地点を指で押さえる。

「そうなると、やはり三神神社が、この村の中心的な存在だったようですね」

地図を覗き込む沼岡や折田、そして奈々たちの前で崇は続けた。

「ただ、非常に不思議なことに皆さんのお宅は、神社を丸く囲んでいるわけではなく、三角形に囲んでいる」

「三角形？」

はい、と答えて崇は全員を見る。

「きちんと三軒ずつ、それぞれが三角形の頂点の近辺に位置していたんですね。そして、中心にはもちろん三神神社がある」

本当だ。

崇の肩越しに、地図を覗き込んだ奈々も驚く。

三神神社を中心にして、

「赤頭」「明越」「株木」の三軒。

「神城」「後谷」「百鍋」の三軒。

「阿久丸」「畔河」「沖墨」の三軒が、それぞれ固まって、ほぼ正三角形を描いて……

るようにして、三角形の頂点を作っていた。

しかし、崇の言うように、三神神社を真ん中に置いて取り囲むのが目的ならば、丸く円を描くように家を置く方が自然だ。

それが、何故わざわざ三角形を？

奈々は眉根を寄せて首を捻り、沼岡たちも驚いたようだったが……竜一たちの表情は全く変わらなかった。

「だが、タタル」

と言ってから、小松崎は一応「ああ。これは、この男のあだ名です」と釈明してから尋ねた。

「どうしてこっちが畔河で、そっちが明越だと分かったんだ？　当てずっぽうじゃねえだろう」

「二択だからな。右か左かだけの話だ」

崇はあっさりと答えたが、

〝嘘だ〟

奈々は直感する。

崇は最初から、どちらの家が、左右どちらなのかを確信していた。その証拠に、全くためらわずに指し示したではないか。

「だが」沼岡が怪訝な顔で尋ねた。「それが、どうしたというんだ？　今回の事件と、何か関《かか》わりがあるとでも言うのかね」

「とても大きく関わってきます。まさに、事件の本質でしょう」

その言葉に、竜一たちは横目で視線を交わしたが、誰一人として口は開かなかった。

「では」と沼岡は言う。「その意味を話してくれないか」

「少しだけ長くなりますが、よろしいでしょうか」

「もちろん、構わない」沼岡は友子たちを見る。

「よろしいですな」

全員が弱々しく頷いたが、

〝これも嘘だ〟

奈々と小松崎も視線を交わす。

少しだけではない。今回は、かなり長くなる。

不安気な奈々をチラリと見て苦笑いする小松崎の隣で、

「では――」

崇は口を開いた。

「みなさんは『鹿』をご存知でしょうか」

「鹿だと？」沼岡は呆気に取られた顔で尋ね返す。「あの、牡《おす》には立派な角が生えていて、茶色に白い点々のある、鹿か？」

「はい」

「それがどうした」

「鹿は、警部補さんが言われたように、偶蹄《ぐうてい》類シカ科に属するニホンジカのことで、わが国では北海道から沖縄まで生息しています。夏は褐色の地に白《はく》斑《はん》、冬は一様に灰褐色の体となります。草食で大人しそうに見えますが『和漢三才図会《わかんさんさいずえ》』によると、

『鹿多淫《たいん》ニシテ、牡ハ夜鳴キテ牝《めす》ヲ喚ブ、秋夜最モ頻シ』

鹿は多淫で、牡は夜に鳴いて牝を呼ぶ。秋の夜が最も頻繁である――そうです。しかし、そうなると『百人一首』にも取り上げられている、あの有名な猿丸《さるまる》太夫《だゆう》の、

奥山に紅葉踏み分け鳴く鹿の
声聞く時ぞ秋は悲しき

この歌の一般的に言われている解釈も、ガラリと一変してしまいますね。深閑とした侘《わ》び寂《さ》びの世界から、ドロドロとした情念の世界へ」

「きみは何を――」

「また、奈良では『鹿は春日の神使とされているので、春日の人は鹿を食べない』とも言われているそうです。しかし、俺たちのような薬剤師にとっては、精をつけ血を養い一切の虚を治す『鹿茸《ろくじょう》』――鹿の袋角《ふくろづの》や、やはり血行を良くし、腎《じん》を補い精を強くする『鹿角《ろっかく》』。あるいは、経絡《けいらく》を通じ、諸病を治し悪鬼を避ける『麝香《じゃこう》』などを、すぐに思い

浮かべます」

「薬剤師？」沼岡は、顔を歪めて崇をまじまじと見た。「きみは、薬剤師なのか？」

「はい」崇は頷く。「そうですが」

「それが、どうしてこんな場所――」

「また『字統』によれば」崇は、視線を外して続けた。「鹿を『聖獣とする観念があった』ために『神事に必要なものとされた』とあります。まさに『神《しん》鹿《ろく》』です。実際、奈良だけではなく、岩手でも『白い鹿は神である』といわれていたようですしね。ちなみに、この『しか』という名称は食用の鹿で、『か』と読んだ場合は、神使であるという説もあります」

「は……」

「また隠語に『しかとう』という語もあります」

「しかとする、ってやつか」小松崎が言う。「無視することだ。それも、鹿からきてるんだな」

そうだ、と崇は頷く。

「花札の紅葉の鹿は十月で、その鹿が横を向いているところから『鹿十《しかとう》』になったという」

「なるほどね」

ところが、と崇は続けた。

「これほど我々にとって身近である鹿が、何故か卑下されるようになります。たとえば『しかみ』――顰み・蹙みといえば『苦痛や不快さに顔をしかめ、渋い面になること』であり、『しか（が）ない』といえば、言葉や方法に窮することや、暮らし向きに貧窮することであり、熊本・鹿児島地方で『しからしか』といえば、やかましい・うるさい・騒々しいことを意味します。更に福岡・熊本地方の方言で『しかともない』というと、『大したこともない』『つまらない』という意味になります。また、下男・下人を指して『鹿蔵《しかぞう》』といったような言葉もありました。これは、一体どうしたことでしょう」

「知らんよ、そんなことは」

吐き捨てるように言う沼岡を見て、崇は言う。

「これらの『鹿』は全て、北九州・福岡市の『志賀《しか》島《しま》』からきているからです」

「志賀島だと？」

「そうです。同時にそこは『洲処《しか》——スカ』の地だった」

と言って崇は、奈々たちに言った「洲処」の話をごく簡単に伝えた。

「なので、『しからしか』の語源は『洲処らしか』であり、『しかみ』の語源も『洲処身』であるという説があります。これは非常に信頼できます。というのも『顰《しか》める』の『顰』は水際を表す文字の『頻』と『卑』しいという文字の、合字だからです。そこで沢史生も、

『産鉄権を奪われ、農民以下に扱われたシカ（洲処）の者の境遇が、顰みと表現された』

と言っています。そうした『洲処』であったため、朝廷はその場所を独占しにかかったのです」

「お、おい！」今度は、折田が崇に言った。「きみは、さっきから一体何の話を——」

「そして」と崇は折田を見た。「その『鹿』をそのまま冠した神宮が、ここ常陸国の鹿島神宮であり、同じ主祭神を祀っているのが、この村の三神神社なんです」

「え……」

竜一たちは、誰一人として口を開く者はなく、崇の話を聞いているのかいないのか、身じろぎもせず畳の上に座っている。

一方、唖然としている沼岡と折田の前で、崇は続けた。

「昨日、実際にまわってきて、鹿島神宮や、下総国・香取神宮の本質は、本殿——そこに祀られている神——にあるのではなくて『奥宮』あるいは『要石』だと確信しました」

そして、奈々たちに話した両神宮の「要石」の話をする。それらは、地上に騒乱を起こさんとする「大鯰」を押さえるためにそこにある——。

「しかしこの石は、いくら神域に存在しているとはいえ、本殿とはかけ離れて奥まった場所に、ひっそりと置かれていた。つまり、これらは武甕槌神や経津主神の神体石ではあり得ません。もしもそうであれば、太宰府天満宮などを始めとする数多くの神社のように、その上に神殿が建っているでしょう。つまり、この『要石』は、もともとの地主神であったけれど、武甕槌神・経津主神・猿田彦神たちによって討伐されてしまった神々、あるいは、武甕槌神たちと一緒に戦ったが最終的には殺されて、物言えぬ『石』となってしまった神だと確信しました」

崇は、呆然としている全員を見回して続ける。

「そもそも『要《かなめ》』とは何でしょうか。『字統』によると『要』は女子の『腰骨の形』『人体の最も枢要なる部分を要領といい、領はくび』『要領を保《たも》つとは、命を全《まっと》うすること』とあります。となれば、鹿島・香取の『要石』は、それほどまでに重要な石ということになります。では、どうしてあの石が、それほどまでに重要視されたのか。この点に関して沢史生は、この石が地震押さえの石というのは間違いであり、鹿島・香取の神に征服された『地元土蜘蛛《つちぐも》の夫婦神が、このように引き離されて祀られてきた』ために、要石そのものが、地震——朝廷に対する祟りを発する『怨霊石』なのだと言っています。怨念を埋めてあるゆえに重要なんだと」

〝御根様だ〟

奈々は、大甕倭文神社での崇の言葉を思い出す。

大きな怨念を抱いて、海中・海上に存在している「石」。

「また」と崇は続けた。「銀山で有名な、島根県・石見《いわみ》地方では昔、鉱石を割る際に大きな石を台として使用していたそうです。その石を『要石』と呼び、女性が係として働いていたといいますが、こちらはおそらく『鉄穴女石《かんなめ》』であり、鹿島・香取の物とは、意味合いが違ってくると思います」

「だから！　いいから、早く事件の話を——」

「鹿島神宮には」崇は、折田の言葉が全く聞こえなかったように続ける。「不思議なことが山ほどあります。鹿島の七不思議云々といいますが、それ以前の大きな不思議――疑問は本殿です。本殿自体は北を向いていて、これは蝦夷を見張るためと言われていますが、肝心の主祭神・武甕槌神がいらっしゃる神座は、東北東を向いている」

「そうなんスか！」波村が思わず声を上げた。「知らなかったス」

「その方角には、大洗から続く鹿島灘しかないと、俺も思っていた」崇は言う。「だが、明らかな勘違いだったんだ」

「と言うと？」

「もっと近くの『奥宮』だ。主祭神の武甕槌神は『奥宮』を見ていた。更に言えば、武甕槌神の荒魂を祀っていると言われている奥宮の背後には『要石』がある。つまりあの場所では、本殿――奥宮――要石というラインが敷かれていたんだ」

「なるほど……。じゃあ、香取神宮も？」

「香取神宮はまた少し形が違っていて、要石は押手神社がしっかりと押さえていて、奥宮は要石を見ず、それこそ北を見ている。そもそも、ここの『奥宮』は本殿より手前に鎮座しているんだが――」

「だから」沼岡が苦い顔で言った。「もういいよ！きみの講釈は充分に拝聴した。しかし、我々としては今回の事件を解決しなくてはならない責務がある。今きみが言ったとおり、鹿島・香取の神宮の話は後回しにしてくれないか」

「しかし」崇は不審な顔で沼岡を見た。「俺は今までずっと、今回の事件の話をしていたつもりです。しかも、最短距離で」

「何だと？　どこが事件の話だったんだ」

「全てです。これらを押さえておかないと、次の『三角形』の話に移れない」

「さっき言っていた、この村の人々の家がどうのこうのという話か」

「違います」崇は首を横に振る。「鹿島・香取・息栖――東国三社の『直角二等辺三角形』です」

「最近、物見高い連中が、パワースポットだ何だかんだと騒いでいるやつか」

「その事象に関して俺は、全く興味がありません」

「じゃあ、何だと言うんだ」

「この『直角二等辺三角形』は、それぞれの神社の本殿ではなく『奥宮』や『要石』を結んだものではないかと思ったんです。というのも、本当に重要なのは、それらですから。あるいは――」

と言って、崇は友子やかすみたちを見た。

「息栖神社の『男甕・女甕』など」

しかし、友子たちは崇と視線を合わせることもなく、背中を丸くして、無言のまま擦り切れた畳を見つめていた。

「俺としては」崇は視線を戻して続ける。「『要石』は、そもそも『甕石《かめいし》』だったのではないかと思いました」

「かめいし？」

尋ねる折田に、

「はい」と崇は答える。「この場合は『亀石《かめいし》』でも構いません。高い確率で、亀甲山《かめがせやま》も本来は『亀』ではなく『甕』だったのではないかと思っています」

「香取神宮だな」

「ええ」崇は頷いた。「どちらにしても、同じことなので。また、息栖神社でいえば『男甕・女甕』は、『男鹿《おが》（牡鹿《おしか》）・女鹿《めが》（牝鹿《めじか》）』でもあったのだろうと思います」

「『要《かなめ》』が『亀《かめ》』で『甕』で『鹿《か》』だと？」

「そういうことです」崇は頷く。「一つ加えておきますと、この『甕』というのは、少し特殊な意味を持っています。というのも、吉野裕子《よしのひろこ》によると、甕は『蛇』を飼育する入れ物だった」

「蛇？」

「中国地方では、小蛇を何匹も甕や瓮《へ》や桶《おけ》の中に入れ、米や卵などを与えて飼育していたといいます。

これは『トウビョウ』と呼ばれる、家の守護神だった。当時の人々にとって、それほど『甕』は重要な役割を果たす物だった。そこで俺は、ふと思ったんですが、もしかすると、七日七晩かけて要石を掘らせたという水戸光圀は、要石の大きさを測りたかったのでなく、そこに埋まっているはずの『甕』を見たかったのではないかと。しかし、結局は見つからなかったようですが」

「だが」小松崎が唸った。「どうしてそこまで甕が重要だったんだ？　ただ、蛇を入れておくための入れ物だったんじゃねえのか」

「そんな単純な話じゃない。しかし、それをきちんと説明するためにはまず、今の鹿島・香取・息栖の『直角二等辺三角形』の謎を解かなくてはならない」

と言って崇は、全員に改めて説明した。

三社の「直角二等辺三角形」は、鹿島神宮と息栖神社が、平城《へいぜい》天皇の大同《だいどう》二年（八〇七）という同じ年に遷座し、そこで完成したこと。これは決して偶然ではない。では一体、何のためにかといえば、そこに「結界」を張るため。後世、江戸でも同じような遷座が行われている。

しかし、常陸国は江戸とは違って、古地図などで確認するまでもなく、その三角形の中心には海しかない——。

「それが変だって言ったんだな」小松崎が腕を組む。「タタルの言うように、重要な『要石』や『甕』を用いてわざわざ結界を張っているのに、真ん中に何もねえのは」

いや、と崇は首を横に振った。

「勘違いしていた」

「なに。じゃあ、何かあるってのか」

「海がある。外浪逆浦《そとなさかうら》が。この三神村の三角形の中心に、安渡川が流れているように」

「意味が分からねえ」

小松崎は憤然と言い放ったが、確かにこれでは禅問答だ。

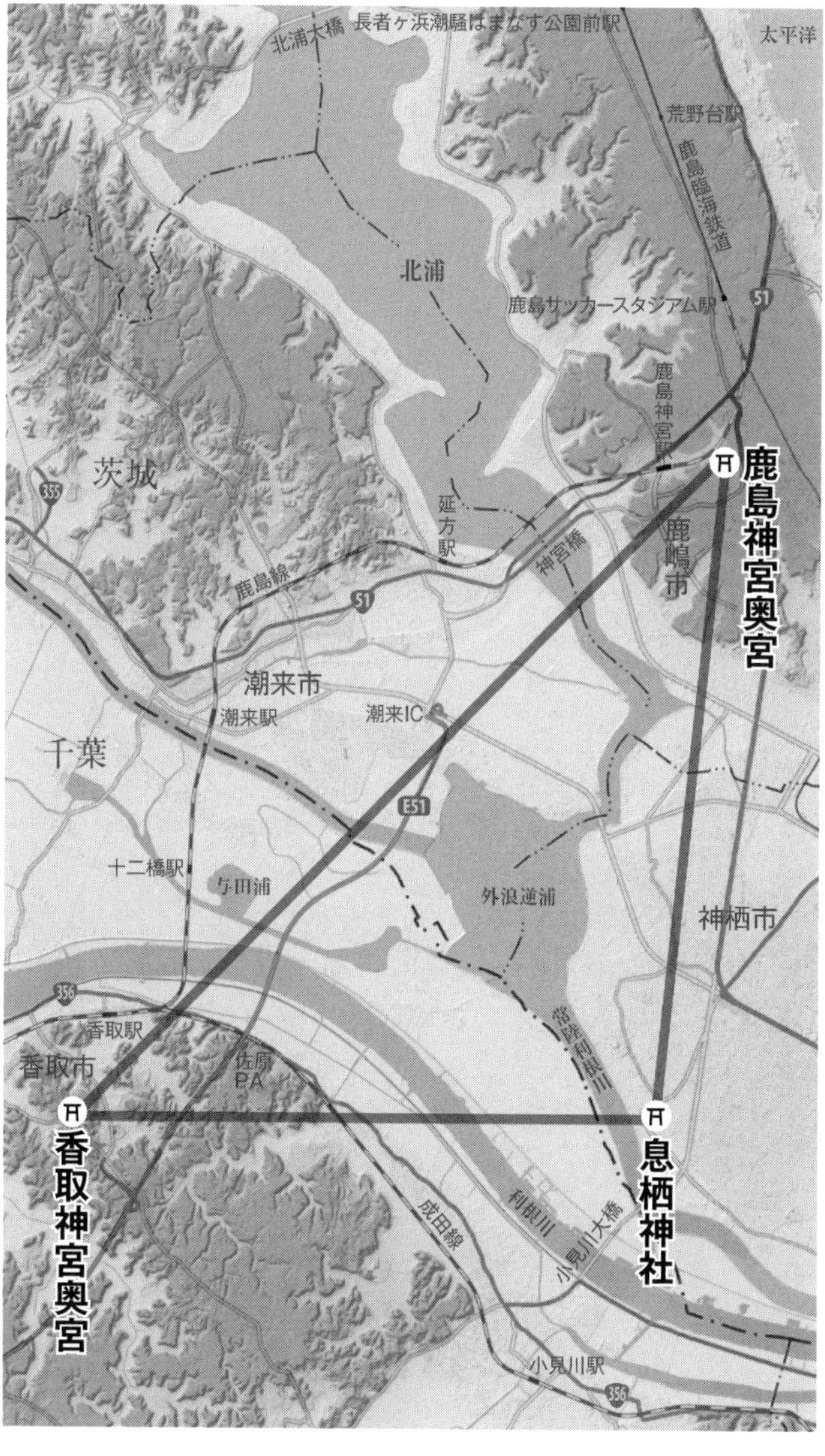

北浦大橋
長者ヶ浜潮騒はまなす公園前駅
太平洋
荒野台駅
鹿島臨海鉄道
北浦
鹿島サッカースタジアム駅
鹿島神宮駅
鹿島神宮奥宮
茨城
延方駅
神宮橋
鹿嶋市
鹿島線
潮来市
潮来駅
潮来IC
千葉
十二橋駅
与田浦
外浪逆浦
神栖市
香取駅
香取市
佐原PA
常陸利根川
香取神宮奥宮
息栖神社
成田線
利根川
小見川大橋
小見川駅

するとやはり、

「一体、きみが何を言いたいのか分からん」

ついに沼岡がキレた。

「警視庁から特別に連絡があったから、我慢して今までつき合っていたが、もう結構。そこまでだ。申し訳ないが、お引き取り願おう。警視庁の警部さんには、こちらから連絡を入れておくから」

その言葉に崇が憮然と口を閉ざし、その後ろで奈々が思わず体を小さく竦めた時、

「良かったら……」かすみが静かに口を開いた。

「もう少し話させてあげてくれんかの」

「えっ。しかし、これ以上は時間の無駄では——」

驚く沼岡と折田の前で、かすみは友子を見た。

「どうじゃ、友子さん。ここらで、もう、ええんじゃないか」

「……はい」友子は弱々しく頷くと、全員を見回した。「おまえたちも、ええの」

「母ちゃんとかすみさんがそう言うなら」竜一も俯いたまま頷いた。「わしらは、構わんべい」

「じゃあ」友子は崇を見る。その目には、うっすらと涙さえ浮かんでいた。「続けてくだされ。友紀子の供養じゃ」

その言葉に、沼岡と折田は思わず腰を浮かせた。

もちろん、彼らだけではない。

〝供養って！〟

奈々も、小松崎も波村も、唖然として崇を見る。

今までの崇の話の一体どこが、亡くなった人間の「供養」に繋がるのだ？

しかし、

「ありがとうございます」崇は静かに、かすみと友子を見る。「では、続けさせていただきます」

「そうなされ」

顔を引きつらせている総子と芙蓉に付き添われながら、友子とかすみがコクリと小さく頷いた。

では、と崇は再び口を開く。

「もう一度、鹿島・香取・息栖の話に戻ります」

そう言うと、武甕槌神である安曇磯良と、猿田彦神が常陸国へとやって来た話をする。

　朝廷側の資料では、彼らは朝廷の命を受けて「先兵」として派遣されたかのように書かれているが、決してそんなことはなく、当時は対等の立場だった。いや、むしろ磯良たちの方が強かったかも知れない。

　そこで磯良たちは、彼らなりに常陸国の土地と財——特に鉄を、自分たちの物にしていった……。

「やがて猿田彦神は、現在の下総国全般を手中に収めました。現在でも銚子には『大神降臨の地』のある『猿田神社』が鎮座しています。また、遠い昔から存在していたという『八俣《やまた》』——現在の『八街《やちまた》』は、猿田彦と瓊瓊杵尊《ににぎ》が遭遇したという『天の八衢《やちまた》』を連想させます。この猿田彦神に関しては、まだまだ色々とあるのですが、事件から離れてしまうので今は止めておきます」

　もう充分に離れてるよ、と小声で呟く沼岡を無視して崇は続けた。

「一方の武甕槌神——磯良は、かなり北方まで進出しました。水戸、大洗から大甕、更には日立の北までも。その近辺にある、東金砂《ひがしかなさ》・西金砂神社も、磯良関係の神社と見られます。というのも、これらの名前は『宇都志日金析《うつしひかなさく》』を容易に連想させるからです」

〝昨日聞いた名前……〟

　必死に思い出そうとする奈々の前で崇は、その人物こそ安曇氏の先祖だといわれていると、簡単に説明した。

「しかし」波村が尋ねた。「鹿島から日立までというと、かなりの距離がありますけど……」

「日立市には、磯良たちの足跡が残っているんだ」

「足跡？」

「日立市に、鵜《う》の岬という場所があると聞いた」

「ええ。伊師浜《いしはま》海岸にあります」波村は頷く。「以前は、十王町《じゅうおうまち》と呼ばれていました」

「十王町、という名前も意味深だが……。そこは、日本で唯一、海鵜の捕獲を許されている場所だと聞いたことがある」

「よくご存知で。ここで捕獲された海鵜は、岐阜・長良川《ながらがわ》や、愛知県・木曽川《きそがわ》、京都・嵐山、宇治、そして山梨・石和《いさわ》など、全国十一ヵ所の鵜飼のために供給されているんです。近場には温泉などもあって観光客にも人気ですが、それが何か……」

「その鵜飼を日本で初めて行ったのは、磯良や猿田彦神たち、つまり安曇族や隼人たちだったんだ」

「そう……なんですね」

「それについて話し出すと、膨大な時間を費やしてしまうので、今は割愛させていただきますが」

崇は全員を見た。

「彼らは鵜の首に環《わ》をつけて水に入らせ、魚を一日に百匹も捕獲していると『隋書倭国伝《ずいしょわこくでん》』にも、書かれているほどです。また『私《わたくし》』という言葉には、『自分勝手』『内密』『隠す』という、余り賞められない意味がありますが、これもまさに彼らに関係しているんです。というのも、琉球方言で鵜のことを『アタク』と言っていて、その鵜を飼い慣らしていた人々こそ安曇・隼人。つまり『私』という言葉の語源は『鵜《あたく》・衆《し》』『海《わた》・衆《し》』であろうという説もあります」

「本当ですか！」

波村は驚いていたが、奈々たちは以前に穂高で聞いていた。

「私」という言葉は、もともと海神たちを貶《おとし》める言葉だったと。

「それに」と崇は言う。「確かその近くには、建甕槌命を主祭神とする『艫《とも》神社』という古社もあるはずです。また『津神社』という社も鎮座しているそうですが、こちらは武甕槌神たちの仇敵《きゅうてき》である、建御名方命を主祭神としていたそうですから、諏訪からやって来た——連れて来られた人たちもいたんでしょう」

「え……」

　とにかく、と崇は続ける。

「安曇族を代表する磯良と、隼人を代表する猿田彦神が、この地にもともと暮らしていた地主神たちを討ち、要石や沖栖神や男甕・女甕として封じ込めた。特に猿田彦神に関しては、下総国や息栖神社だけではなく、鹿島もその範囲だという証拠が、神宮に残っていました」

「そんな物、あったか？」

　尋ねる小松崎に崇は、

「宝物殿で見たろう」と言う。「『申田宅印』を」

崇が、この印の意味に関しては定説がないと言った後で、何か考え事を始めてしまった時だ。

　それが？

　首を傾げる奈々の前で、崇は言った。

「あれは、素直にそのまま読めば良かったんだ。『申田宅』——つまり『猿田宅』と。猿田彦の邸《やしき》でもあったんだろうな」

「おお……」

「そもそも、安曇と隼人は同族だ。違うと主張する人々も多いようだが、残されている事実や史跡を素直に見れば、決して否定できないはずだ。そうなれば当然、磯良と同じ場所に邸宅を構えていてもおかしくはないし、この『宅』という文字には『神聖』という意味もあるから、『猿田神』ということを表していたのかも知れないな」

「そのまま、猿田彦神ってことか」

「もっと言うと俺は、磯良と猿田彦神は血族関係にあると考えている。しかし」崇は沼岡たちを見た。「この辺りの話は、事件から遠ざかってしまいますので、今日は止めておきます」

　もうとっくに関係なくなっているだろう、と苦い顔で再び呟く沼岡を放って、崇は続けた。

「しかし、結局二神共に、朝廷に討たれてしまいました。まず、猿田彦は天鈿女《あめのうずめ》命の裏切りによって、黄泉の国に送られた」

「でも……」芙蓉が、周囲の目を気にしながらおずおずと口を開いた。「私は……猿田彦神は、伊勢国で溺れてなくなったと聞きましたけど……。すみません、余計な口を挟んで」

「伊勢国・阿耶訶《あざか》ですね」崇は微笑む。「猿田彦は、その地で漁をしていて、ヒラブ貝に手を挟まれて溺れて命を落としてしまったと」

「はい……」

「実をいうと俺は、そこも違う意見を持っているんです。まず、猿田彦の外見ですが、

『其の鼻の長さ七咫《ななあた》、背《そびら》の長さ七尺《さか》余り。当《まさ》に七尋《ひろ》と言ふべし』

——鼻の長さだけで一メートル以上、身長も、両腕を広げた長さも二メートル以上、という容貌魁偉《ようぼうかいい》な大男です。しかも、隼人たちの神だったのですから、当然『海神《わだつみ》』だ。そんな男神が、

『阿耶訶に坐《いま》す時、漁《すなどり》して、比良夫《ひらぶ》貝にその手を咋《く》ひ合《あわ》さえて、海塩《うしお》に沈み溺れましき』

——阿耶訶におられた時、漁をしていてヒラブ貝に手を挟まれ、海に沈んで溺れてしまったというんです」

崇は苦笑した。

「二メートル以上もの大男を、海に引きずり込めるような貝が存在するのか？　しかも、海で生活している海神が、貝に手を挟まれて溺れるとは、到底考え難いでしょう。そして『記紀』にはこうあります。『天鈿女命は猿田彦神の要望に従って、最後まで送って行った』あるいは、瓊瓊杵尊の命で天鈿女が猿田彦を『送って』行ったと。彼らには何度も話していますが」

奈々と小松崎をチラリと見て、続けた。

「誰かを『送る』のは、あの世と決まっています。『野辺送り』『葬送』『サネモリ送り』『霊《たま》送り』などと同様です。そして送る場所は『常世《とこよ》』『常夜』へ、ですね」

常陸国だ。

ということは、猿田彦神はこの地で？

ふと思った奈々の前で、崇は続けた。

「また『阿耶訶』の地なんですが、『倭姫命《やまとひめのみこと》世紀』などには、伊勢国や鈴鹿《すずか》国などと並んで『阿佐《あさ》賀《か》国』などという記述が見えるから、おそらくそうではないかという説が大多数です。しかし、阿耶訶が伊勢国だと強く主張したのは、江戸時代の出口延《でぐちのぶ》経《つね》という人物なんです」

「それは誰ですか？」

「度会《わたらい》氏——伊勢神宮・外宮《げくう》の神官だった人物です。その結果、猿田彦神が亡くなった——殺された場所は、伊勢国・阿耶訶となったんです」

それなら、その阿耶訶の地を、自分たちの伊勢国に持って行きたいはずだ。前にも話していたように、二見浦《ふたみがうら》の「二見興玉《おきたま》神社」の主祭神は、猿田彦神だし……。

「では、阿耶訶というのは？」

「俺としては『常陸国風土記』の『香島《かしま》の郡《こおり》』に載っている『下総と常陸との境』に存在していたという『安是《あぜ》の湖《みなと》』——安是湖がそうだったのではないかと勝手に考えています」

「安是湖……」

「現在は地図上に見当たりませんし、当時はその辺り一面は海——いわゆる香取の海だったわけです。一説では、利根川の河口辺りに存在していたのではないかとも言われていますが、そうなると猿田神社も近くなりますし、遷座してくる以前の息栖神社にも近くなりますから、猿田彦神の鎮魂にはうってつけだったでしょう」

「ああ……」

唖然とする芙蓉から視線を逸らせると、

「そして」と崇は続ける。「同様に、磯良も殺害されています。そして、猿田彦神と同じく、海に沈められました」

「どうして、海だと分かるんです？」波村が訊く。

「山に埋められたかも知れないんじゃ——」

「磯良に関しては『太平記』や『八幡愚童記《はちまんぐどうき》』などに、彼が神功皇后に呼び出された際の、とても醜《みにく》い姿が書かれている。そして、上田秋成《うえだあきなり》の『雨月物語』にも『磯良』という名前の人物が――この場合は女性だが――登場し、その名前を見ただけで当時の読者は『醜貌《しゅうぼう》』を想像したと言われているんだ」

「それは、何故？」

「『太平記』の『神功皇后攻新羅給事《しらぎをせめたまうこと》』によれば磯良を呼び出した際の容貌として、

『細螺《きさご》、石花貝《かき》、藻に棲《す》む虫、手足五体に取り付けて、更に人の形にては無かりけり』

とある。そこで神々が、どうしてそんな姿になったのかと磯良に尋ねると、彼は『長い間、海底で暮らしているうち』に、こんな姿になってしまったのだと答えた。つまり、磯良はずっと海の底に沈んでいたというわけだね」

「海の底に……」

絶句する波村の隣で、

「なるほどな」小松崎が頷いた。「つまり、猿田彦神も磯良も、揃って海の底に沈められちまったってことか。重しでもつけられて」

「違う」

「それなら、どうやって」

「おそらくは甕に入れられて」

えっ。

もしかして――。

長い長い話が、ようやく繋がったのか。

奈々は息を呑み、沼岡たちの顔色も変わった。

しかし竜一や総子たちは、相変わらず硬い表情を変えない。

「甕だと！」

叫ぶ小松崎に崇は静かに答えた。

「甕棺墓《かめかんぼ》だ」

「なにい？」

その言葉に崇は、ノートを取り出すとペンで大きく「甕棺墓」と書き記し、再び繰り返す。

「大きな甕や壺に遺体を入れて、埋葬する方法だ。やや長めの陶器製の甕を棺にする。もっと昔は、土器だったようだ。もとは子供用の棺だったが、次第に大人もそこに膝を曲げて入れられた。いわゆる、屈葬だな。この風習は、世界各地で見られるが、日本でも多くの遺跡で発見されている。特に福岡県——磯良の故郷では、三種の神器を入れた『甕棺墓』が発見されているという」

「し、しかし、それはあくまでも埋葬だろう」

「別に、埋葬しなくてはならないとは限らない。実際に鹿島神宮の秘伝では、祖先を祀るための鹿島第一の神宝といわれる大甕は、海底に眠っているとあるらしい。また『琉球神道記』などには、武甕槌神——磯良は、鹿島の海の底にいる、と書かれている。つまり、双方の話を合わせると、磯良は大甕に入れられて、鹿島の海の底深く沈められたことになる。その傍証の一つとして、この周辺では武甕槌神の古墳が見つかっていない。だから、一体どうしたことだろうという疑問が昔からある」

「海に沈んだ棺桶ってわけか」

「棺桶でなくとも、生きながら沈められても同じだな。気密性が高ければ窒息死。万が一、蓋が外れたとしても溺死。どちらにしても、中の人間は助からない。趣旨は異なるが、熊野・那智《なち》の補陀落渡海《ふだらくとかい》を想起させる。一度『船出』したら、二度とは戻って来られないという意味で」

部屋は、しん……と静まりかえっていた。

しかも、今までの空気の重さとは違う何かが、ずしりとこの部屋を支配している。

「そして」崇は続ける。「今言った『鹿島の海』というのは、鹿島灘のことじゃない。内陸の海——香取の海と呼ばれていた海だと思っている。何故なら、そう考えることによって初めて、東国三社が張っている『結界』の意味が分かるからです」

「鹿島・香取・息栖の、直角二等辺三角形！」

奈々は思わず叫んでいた。

「その三角形の中心の海に、沈められた？」

「そう思う」崇は静かに言った。「間違いなく」

だから、と小松崎が嘆息混じりに言う。

「何もない海に、結界を張ったのか」

「何もなくはない。海の底には、彼らが眠っているじゃないか」

真剣な顔で、崇は続ける。

「鹿島神宮と香取神宮では、十二年に一度の午年に開催される大祭があります。その年、香取神宮では四月に、二日間にわたる『神幸祭《じんこうさい》』が、鹿島神宮では九月に、三日間にも及ぶ『御船祭《みふねまつり》』が執り行われます。これらは文字通り、双方の神宮挙げての大祭です。この祭は、神功皇后三韓出兵の故事に倣《なら》う祭とされていて、龍頭の御座船や九十艘もの供奉船、あるいは三千人もの武者行列など、水上・陸上で絢爛豪華《けんらんごうか》な時代絵巻が繰り広げられるのですが、その舞台こそ」

崇は全員を見た。

「外浪逆浦や常陸利根川。まさに、猿田彦神や磯良たちが眠っているであろう、海の真上なんです」

「……つまり」小松崎が腕を組んだまま言う。「その祭は、神功皇后云々というよりも、実は彼らの鎮魂儀式ってわけか」

「そういうことだろうな」崇は頷いた。「『常陸国風土記』にも書かれているし、また岡田精司も鹿島の神には『舟を奉納する慣例がある』と言っている。その理由はと言えば——」

「海上での鎮魂のためか」

そうだ、と崇は頷いた。

「そしてそれが、三角形の中で執り行われる」

三角形の内側で、
甕に入れられて沈められた「神」の鎮魂が——。

奈々は再び息を呑むと、誰もが硬い表情のまま座っている友子たちを見回した。

〝三角形に張られた結界の内側で、甕――瓶に入れて沈められた人を祀るって……〟

ひょっとして。

これが、三神村・三神神社の深秘《じんぴ》――瓶の秘密だったのか。そして今回、遺体が新たに瓶に入っていたことも。

喉まで出かかっている質問を必死に抑える奈々の向こうで、

「ちょっと待ってくださいよ」同様に感じたらしい沼岡が、大声を上げて全員を見た。「まさか、こちらの村でも、同じようなことを！」

しかし誰もが視線を外し、一人として答えない。

折田も、重ねて叫ぶ。

「そんな風習が、こちらの村にもあったんですか？　三神神社のあの瓶は、そのための物だったんですか？　実際に、遺体が入っていたじゃないですか」

「どうなんだ、きみ」

誰も口を開かないことに業を煮やした沼岡が、勢いよく振り向いて崇に尋ねた。

「埋葬される甕棺墓とは別に」崇は静かに答える。「俺は、海に沈められた甕棺墓には、もう一つ違う意味があったんじゃないかと思っています」

「違う意味？」

顔を歪める沼岡に崇は、

「警部補さんは」逆に尋ねた。「『人柱《ひとばしら》』という風習をご存知でしょうか」

「人柱だと？」沼岡はキョトンとしながらも、頷いた。「ああ、知ってるよ。だが、それがどうした」

「いわゆる『饅頭《まんじゅう》』もそうだったわけですしね」

「饅頭だと？」

「その起源を辿れば中国三国時代、人間の首を斬って川の神に捧げて氾濫を鎮めてもらうという風習を、かの諸葛孔明《しょかつこうめい》が止めさせ、その代わりに小麦粉を練った皮に豚や羊の肉を詰めた物を人の頭に見立てて川に投げ入れて祈禱し、その氾濫を治めたことによるといいますから」

「……そうなのか」

「そういう意味で言えば『てるてる坊主』も同様です。その人間に晴れを祈願させ、もしも雨が降ったら、問答無用で首を刎ねてしまうわけですからね。但しこちらはまだ救いがあって、祈願叶って晴れたら、酒や衣類などの褒賞をもらえる」

「……そういうことか」

そして、と崇は続けた。

「これらの人柱に関して、南方熊楠《みなかたくまぐす》などは、

『建築土工等を、固めるため人柱を立てる事は今も或《あ》る蕃族《ばんぞく》に行はれ、其《その》伝説や古蹟《こせき》は文明諸国に少なからぬ』

と言い、ロシア、中国、朝鮮、インド、アイルランド、スコットランド、ドイツ、イギリスなど枚挙に暇ないほどだとも書き記しています。そしてわが国に関して一番名高いのは『長柄《ながら》の人柱』だろうと言っています。これは『和漢三才図会』にもあるように、長柄の橋を架けた時に、これこれこういう人物を人柱に建てれば良いと提案した、その当人が人柱にされてしまったという話で、

『物をいふまい物ゆた故に、父は長柄の人柱』

『物いはじ父は長柄の人柱、鳴《なか》ずば雉《きじ》も射られざらまし』

という文言でも知られています。また島根県では、松江《まつえ》城を築く際に『毎晩其辺を美声で唄《うた》ひ通る娘を人柱にした』ために、その傍らを謡曲を謡いながら通ると、その娘の幽霊が現れて泣くといわれていたそうです。更に、

『京都近くに近年迄夥《おびただ》しく赤子を壓殺《あっさつ》（圧殺）した墓地が有つたり』

と、日本各地にその風習が見られます」

崇は続ける。

「こちらにも『大助人形《おおすけにんぎょう》』という『人形《ひとがた》送り』の風習が残っています。人形を形代——人形《ひとがた》として、

疫病や悪虫を彼らに祓い流してもらう風習ですから、これも一種の『人柱』でしょう」

「しかし」と折田が異議を唱えた。「そんな風習は、他の地方でも色々とあるじゃないか。聞いたことがあるぞ」

「先ほど言った『サネモリ送り』などですね」崇は答えた。「ところが鹿島神宮では、この人形の形態が非常に特徴的なんです。太い真竹を芯にして立てられた――いわゆる『田楽刺し』にされた大きな藁人形には、厳めしい武将の顔が描かれた紙が貼られます。そして、大小の刀を差しているといわれているのですが……なぜかその刀は、腰ではなく彼らの左胸辺りを見事に貫いている」

「胸を？」

「更に、その人形たちは『体の前面で腕を組んでいる』というのですが、実際に目にすると、これは両手を縛られている姿にしか見えません」

なるほど、と小松崎が鼻を鳴らした。

「両手を縛られ、心臓を刀で突き刺された人形というわけか」

「それを、集落の境に立てたといわれている。それによって、悪病などの侵入を防いだと」

「塞の神ですね！」奈々は叫んでいた。「猿田彦たちと同じ」

「そういうことだ」崇は頷く。「但し、ここで『送られた』のは、おそらくは武甕槌神たちに討たれた地主神だろうな」

「どうして分かるんですか」

「この『大助』というのは『大人《うし》』『巨人』であり『ダイダラボッチ』のことだ。そして、わが国で最も古い巨人伝承が、ここ常陸国に残っている」

「それは？」

「みなさんはご存知でしょうが」と言って、崇は全員を見た。「『常陸国風土記』、那賀郡《なかのこおり》の条です。

『上古《いにしえ》、人有り。躰《かたち》極《きわ》めて長大《おおき》く、身は丘壟《おか》の上に居ながら、手は海浜《うみべた》の蜃《うむき》を摎《くじ》りぬ』

つまり、体は丘の上にありながら、その手は浜辺にまで届き、海辺の蜃——大蛤《おおはまぐり》をほじくり出して食していた。その食べた貝が積もり積もって丘となり、人々は『大いにほじくった』という意味から、この地を『おおくじり』と名づけ、現在は『大櫛《おおくし》』となっている、と書かれています。これが現在の、大串《おおくし》である、と」

「……良く知っているもんだ」

呆れる折田の前で、崇は続けた。

「ちなみに『櫛』という名前は『朝廷に背いた者』につけられる名称なので、これはおそらく地元の産鉄民を指しているのでしょう。そして彼らは鹿島神宮で、まさに『大串』に刺し貫かれて立っているんです」

「両手を縛られ」小松崎がつけ足した。「心臓を貫かれて、だな」

「悪疫を祓い流すためにね」崇は首肯した。「これもまた、立派な『人柱』の一種だろう」

「なんと……」

呆然とする沼岡たちの前で、崇は続ける。

「もちろん熊楠だけではなく、喜田貞吉《きたさだきち》も、大正十四年（一九二五）に、皇居で発見された人骨十六体や土器などは、人柱であったろうと言っていますし、つい昭和の時代まで、

『十六歳の娘を人柱にすれば、どんな難工事も必ず完成するという言い伝えがあった』

『旧筑紫《ちくし》郡には、女性が十六歳になると「十六参り」といって宝満山《ほうまんざん》の上宮にお参りして、良縁を願う風習があった。また、宝満山竈門《かまど》神社の祭神・玉依姫命《たまよりひめ》は、水分《みくまり》の神なので、水を治めるために十六歳の少女を捧げるという伝説があった』

という話も残っています」

「そうなのか……」

はい、と崇は頷く。

「近年までも、たとえば隧道《ずいどう》、つまりトンネル工事の際などには、大勢の工夫たちも人柱として命を差

し出した——差し出させられた、という話もあるほどですから」

「それは、人身御供ということか？」

その言葉を聞いて、

「警部補さん。いえ」崇は尋ねる。「みなさんは『人柱』と『人身御供』の違いをご存知でしょうか」

「何だと？」

「これらは、かなりの部分でベン図のように重なり合っていますが、厳密に言えば違います。ご説明しましょう」

と言って崇は話し始めた。

「まず『人身御供』です。こちらは、神の求めに応じて捧げられる、その名の通りの『御供《おそな》え』です。わが国で最も有名な『人身御供』伝説は、後に素戔嗚尊《すさのおのみこと》の后神となられる櫛名田比売《くしなだひめ》が、八岐大蛇《やまたのおろち》に捧げられそうになった話でしょう。また『今昔物語集』などにも取り上げられている猿神《さるがみ》への人身御供の話も有名です。更に、あくまでも講談などが主ですが、岩見重太郎《いわみじゅうたろう》の猿神——狒々《ひひ》退治も多く語り継がれています。しかし、喜田貞吉などは『もともと人身御供とは人間を食物として神に供するの義ではなくて、神に仕えしむべくこれを贈呈するの義』だったのではないかと言っています。そういう意味で言えば、伊勢の斎宮《さいぐう》や、上賀茂《かみがも》・下鴨《しもがも》の斎王《さいおう》も含まれるでしょう。また、岡田精司が書いているように、こちらの鹿島神宮にも、明治初期まで『物忌《ものいみ》』と呼ばれる巫女がいたそうですね。神主の一族から選ばれた娘さんが、やはり神に仕える『斎女』として、一生独身で通したといいますから」

「……それで？」

「一方の『人柱』は、神から強いて要求があるわけではありません。人知・人力を超える自然災害などに対して、こちらから誰かを差し出し、その人間が死ぬことによって神になってもらい、その新しい神によって、荒ぶる神を押さえてもらおうという思考です。但し、この『荒ぶる神を押さえる』という点は共通しているので、南方熊楠も、二つはほぼ同じものだとしています。ただこの二つは、ある一点で非常に大きな差違が見られるのです」

「それは何だ」

「人身御供は、あくまでも神への捧げ物——供物であるため、その神の手前、犠牲になった人々は大々的には祀られることがありません。しかし人柱は、新たな神の誕生を伴うわけですから、大々的に祀っても構わないということです」

「なるほどな」

「しかし現実的に多くの場合、そうならなかった」

「それは何故？」

「人柱を大々的に祀ると、自分たちが人柱を立てたことを公言してしまうことになるからです」

「できるだけ、隠しておきたいってことか」

「彼女の実家である神奈川県の」と言って崇は、奈々をチラリと振り返った。「川崎《かわさき》市では、多摩川の氾濫を止めるために人柱を立てたという伝承が今でも残り、その女性は『女躰大神《にょたい》』として現在も丁寧に祀られています。それほど劇的な『功徳』をもたらしたものと考えられますが、一般的には可能であれば隠しておきたい。けれども、きちんと祀っておきたい。そのために祠を建てたり、小さな社を建立したりしてきました。これが『人身御供』と『人柱』の違いであり、また結果だけを見て比較すると、非常に区別しにくくなる理由です」

「なるほどな」

「また、今のベン図の話ではありませんが、両方に含まれる非常に有名な出来事も、日本史上にありました」

「それは？」

「日本武尊の后であったといわれる、弟橘姫《おとたちばなひめ》の入水です。日本武尊が東国を攻めて相模国《さがみ》——神奈川県から、上総国《かずさ》——千葉県へ渡ろうとした際に、尊たちの船団が暴風雨に見舞われて沈没しそうになった。この苦境を目にした弟橘姫が『私が海に入って、荒ぶる海神の心を鎮めましょう』と言って海に身を投じると、たちまち海は凪《な》ぎ、一行は無事に上総国まで到達したという話です」

「なるほど。それは確かに人身御供でもあり、同時に人柱でもあるという美談だ」

「そういう意味ではありません」崇は、あっさりと否定する。「その時姫が残した有名な辞世の歌、

さねさし相武《さがむ》の小野に燃ゆる火の
火中《ほなか》に立ちて問ひし君はも

に関しても『さねさし』を枕詞と考える従来の解釈は明らかに的を外していますし、そもそも日本武尊が野火に囲まれて命を落としそうになったのは相模国ではなく『焼津《やいづ》』——駿河国です。これらの点に関して本居宣長などは、試行錯誤して必死に正当化を試みていますが、それは殆ど無理な話です」

「じゃあ、何だったと言うんだ」

「具体的な細かい話や例証は、今ここでは省略しましょう。しかし確実なのは、弟橘姫は生贄《いけにえ》になった、ということです。その時、おそらく日本武尊たちの軍勢は、三浦半島から上総に渡ろうとして船を出した。しかし地元の豪族たち——いわゆる『海神《わだつみ》』たちとの海上の戦いで大敗北を喫してしまい、全軍沈没させせられる寸前までいった。そこで日本武尊は、自分に付き従ってきた后・弟橘姫と侍女十数人を『海神』たちに差し出して許しを乞い、自分たちは命からがら海を渡ることができた」

「なんだって！」

「その恨み辛みを詠んだのが、姫のあの歌です。この解読も今は控《ひか》えておきますが、簡単に言ってしまえば『どうして私が？　この卑怯者！』という感じでしょう」

「え……」

つまり、と崇は言う。

「弟橘姫は、地元の海神たちにとっては『人身御

供』であり、日本武尊たちにとっては『人柱』だったということです。立場が変われば、彼女の立ち位置も変わる。ベン図の重なり部分ですね。しかし弟橘姫の場合は、まさか『人身御供』にしたとは公にできなかった。そこで『自ら望んで人柱となった』と書き残したわけです。そして、一緒に差し出された侍女たちと共に祀った」

「なるほど……」

「それを利用したのが、戦前・戦中の日本軍です。東郷平八郎《とうごうへいはちろう》や、乃木希典《のぎまれすけ》たちが大絶賛し、日本婦人の鑑と称えた。後に、それがいつしか定説となってしまい、未だにそう言われるようになっているわけです」

　そして、と崇は全員を見た。

「これが、磯良や猿田彦神――鹿島・香取・息栖の三角形や、こちらの村の風習とは違う点でしょう」

　いきなり話が戻った。


「そうだよ、そっちだよ。肝心な問題は！」沼岡が叫び、全員を見る。「ここでは、そんな風習があったんですか？」

　誰も口を開かない。そこで名指しで、

「かすみさん」と最高齢のかすみに尋ねる。「いかがですか。何かご存知じゃありませんか」

　すると、

「遠い昔には」かすみが枯れ木のような声で答えた。「あった……ゆうことは聞いとるなあ」

「遠い昔というと」

「江戸時代の話だべぃ」

「今の彼が言ったように、その頃は日本各地でそのようなことが行われていたようですからな。それでも結構です。教えてください」

「はあ……」

　かすみは言って、ゆっくりと話し出した。

江戸時代――。

一人の旅人がこの村を訪れたが、三神神社の神主だった百鍋《はくなべ》正蔵と息子の孫四郎と諍《いさか》いを起こし、神社は全焼、旅人も数日後に死亡した。その後「あんど川」——現在の安渡川が大氾濫を起こし、これは旅人の怨念のせいだということになって、当時まだ十六歳だった阿久丸《あくろ》とめが、人柱として川に沈み、おかげで氾濫は収まった——。

「なるほど」

と納得する沼岡の隣から、

「ちょっと伺いますが」崇が、かすみに尋ねる。「もしかして、その旅人の名前は『寒川《さむかわ》』といいましたか？」

その質問に、かすみの体が少し揺れたが、

「いや、確か……」首を傾げながら答える。「違うな。寒田なんとか三郎だったか……」

「そうですか」

頷く崇に、今度はかすみが尋ね返す。

「どこから、そんな名前を？」

いえ、と崇は答える。

「こちらに伺う前に、三神神社を参拝させていただきました。とても素敵な神社でしたが、摂社か末社かに、そのような名前の名札がかかった社がありました。かといって、相模国一の宮・寒川神社を勧請するとも考えられなかったので、おそらくその他の何かにまつわる神様をお祀りしているのではないかと思っただけです。ただ、名前がすっかり擦れてしまっていて読めなかったので、お尋ねしました」

「きっと、寒田の『田』の字が『川』のようになってしまっていたんでしょうな」

「そういうことでしょうね」崇は同意する。「ちなみに、その旅人は、どちらの国からいらっしゃったか、そんなお話は伝わっていますでしょうか」

〝はあ？〟

何を訊いているんだろう。

さすがに奈々も訝しんだが、それは沼岡たちや小松崎たちも同じだったようで、だれもが啞然として崇を見つめていた。

　ところが驚いたことに、三神村の人々は真剣な眼差しを崇に、そしてかすみに向けた。そして、かすみがチラリと友子を見ると、友子がコクリと頷く。

「はっきりとは覚えとりませんが」かすみは答えた。「確か……諏訪の方からと……」

「なるほど」崇は声を上げた。「それは、その旅人も全く不運でした」

「何が不運なんだ？」

　尋ねる沼岡に、

「それに関しては、また後ほど」崇はあっさり答える。「それよりも今は、次のお話に」

「次もあるのか」

「当然あるでしょう。お願いします」

　崇の言葉に、全員はお互いの顔を見回していたが、友子に促されるようにして、今度は竜一が口を開いた。

「明治の頃だったと、聞いとります……」


その年――。

　常陸国全土が大洪水に見舞われ、安渡川も例外ではなく――というより、その中でも最も酷い大氾濫が起こった。そこで、やはり「人柱」が立てられることになり、その時は明越《あけごえ》の家から、十七歳のナエが選ばれた。

　そのおかげかどうか、安渡川の氾濫は何とか収まったが、その後、ナエの姉のヨシと、畔河《くろが》の家の千吉が駆け落ちしてしまった。おそらくこれは、三神村に伝わるこの風習への抗議の駆け落ちと判断され、明越と畔河の人間、全員が村から追放される憂き目に遭った。

　そのため、前回跡継ぎがいなくなった百鍋の家に続いて、明越と畔河の家が村から消え、村には六軒の家しかなくなってしまった。

　ヨシと千吉の行方は全く分からない――。

「ありがとうございます」崇は言う。「さて、その次は？」

「まだあるのか！」

「これでは、今回の事件の核心に到達しません」崇は沼岡を見た。そして全員に向かって言った。「どなたか、お願いします」

もう何度目だろう。重い空気が、二十畳の部屋全体を支配し、やがて、

「では、わしが」

友子が口を開いた。

すると、竜一や総子たちが目を大きく見開き、部屋がざわっと波立った。しかし、かすみが何度も頷くのを見て、全員はその場に俯いて体を硬くした。

友子は言う。

「昭和にもあったが……この人の聞きたいのは、その話だべい」

「はい」崇は大きく頷く。「ぜひ、お願いします」

ああ、と友子は話し始めた。

「もう五十年以上も前、昭和二十五年（一九五〇）のことじゃ。あの敗戦から、五年後だった」

「朝鮮戦争の特需で、産業界が沸き上がっていた頃ですね。しかしそれは、あくまでも大企業だけで、一般庶民には、むしろ重荷になっていたと聞きました。というのも、戦争関連以外の産業が後回しにされてしまったと」

「どちらにしても、わしらには関係のない話じゃった」友子は、くしゃりと笑う。「その年の九月、茨城県地方に降り注いだ大雨のせいで、また安渡川が大氾濫しての」

友子は言った——。

その結果、またしても三神村は甚大な被害を被った。しかも、雨は一向に止む気配もない。

そんなある日、村の年寄りたちは赤頭の家に集まった。当主の赤頭勝三郎《かつさぶろう》と、一人息子の善次郎が呼びかけたのだ。

「善次郎……というのは」沼岡が尋ねる。「今回亡くなられた、善次郎さんですか？」

「そうじゃ」友子は答える。「善次郎は結核を患い、酷い胸膜炎を起こしての、徴兵を免れて村におったんじゃ。それで、次の赤頭の当主となることが決まっておった」

その善次郎たちが、村人全員に呼びかけた。

しかしその時、三神村も若者や中年の男たちは、誰もが戦争に駆り出され、残っているのは年寄り数人と女性と子供ばかりだった。あとは唯《ただ》一人、南方で右肩を撃ち抜かれて帰郷していた二十五歳になる神城家の長男・龍夫《たつお》だけだった。

主だった人々が集まると、勝三郎が言った。

安渡川の氾濫を鎮めるためには「人柱」を立てるしかない。残された方法は、それだけだと。

その言葉に唖然とする人々の前で、善次郎も腕を組んだまま大きく何度も頷いた。

「そんな無茶な!」折田が、押し殺した声で言った。「少しでも人手が欲しい中で、そんな余裕がどこにあったんですか」

「やっぱり、あんたと同じく思って」友子は応える。「やがて私の夫になる龍夫が、声を上げたそうじゃ。こんな厳しい状況で、そんな話は狂気の沙汰《さた》だ、と」

当たり前だ。

ただでさえ、数多くの人の命が失われている。また新たに人命を捧げる理由があるのか……。

「というより」折田も言う。「そもそも、どうしてそんな話が——」

「勝三郎はともかく、善次郎は徴兵されなかったことに劣等感を抱いていたんだろうな。他の家からは何人もの男たちが出征しては『軍神』となっていたからのう。ますます劣等感の殻に閉じこもっとったんだべい」

「それに」とかすみが、小声でつけ加えた。「善次郎は、友子のことを好いておったし。だが、友子は全く相手にしなかった。その逆恨《さかうら》みもあったと思うぞ。もしも『立てる』となれば、その年頃の娘は友子しかおらんかったことは、善次郎も充分に承知じゃったろう。それを分かっておって、敢えて賛成したんじゃからな」

かすみのその言葉を、友子は否定も肯定もせず聞いていたが、再びゆっくりと続けた——。

龍夫の意見は、勝三郎や長老たちに押し切られてしまった。

わしらの村は何百年もこうやって続いてきた。他に何か方法があるか。あるなら言ってみろ。立てずに、これ以上の被害が出たら何とする。

死亡告知書が届いたのは沖墨の家の二人だけ。村の若い連中もいずれ必ず元気に戻って来る。それまで、何としても頑張らねばならん——。

そして。

人柱が立てられることになった。

但し、長老たちも一つ条件を出した。

大きく時代は変わっている。もう、この風習もこれを最後にしよう。

次の時代のことを考えよう——と。

その意見が採り上げられ、今回を最後として「人柱」を立てることになった。

だがそうなると、その役を担えるのは、今年二十三歳になる沖墨友子しかいなかった。

「えっ」と沼岡は友子を見た。「それは……あなたですか？」

「おうよ」友子は、コクリと頷いた。「わしじゃ」

「じゃあ、運良く助かったということですね」

それには答えず友子は、ふっと笑うと続ける。

母と姉を若くして亡くし、しかも父・武《たけし》と、二人の兄・悟《さとし》と誠《まこと》の行方不明や戦死の報告を受けていた友子は、半ば自暴自棄になっていた。そのため、三神村最後の人柱を引き受けることにした。だが、必ずこれで最後にしてくれと、赤頭たちに固い約束を取りつけた。

しかし、余りにも風雨が強いので、少し収まるのを待って行われることになった。

すると、ある晩——。

祖母のりんと、二人きりで涙にくれていた沖墨家を、訪ねてきた者があった。誰だろうと思って戸を開けると、龍夫だった。驚いた友子に向かって龍夫は、厳しい表情のまま人差し指を口の前に立てた。

友子が口を閉ざしたまま頷くと、龍夫は一人の小柄な老婆を案内する。全く見たこともないその老婆に「どなたですか」と友子が尋ねると、

「明越ナエという者じゃ」

と言う。

その言葉に、

「まさか……」友子の後で、りんは幽霊でも見たような顔で息を呑んだ。「だって……ナエさんは、六十年以上も前にあんど川に沈——」

友子は、わけも分からず二人を家に導き、固く戸を閉めた。

「りんさん、お元気そうで」

雨を払いながら部屋に上がると、ナエは皺だらけの顔で微笑んだ。

しかし、りんはまだ信じられないという表情でナエの顔を、穴が開くほど見つめた。

「本当に……あんた、ナエさん……?」

すると、ナエは微笑み、

「あんた昔、お父さまからいただいた大切な髪飾りをなくして泣きながら歩いていたわな。それで、わしと姉のヨシが土手まで一緒に探しに行った。そうしたら、草むらの中の水仙の首に掛かってた。とても素敵だったから、きっと水仙がちょっと拝借していたのね、ってヨシが言って、あんたはとっても喜んだ。そん時は、わしたちも嬉しかったよ」

その言葉を聞いて、りんの体が震え、両眼から大粒の涙がボロボロと溢れる。

りんはナエの細い体をしっかり抱きしめていた。

しばらくして、

「で、でも、どうしてナエさん……」

尋ねるりんに、

「余り時間がない」

と言って、ナエは説明した。

実は、六十五年前に畔河千吉と駆け落ちしたのは、姉のヨシではなくナエだった。その時、ナエが千吉の子供を身籠《みご》もっていることを知ったヨシが、ナエの身替わりになって人柱となってくれた。一人ならともかく、お腹の子供まで沈めることはないと強く説得されてナエとヨシが入れ替わり、おかげでナエは、千吉と二人で駆け落ちすることができた。

「ヨシさんは、ずっとこの風習に反対しとった」りんは、何度も大きく頷く。「あの時、駆け落ちしたんは……ナエさんだったんだね」

尋ねるりんに、ナエは「おうよ」と答える。

しかし、あらかじめ双方の両親には話を伝えていたとはいえ、畔河と明越の家に迷惑をかけてしまったことは、今でも後悔している。そんな精神的な重荷もあったのだろうが、第一子は流産してしまった。しかし、第二子の光吉《みつよし》が生まれ、光吉も結婚して孫の淳一《じゅんいち》も生まれた。

ところが、今度の戦争。

一人息子の光吉は空襲で命を落とし、大切に育ててきた淳一は南方で戦死してしまった。

だから――。

「わしに機会をくれんかの」ナエはりんを、そして友子を見た。「今までずっと心に掛かっていた人たちに謝るための」

「えっ」

訝しむ友子に、ナエは言う。

「あんたの代わりに、わしを人柱に」

「そんな……」

絶句する友子にナエは告げた。

神城家と畔河家は親しかったので、龍夫の祖父や父親も、千吉やナエと密かに連絡を取り合っていた。だから当然、復員してきた龍夫とも連絡を取っていた。

もしもまた人柱などという不穏な話が出るようなことがあったら、必ず知らせるように言っていた。特に、今回の大雨でそんな「昔の亡霊」が甦《よみがえ》るかも知れないと、ナエは心の中で密かに恐れていた。すると案の定、龍夫から連絡を受けた。頼みこんで彼に迎えに来てもらい、駆けつけたのだ、と。

「でも、そんな！」

「夫の千吉もとっくに亡くなってしまったし、子供も孫も、あの世」

ナエは口元を隠しながら笑った。

「あの世の方が知り合いが多いべい。それに、姉に直接お礼を言いたいしの。お願いじゃよ、友子さん。この年寄りの一生のお願いじゃ。わしに行かせておくれ。そうでないと、あの世に行った時、姉のヨシに顔向けできんのじゃ」

ナエは、その小さな体を丸めて畳に額をこすりつけた。

りんは、ただ泣くばかり。

しかし、八十を超えた老婆と、二十三歳の友子が入れ替わって、気づかれないだろうか？

「大丈夫です」龍夫が言う。「こう言ってはなんですけど、善次郎さんを除いた全員は、ご老人と小さな娘さんばかり。それに、月の明かりもない夜ですから」

「本当に大丈夫でしょうか」

「瓶に入ってしまえば、後は分かりません」

「瓶だとぉ！」

沼岡が叫んだ。

「こっ、この男の言う通りだったのかっ」

崇を指差して全員を見たが、奈々たちも言葉が出ない。

この村の人柱は、崇が言ったような、

甕棺墓だったのだ。

唖然とする奈々たちの前で、友子は続ける——。

龍夫は言った。

「幸い、ナエさんも友子さんも小柄なので、着物を着て、手を隠してしまえば首から下は区別がつかない。頭に大きめの手拭いを被って俯き、顔まで隠し、ぼくが、ナエさんにしっかり寄り添って、傍《はた》からは決して覗き込めないようにします」

もとより、そんな時に覗き込む人間などいない。

全員が俯いて、必死に念仏を唱えている。

しかも真夜中。おそらく厚い雲に覆われて月の光も差さない。

「足取りが少々怪しくても、きっと恐怖で震えていると思われるだろうし、ぼくが最後までつき添っています」

「そのまま瓶に入ってしまえば」ナエは微笑んだ。「あとは問題ない。膝を抱えてずっと俯いていれば良いだけだからの。何てことはないべい」

「ナエさん！」

りんは、ナエの手を取って号泣した。

友子も泣く。

すると、ナエは言う。

「信州の家に、光吉の妻の礼子《れいこ》さんと、淳一の妻・かすみさんがいる」

全員の視線が、今度はかすみに集まる。

しかしかすみは、じっと俯いたままだった。

「あなたは——」沼岡が尋ねた。「信州にいらしたんですね」

「そうでしょうね」かすみに代わって、崇があっさりと答えた。「信州なら、こちらの村の人たちは絶対にやって来ない」

「どうして、そう断言できるんだ？」

いえ、と言って崇は友子を促す。

「今は、そちらのお話を」

「はあ」

と友子は続けた——。

「かすみさんって、後谷の？」

驚く友子にナエは言う。

「淳一と結婚して村を出て、信州で暮らしとるよ。だから、龍夫さんに連れて行ってもらってな。向こうには、きちんと話してあるから」

「ありがとうありがとう……」

涙にくれるりんに、ナエは微笑んだ。

「りんさんも、一緒に行かれるといい。こんな村は離れて」

「わしは」りんは、くしゃくしゃの顔でナエを見た。「あんたの最期を見届けてから行くことにするべい」

その結果、友子の代わりに大瓶《おおがめ》に入れられたナエは、三神神社の裏手から舟に乗せられて、安渡川の真ん中に沈められた——。


「舟に！」再び沼岡が叫んだ。「ということは、あの船着き場から出たということか」

「それしかないでしょう」崇が静かに言う。「おそらく、神社の裏手の空間で大瓶に入り、そのまま川へ運ばれた。俺も、不思議な空間があると思ったんですが、船着き場がこちらの岸にしかなかったので納得しました。ここは、安渡川の真ん中に舟を出すためだけの船着き場なんじゃないかと」

さっき崇が言った「船出」だ。

一旦、岸を離れたら二度と戻っては来られない。

まさに「補陀落渡海《ふだらくとかい》」だ……。

「そういうことだったのか」

沼岡は、あの時見た光景を頭の中に思い浮かべる。確かに視界に入る範囲には、船着き場などなかった。だから、もっと上流か下流にあるのだろうと思ったのだが、まさかそのための船着き場だったとは……。

沼岡は、軽く頭を振りながら友子に尋ねる。

「それで、その後は？」

「はあ」

友子は答えた。

しばらくの間、かすみのもとに匿《かくま》われていたが、信州にやって来た神城龍夫と結婚した。やがて二人の間には、娘の友紀子も生まれて友子は祀子や、かすみたちと一緒に幸せに暮らしていた――。

「確かに信州ならば、安全だったでしょう」

納得する崇に、沼岡たちが尋ねる。

「きみは、さっきもそんなことを言っていたが、どうして信州だと大丈夫なんだ？」

「鹿島神宮の御手洗池には、この池に入る『大人小人によらず水位が乳を越えない』という、神宮の『七不思議』の一つがあります」

奈々も不思議に思った言い伝えだ。

きっとそこには何か意味が隠されていると……。

「物理的にはあり得ない現象ですので」崇は言う。「俺は、この『乳』は『秩父《ちちぶ》』の『秩』ではないかと考えたんです」

「ということは、秩父を越えない？」

はい、と崇は頷く。

「鹿島神宮から真っ直ぐ西へ向かうと秩父、そしてその先には信州・諏訪があります。武甕槌神に敗れた建御名方神を祀り、また御頭祭で毎年七十五頭もの鹿の首を捧げてきた諏訪大社が」

「その鹿というのは『鹿島』のことだと？」

「もちろん、そうでしょう」崇は首肯した。「長野県在住の守屋《もりや》隆《たかし》という方が、この御頭祭に関して非常に面白いことを言っています。この御頭祭は『特殊神事と称されるもの』であり、同時に『得体の知れない祭礼と言っても過言ではない』と。また、この祭に供される『肉料理として献ぜられているものが鹿と兎にこだわりを持っているように感じられる』と。しかも兎は『松の棒で尻から頭に槍《やり》で突き上げた状態の串刺し』です。これは一体、どう

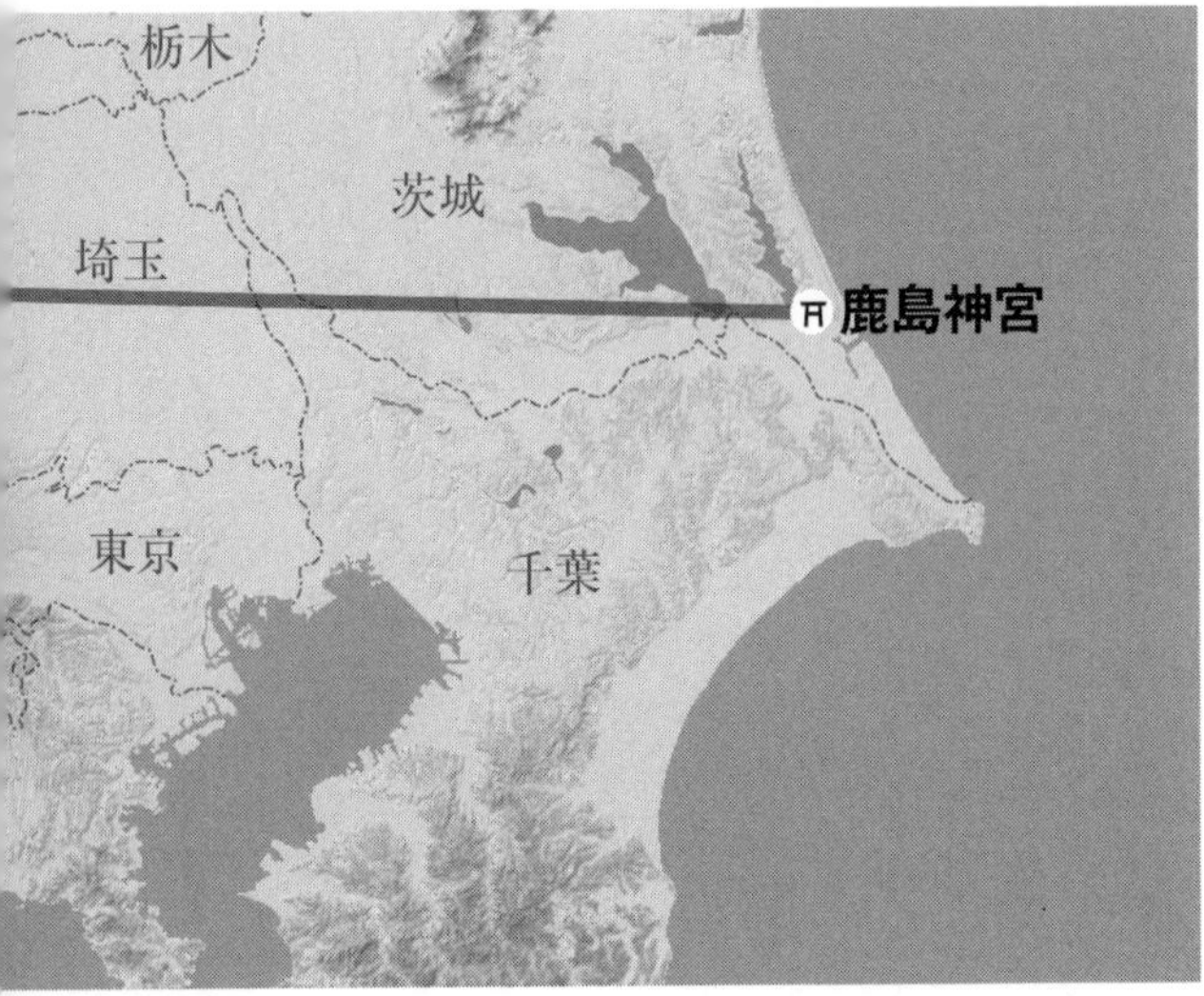

いうことか」

「どういうことなんだ」

「明らかに『鹿』は『鹿島＝武甕槌神』であり、『兎』は『卯《う》＝鵜』つまり、安曇族と隼人の、安曇磯良と猿田彦だからでしょう。その彼らを象徴する生き物の首を落とし、尻から頭にかけて串刺しにして神前に飾る」

「本当なのか？」

　さらに言えば、と崇は続ける。

「この兎と共に、何故か『海草』が飾られます。これも明白に『和布《わかめ》』——和布刈《めかり》神社で『刈られた』海神・隼人を表しています。こちらに関しては、今は深くお話ししませんが、間違いない。ちなみに、武甕槌神も建御名方神も、名前こそ安曇族と出雲族と分かれていますが、ほぼ同族だったと考えられます。実際に、隼人の代表ともいえる猿田彦神も、出雲と近かった。同族同士の争いだったゆえに、恨みも深かったんでしょうね」

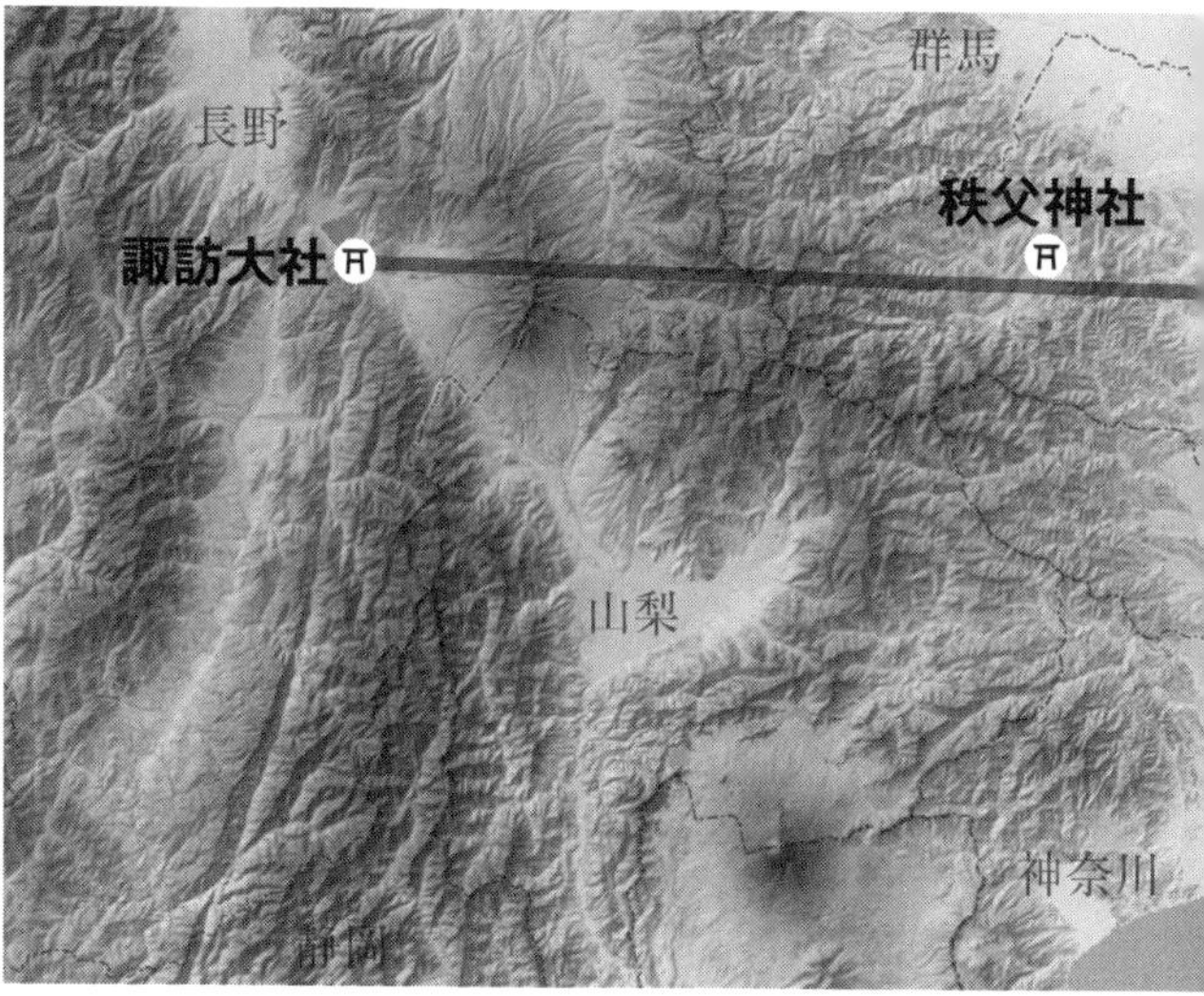

「まだ、信じられんな……」

「守屋隆は、更にこんなことも言っています。諏訪大社上社には『物忌令《ものいみれい》』があって、贄として捧げてはいけない鳥がいるのですが、これが『山鳥』であると」

「……それがどうした？」

「鹿の隣に山鳥が並んでしまうと――」

「あっ」

奈々は声を上げていた。

「山と鳥で『嶋』。それと『鹿』で『鹿嶋』になるから！」

えっ、と沼岡たちは目を見張ったが、

「その通りだ」崇は頷くと、全員を見た。「そこで守屋は、山鳥を置かないのは『鹿島神宮を調伏するという諏訪大社上社の御頭祭の目的が』あからさまになってしまうからだと言っている。こんな、まるでパズルのようなことが、延々と守り伝えられてきているんです。面白いと言ってしまえばその通りですが、凄い執念を感じますね」

「確かに……」さすがに沼岡も唸った。「執念であり、情念と言っても良いほどだな。それが諏訪大社なのか」

「いえ。香取神宮にもありますよ。大饗祭《たいきょうさい》や団碁《だんき》祭が」

と言って崇は、それらの祭では『鴨の羽盛《はねもり》』が供されるという話をした。雌雄一羽ずつ番《つがい》の鴨を用意し、それぞれの翼の骨を折り、捌《さば》いて内臓を取り出す。次に首と翼と尾に竹串を挿し込み、大根の上に飾りつけ、周りには生の鴨肉を撒き、その背中には先ほど取り出した内臓を飾る——。

「確かにそいつも、なかなか血生臭いな……」

「その時、ここにいる小松崎が『よっぽど、鴨に恨みでもあったのか』と言い、俺もその時は気づかなかったんですが、後で分かりました。ここも今は簡単に説明しますが、出雲族の中でも特に三輪氏は、賀茂氏に裏切られています。そして、出雲族と隼人たちも猿田彦神を通じて非常に接点があります。とても賀茂《かも》氏——鴨を許すことができなかったんでしょう」

「なるほど。それが、未だに続いているのか」

「しかし」崇は全員を見る。「こちらの村での恩讐《おんしゅう》は、それほど長く続いたわけではないようですね。実際にこうして、友子さんたちは戻って来ている」

「ええ」と友子は頷いた。「戦中、戦後など、そんなことを言っておられませんでしたからな。それに、そちらのお話のような諏訪大社さんや香取神宮さんと違って、三神神社はなくなったも同然でしたのでな」

「そのために、人柱の風習も終わったということですか」

「それは良かったんだが」友子は顔をしかめた。「わしらが村を出ておる間に、大きな問題が起こったんじゃ」

「それは？」

身を乗り出して尋ねる沼岡を、そして崇たちを見ると友子は言った――。

その数年後、消息不明、戦死したと思われていた友子の兄・悟の姿を見かけたという噂が届いた。その人間の話によれば、夕刻に軍服姿で一人、戦争で負傷したのだろう、片足を引きずりながら三神神社に入って行く男性がいたが、その後ろ姿がどことなく沖墨の悟のようだった……と。

友子は、居ても立ってもいられず村に戻ろうとしたが、龍夫に止められた。龍夫は、こっそりと分家の村の人間に話を聞いて回ったが、誰も知らないという。悟の幽霊ではないかとまで言われた。

幽霊でも良いから会いたいと友子は願ったが、もう少し様子を見ろという龍夫の説得と、まだ幼い子供たちを見て、友子は思い留まった。

やがて、友子はかすみや龍夫と共に村に戻った。どうしても、悟の噂を確かめたかったからだ。

善次郎とも対面し、明越ナエから始まる話を伝えた。実は、身替わりになったナエのおかげでヨシが生き残り、更にヨシが友子の身替わりとなって安渡川に沈んだ――。

当然、善次郎は腰が抜けるほど驚いていたが、その頃には父親の勝三郎を亡くし、ひどく体調を崩していたので関わりあわないようにして暮らし、やがて龍夫もこの世を去った――。

「だが、それから何年も過ぎて」友子は言う。「今回の、白骨死体発見のニュースがあったんじゃ」

いきなり、事件の話になった。

沼岡たちは、ごくりと息を呑み、友子は淡々と続ける。

「友紀子が、あの白骨死体は悟おじさんだと言い始めた。そうでないとしても、あの神社の宝物殿で発見された以上、善次郎が知らないことはあり得ない。皆で詰問しようと言い出した。そこで、わしと友紀子、竜一と総子さんの四人で、善次郎を三神神社に呼び出した」

「わざわざ神社に？」

「神域では、嘘を言ってはならぬという不文律がある。今まで多くの村人が『神』になっとる場所だからな……ふう」

息を切らした友子を見ると、

「後は、私が……」と言って、総子が硬い表情で口を開いた。「善次郎さんの話では、やはり戦後に見かけたという男性は悟さんだったそうなんです。悟さんは帰還して、妹の友子さんが人柱となって安渡川に沈められたという話を聞いて憤った。何でこんな時期に、しかもどうして妹の友子さんが、と。すると、その決断を下したのは赤頭の勝三郎さんと善次郎さんだと知った。勝三郎さんは他界していたので、善次郎さんの所に乗り込んだ。そこで殴り合いの大喧嘩になって……悟さんは命を落としてしまった……」

「戦場で、怪我《けが》をされていたようですしね」竜一が続ける。「しかも、善次郎さんに向かって、戦争に行きもしないのに人を殺したのか、などと暴言を吐き、善次郎さんは完全にキレてしまわれたようだ」

「それで」沼岡が尋ねた。「善次郎さんが、悟さんの死体を神社の瓶の中に？」

「そのまま安渡川に沈めようとしたらしいんですが、自分も怪我をしてしまって、瓶に入れるのが精一杯で運び出すことはできなかった。決して誰も来ない場所だし、鍵は自分しか持っていないからということで神社宝物殿に放置し、今までずっと黙っていた」

「それもまた……」

沼岡と折田は顔を見合わせた。

しかし、都会の真ん中で白骨死体が発見されたりする世の中だ。そちらに比べれば、遥かに発見されにくいだろう。

「ところが」総子は言う。「その話を聞いた友紀子さんが、泣きながら激昂《げきこう》したんです。というのも、あの人は悟さんに特に可愛がってもらっていたそうですし、何よりも、善次郎さんが悟さんを殺害したという事実を知らず、友子さんに言われて、ずっと善次郎さんの面倒を見ていた。とても我慢ならんかったんでしょう……」

「友紀子は言った」竜一は、顔を引きつらせて続ける。「悟は出征する際に『この国の礎《いしずえ》になる』『おそらく、もう帰れない』と告げて、鹿島立ちしたと。しかしそれでは、この村の風習と同じだろうが。違うのは、国のためか村のためか、だけでな」

あっ。

奈々は息を呑む。

〝防人。そして……人柱〟

「だが、悟はそれでも構わんと言って出て行った。そこで友紀子は、そんな悟が九死に一生を得て戻って来たのに、あんたが殺したのかと憤って迫ったんだ。すると善次郎は、こう言った。『自分で人柱になろうとしたんだから、同じことだ』――と」

〝酷すぎる！〟

奈々の体は震えた。

気持ちを落ち着けようと大きく深呼吸して周りを見れば、友子たちはすすり泣いていた。

再び重苦しい空気が部屋を満たす中で、

「だから」竜一は静かに口を開く。「友紀子は、善次郎を思いきり突き飛ばした」

「その結果……」沼岡が言う。「今回の事件に繫がったというわけですな」

「ただ」聡子がひきつった顔で言った。「友紀子さんが言うには、どうしても善次郎さんは許せなかった。安渡川に沈んでもらおうと思った。でも、さっきのようなことがあり、きちんと『立て』られなかった。だから、替わりに自分が――と」

「なんと……」

沼岡は絶句した。

友紀子の残した「すみませんでした」という遺書は、そういう意味だったのだ。殺人を犯してしまって「すみません」ではなく、きちんと人柱を立てられなくて「すみません」という。

そのために、身替わりとなって入水した……。

しかし。

奈々は、崇を見る。

この男は、そこまで考えていたのか。まさか、ここまで詳細には考えていなかったろうが、それに近いことは感じていたのか——？

「そして」沼岡が言った。「遺体を瓶に入れた」

「それは……わしです」竜一が言う。「わしも許せなかった。一度は、母を沈めようとした男ですからね。それなら、瓶に入れて安渡川に沈んでもらおうと思ったんです。昔の人たちと一緒に」

「三角形の結界ですしね」崇が言った。「恨みを抱いても、川の底から上がってこられない」

「……よくご存知で」

「宝物殿の鍵はかかっていたはずだが」

「友紀子が、合い鍵を持って来ました。赤頭の家にあったはずだと言って」

「では何故、瓶を放置したんですか」

「合い鍵を取りに行くのに、時間がかかって、管理人の刈屋忠志さんがやって来てしまった……」

「そう言えば——」沼岡は思い出す。「あの日、刈屋は女房と口喧嘩したか何だかで、いつもより早く家を出て三神神社に行ったと言っていた。そういうことだったのか……。だが、きみ」

沼岡は崇を見た。

「その『三角形』は、それほど重要なものだったのかね」

はい、と崇は頷くと、

「先ほど途中になってしまいましたが、ご説明しましょう」

と言って全員を見る。

「鹿島神宮と息栖神社は、大同二年（八〇七）、平城天皇の勅命によって現在地に遷座し、その結果『鹿嶋神宮―息栖神社―香取神宮』という、綺麗な直角二等辺三角形ができあがりました。そのため、ここを素晴らしいパワースポットだと言って、三社を巡る人々が最近増えているらしいですが」

「ちょ、ちょっときみ！　一体何の話を――」

「では何故、平城天皇はそんな命を発出したのでしょうか？」

崇は、沼岡の言葉を無視して続けた。

「実は、その数年前の延暦二十一年（八〇二）。蝦夷の長である阿弓流為《あてるい》が、征夷大将軍・坂上田村《さかのうえのたむら》麻呂《まろ》に降伏しているんです。もちろんこれも、田村麻呂の卑怯な作戦によってです。何と言っても、田村麻呂の父・苅田麻呂《かりたまろ》は、敵に対する拷問が素晴らしいといわれて出世した人間ですから、その血を受け継いだんでしょう。とにかく――」

崇は言う。

「その後、阿弓流為は田村麻呂と共に京に上り、処刑されてしまったといわれているが、本当でしょうか？　鹿島神宮には、悪路王《あくろおう》――阿弓流為のものとされている『首』の彫刻も残されていました。また、城里町《しろさとまち》の鹿嶋神社にも、悪路王の首を奉納したという伝承が残っているといいます」

今回は参拝できなかったけれど、崇が「面白い神社がある」と言った社だ。

「そもそも、田村麻呂たちが、阿弓流為たちを連れて延々と京まで行くなどということが可能でしょうか。いくら阿弓流為が降伏したといっても、今言ったように、あくまでも田村麻呂の余りに残虐な攻撃に耐えかねて膝を屈したわけで、蝦夷たちが全員、敗北を受け入れたわけじゃない。そんな中で阿弓流為や、彼の右腕とされる母禮《もれ》たちを引き連れて京までの道程を行くなど、常識的にも不可能だと思いませんか」

「その途中で、彼らの仲間に襲われる……か」

そうです、と崇は頷く。

「当然、蝦夷たちは自分たちの頭領を奪い返しに来るでしょうから」

「じゃあ、阿弖流為たちが京に連れて行かれ首を刎ねられたという話は、全くの作り話だというのか」

「ここからは、あくまでも俺の想像ですが」崇は言うと続けた。「京まで連れて行かれたのは、阿弖流為降伏の際に捕えられた、ごく普通の蝦夷たちだったのではないかと思います。田村麻呂は、阿弖流為たちの首をその場で落とし、一般の蝦夷たちを、いわゆる『戦利品』として京の貴族たちの前に差し出した」

「確かにその方が、阿弖流為本人を連れて、延々と京までの道程を行くより、数倍も安全だな……」

「故に」と崇は言った。「阿弖流為はここ鹿島で斬首された、あるいは阿弖流為たちの牙城《がじょう》の達谷《たっこくの》窟《いわや》で殺害されたと考える方が自然です。そして、その首を沈めた場所こそ」

　崇は、再び全員を見た。

「わざわざ直角三角形を作った場所の中心――外浪《そとな》逆浦《さかうら》だったのでしょう」

「本当なのか……」

　顔をしかめる沼岡の前で、崇は続けた。

「鹿島神宮には、御船祭《みふねまつり》と並ぶ最大の祭である『祭頭祭《さいとうさい》』があります。これは、十五人ほどの人々――『隊』が、十から二十ほど集まり、その一人一人が六尺――二メートル近い長さの樫の棒を手にして、勇壮なお囃子に乗って組んずほぐれつ参道を練り歩くという大変な祭です。近代では、これを五穀豊穣を祈る『祈年祭《としごいのまつり》』、あるいは『防人の祭』というようになっていましたが、もともとは『天下泰平』そして――」

　崇は沼岡を見た。

「『悪路王退治』と『凱旋の神事』だったんです」

「悪路王は」小松崎が叫んだ。「阿弖流為だったたんじゃねえか?」

「そう言われている」崇は静かに答える。「つまり、この祭は『阿弖流為退治の凱旋の祭』だった。

そう考えれば、城里町の鹿島神社まで田村麻呂が阿弖流為の頭を持ってきた、という伝承と話が合う」

と言って崇は、鹿島神社に伝わる話をした。

そして、

「第一にこれは」と言う。「『頭を祭る』祭なんですからね」

「あっ……」

「ちなみに、その後も朝廷は、蝦夷たちに悩まされました。当前《あたりまえ》と言えば当然なのですが」崇は苦笑する。「しかも連戦連敗で『三代実録《さんだいじつろく》』によれば、その辺りのことは『文闕《ふみか》く』――つまり、何も記せないということでした。更にその後の公文書に『事に奇正を用いるは兵家の貴ぶところ』とありますから、よほど卑劣な欺し討ちを行ったんでしょう」

「そう……なのか」

「だからこそ、わざわざ直角二等辺三角形の『結界』を張ったんでしょうね。それほど彼を恐れた」

崇は言って全員を見る。「ここ、三神村と一緒です。こちらも『河鹿郡』と言う以上、安曇・隼人の村だったんでしょう。安渡川は間違いなく『安曇《あんど》川』です。そして三神神社本殿の後の空間は、最後のお別れを祈る場所」

「な、何だと」

沼岡は言って友子たちを見たが、誰も口をきかず俯いている。

そんな中で、

「海神たちは」崇は言う。「『三』を神聖視していました。これに関しても、今は詳しい説明を省きますが、たとえば『宗像《むなかた》三女神』や『住吉三神』『筒男三神』や、素戔嗚尊たちの『三貴神』のように。同時にこの『三』は、隼人たちが持つ楯の『赤・白・黒』の三色にも通じます。そして」

友子や、かすみを見る。

「こちらの『三神村』にも」

「なんだと」沼岡が尋ねる。「どういうことだ」

「もともとあったという九軒の家には、それぞれ『赤・白・黒』の色が入っているじゃないですか」

「はあ?」

「赤頭・明越・株木さんは『赤』と『朱』です。そして『百鍋』『後谷《うしろや》』『神城《かみしろ》』さんは『白』『しろ』でしょう。また『阿久丸《あくろ》』『沖墨』『畔河《くろが》』さんは『くろ』『黒』だ。この三種類の色を持つ家で、三神神社を囲んでいた」

「だから、さっき」小松崎が唸った。「どっちの家がどこにあるのか分かったんだな!」

「そういうことだ」

答える崇の前で、友子が笑った。

「それが分かっとるようじゃから、この人は全て知っておると思ったんだ。何もかも」

「ありがとうございます」

崇は軽く頭を下げてから言う。

「こちらの三神神社も、武甕槌神・経津主神・建葉《たけは》槌《づち》神を祀っているから『三神』ということではなく、本来はきっと『甕霊《みかみ》』か『御甕《みかめ》』神社だったんでしょうね」

甕霊……。

御甕……。

唖然とする奈々の前で、

「そうだったんですか、みなさん?」

沼岡は尋ねたが、誰一人口を開かなかった。

しかし、誰も黙っているということが、崇の言葉の正しさを証明しているようだった。

「だが」と沼岡は呆れ顔で崇を見た。「きみは、どうしてそんなことが分かったんだ」

「先ほど、実際に神社を見たもので」

「我々も見たが、特に何も気づかなかったぞ。どこか特殊な点でもあったかね」

はい、と崇は答える。

「まず、神社は明らかに怨霊を祀る形態になっていました」

と言って簡単に説明すると、続けた。

「祭神は、建御名方神たち三神。ここまでは、問題ありません。彼らは、間違いなく怨霊ですので。しかし、本殿は女神を祀る造りでした。では、建葉槌神が主祭神なのかというと、そうでもないようだった。神社の裏手に安渡川――安曇川が流れていたので、水の女神である瀬織津《せおりつ》姫や闇龗《くらおかみ》神たちを祀っているのかとも考えましたが、境内のどこにも、それらしき社は見当たらなかった。そして『塞の神』である猿田彦の石碑が建っていた」

本殿裏の空間の隅に建てられていた、やけに大きく立派な石碑のことだ。

「そして、名前がついている祠は、今、かすみさんがおっしゃっていた『寒田』某だけで、あとは無銘。そして宝物殿には、無数の甕棺墓が仕舞われ、こちら岸だけに船着き場がある。更に、九軒の家で、神社を中心にして三角形の結界を張っている。これだけ条件が揃えば、あの神社は武甕槌神たちを表向きの祭神にして、実は背後の川に沈んだ村人――女性たちを、祀り慰め供養すると同時に、その怨念を境内に封じ込めておくために鎮座しているのだと、すぐ推察できます」

「……そういうものなのか」

「そして、安渡川が氾濫した時には、誰かを立てて、龍神をなだめる役目を担っていた。そのために、この村が存続していた」

だがやはり、それには誰も答えなかった……。

沼岡は折田に命じて、県警に連絡を入れさせる。全員から、もう一度改めて事情聴取をするらしい。そのパトカーの到着を待つ間、沼岡たちは友子たちに細かい点を確認していた。

その傍らで、

「そう言えば……」

奈々は、ふと崇に尋ねた。

「鹿島神宮など三社の一の鳥居が、全部水中鳥居になっていたのは、何か特別な意味でもあったんでしようか？」

「地図上でそれらを結ぶと」崇は奈々を見た。「奥宮や要石と違って正三角形になるんだ」

「正三角形……。外浪逆浦を囲む？」

「そうだ」崇は言う。「『鳥居』と『正三角形』というキーワードで、何か思い当たらないか」

「鳥居……正三角……」

あっ、と奈々は声を上げていた。

「三柱《みはしら》鳥居！」

そうだ、と崇は頷く。

「対馬に『和多都美《わたつみ》神社』という社がある。そこには、古い三柱鳥居が建っているんだが、そこは磯良の墓なんだ」

「それで、外浪逆浦をかこむように――」

「そこに彼らを沈めたからこそ、直角二等辺三角形や正三角形を作ったんじゃないか。江戸もそうだ」

「わざわざ作ったという、逆三角形も？」

ああ、と崇は言った。

「考えてみれば、あの中心にある江戸城にも深い堀があるし、建造時には間違いなく『人柱』が立てられているはずだ。そこで『結界』を張ったんじゃないかな。まあこれは、俺の想像だけれどね」

崇は笑った。

でも――。

確かに三柱鳥居に関しては非常に謎が多く、巷間《こうかん》さまざまな説が取り沙汰されている。

それこそ夏至や冬至のレイラインだとか、二つ組み合わせるとダビデの星になるとかいうものまである。しかし、これに関しては「組み合わせると」もなにも、現実に組み合っていないのだから、どうしようもない。

それに、今回も見てきたように、神座が東北東を向いているにもかかわらず社殿が北向きだからと言って、祭神・武甕槌神が蝦夷を封じているとか、奈良・三輪山の山頂を見ていないのに、大神《おおみわ》神社拝殿は三輪山を拝しているとか、一般的に信じられてい

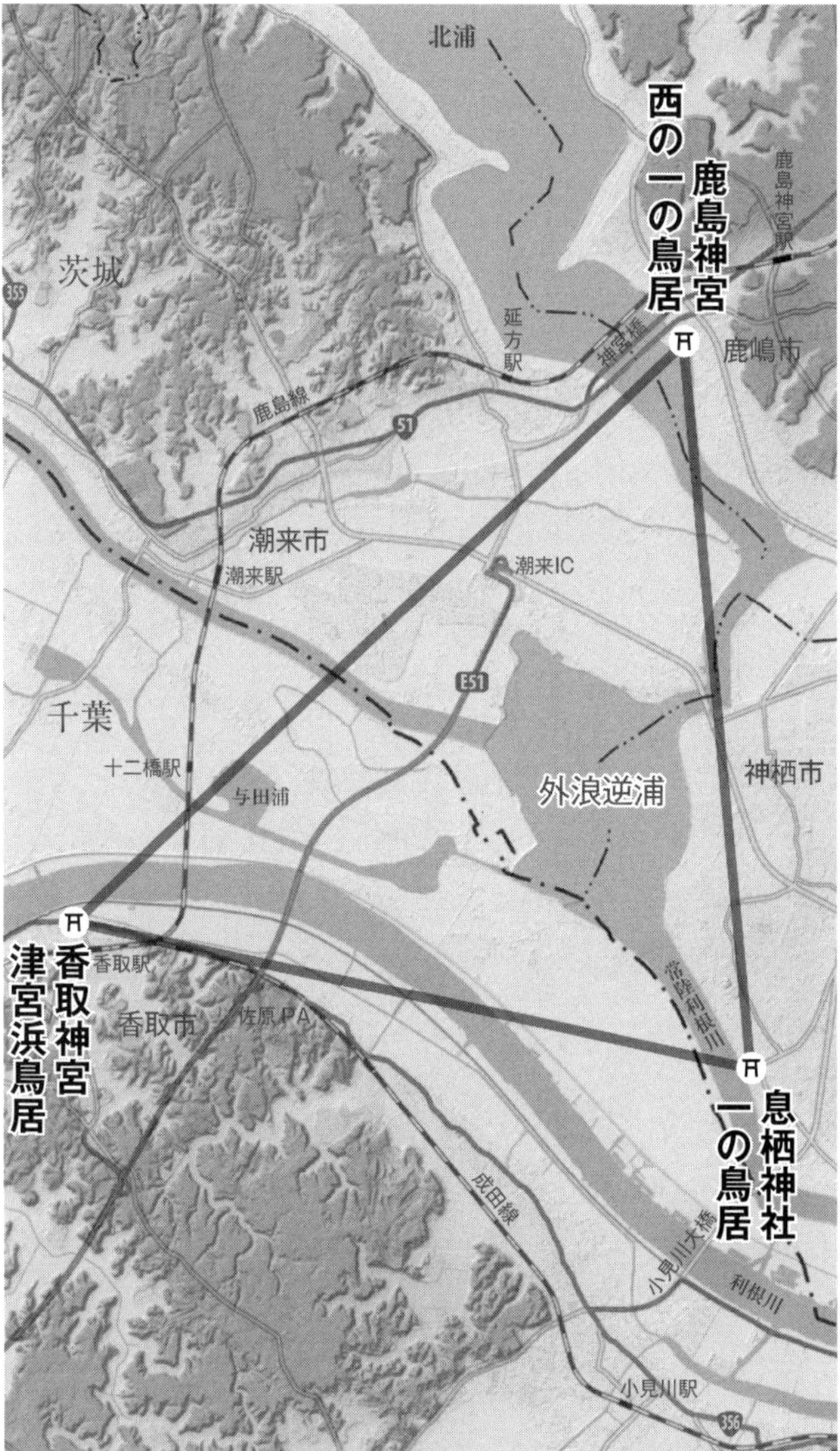
北浦
西の一の鳥居
鹿島神宮
鹿島神宮駅
茨城
延方駅
神宮橋
鹿嶋市
鹿島線
潮来市
潮来IC
潮来駅
千葉
十二橋駅
与田浦
外浪逆浦
神栖市
香取神宮
津宮浜鳥居
香取駅
香取市
佐原PA
常陸利根川
息栖神社
一の鳥居
成田線
小見川大橋
利根川
小見川駅

る説も、以外と当てにはならないことを、奈々は学んでいる。

そうであれば、崇の話は本当かも知れない……。

しかし。

奈々は、思う。

あの外浪逆浦に、安曇磯良と猿田彦と、阿弖流為の首まで沈んでいるとすれば、間違いなく物凄い——巷間言われる意味とは真逆の——「パワースポット」ではないか。

おそらく、彼らだけではあるまい。

その他にも大勢の、名も知られぬ人々が沈んでいるかも知れない。

三神神社・安渡川のように。

あの場所も、何人もの女性たちが沈み、そしてつい昨日——友紀子も沈んだ。

そこには、数多の悲しい魂が、眠っている……。

奈々は心の中で、そっと手を合わせた。

やがてパトカーが到着し、全員が茨城県警に向かうと、奈々たちも赤頭家を後にした。

*

結局今回、崇はこのまま東京に帰ることにして、沼岡や折田や波村たちに別れを告げた。

運転する車中で、小松崎がバックミラーを覗き込みながら、

「一応、事件は解決したが」軽く嘆息した。「いつもながら、こういった歴史や風習には悲しい思いが隠されているもんだな」

「ほう」崇は感心したように言う「熊も、ずいぶん大人になったもんだ」

「茶化すな」小松崎は言って、尋ねる。

「それで結局、大甕倭文《おおみかしとり》神社はどうだった。ちゃんと観られたのか？　そもそも、その天香香背男《あめのかかせお》ってのは、何者なんだ？」

ああ、と崇は答える。

「甕星《みかぼし》香香背男は、当然、素戔嗚尊の関係者だったんだろうな。天津甕星《あまつみかぼし》というのは、天空にある大甕のような巨星のことで、我々の住む北半球で言えば『明けの明星・宵の明星』つまり『金星』だ。そして『金星』は、取りも直さず『金神《こんじん》』。その金神こそ牛頭天王《ごずてんのう》——素戔嗚尊であり、同時に『金精』——猿田彦神になるからな」

「甕星香香背男も、磯良や猿田彦の仲間だったたってわけか」

「さっきも言ったが、大甕倭文神社よりも遥かに北の地域——鵜の岬まで、安曇・隼人の大きな影響が残っている。それに『香香背男』という名前も、もちろん『香島（鹿島）・香取』に『背いた』男神ということだが、素直に読めば『カカシ』——案山子《かかし》になる」

「おう。素戔嗚尊ってことか」

以前に、奈々たちも聞いている。

案山子の蓑笠《みのかさ》は、素戔嗚尊が「神逐《かみやら》い」された時の格好であり、同時に一本足は、産鉄民である出雲族の特徴で……。

「しかし当時」崇は続けた。「素戔嗚尊は既にこの世にいなかったわけだから、彼の関係者だろう。つまり、猿田彦たちの仲間だったと考えられる」

「だから、磯良——武甕槌神たちは、香香背男を討てなかったのか」

「その通りだ。武甕槌神たちが弱かったわけじゃない。同族の戦いは、諏訪の建御名方神で終わりにしたかったんだろう。そこで、建葉槌神がその役に当たることになった。ちなみに『日本書紀』には、

『斎主《いわい》の神を斎《いわい》の大人《うし》と号《もう》す。此の神、今東国《あずま》の檝取《かとり》の地《くに》に在《ま》す』

——この時、甕星を征する斎主をする主を、斎《いわい》の大人《うし》といった。この神は今、東国の香取の地においでになる。

とある。当然ここで言う『祝う』は『屠《ほふ》る』ことだ。『字統』にも、

『「祝ふ」は「斎《いわ》ふ」、その人のために邪気を祓《はら》うこと』とあるし、
　沢史生も『祝う』に関して、

『本来は不浄や凶事を忌《い》み祓うことにはじまる。当然そこには祓われる対象があった。王権に忌み嫌われた者が、追放・討伐・誅殺《ちゅうさつ》の対象となった。つまり、これらは物言う星や草木・石と考えられた人々である』

『祝うは同時に屠る意であったことを忘れてはならない。「屠」の字義は葬る、殺すである。ゆえに「屠」はシカバネ（尸）の者と書くのであった』

『王権にとって煙たい存在、都合悪い者を屠るだけの「祝《ほふる》」でしかない』

『「放る」「葬る」「屠る」と同義。災禍を彼岸に放り出し、葬り去ったことをお祝いする意である』

　と言い、また『古語辞典』を引けば、

『「葬《はぶ》る」「はふる」とも。埋葬する。火葬にする』

　と載っている」


「殺人者……ってわけか」

「そういうことだ。そして、その神が香取神宮に祀られていると言っている。これは本殿もそうだろうが——むしろ奥宮の神のことじゃないかと思う」

　だが、と小松崎は言う。

「いくら武甕槌神が遠慮して——と言うのも変だが——天香香背男を討たなかったといっても、朝廷を悩ませていた神を倒したんだから、建葉槌神は、よっぽど強い武神だったんだろうな」

「いや、違う」崇は首を大きく横に振った。「女神だった」

「女神だと？」

　声を上げた小松崎に、崇は答える。

「さまざまな書物を読んでも、武神としての活躍はこの場面しかない。あとは、織物を織ったという話だけだ。だとすれば、建葉槌神＝倭文神という神は『女神』だったと考えた方が、理屈が通る。実際に、機織りは女神の役割とされてきたからな。栲幡《たくはた》

千々姫《ちぢひめ》命、棚機津女《たなばたつめ》などなど、全員が女神だ」

「おいおい……」

「実際に奈々くんとも見てきたが、建葉槌神が主祭神の静《しず》神社は、女神を祀る社殿になっていた」

「なんだと」

「しかも、やはり建葉槌神を主祭神とする大甕倭文神社の神徳は」

　と言って、崇は資料を取り出して読み上げる。

「『家内安全・交通安全・航海安全・大漁満足・心願成就・学業成就・企業隆昌・工事安全・五穀豊作・病気平癒・厄除祈願』

　そして――、

『安産祈願』

だった。更に、奈々くんには言ったが、伯耆《ほうき》国一の宮の建葉槌神を主祭神とする『倭文神社』も同じく、神徳は『安産』だった」

〝あっ〟

　これも以前に聞いた。

安産祈願や子宝などの神徳を持つ神様は「人丸《ひとまる》神社――『人生まれる』神社」などの語呂合わせを除いて、全て女神だと。

　間違いなく、建葉槌神は女神だ。

　納得する奈々の前で、小松崎は尋ねた。

「じゃあ、どうして機織りの女神が、朝廷が手を焼いた天香香背男を倒せたんだ？」

　当然、と崇は言う。

「今までの例からして、こんな時の朝廷は必ずと言って良いほど謀略を用いている。この場合も猿田彦神と同様だろうな」

「まさか……」

「猿田彦神は、天鈿女命の色仕掛けで殺害された。武力ではかなわない相手に対して、朝廷が用いるいつもの手段だ」

　つまり、と崇は続けた。

「天香香背男――素戔嗚尊は、倭文神――建葉槌神という女性に籠絡《ろうらく》されて命を奪われ、おそらくは

『甕棺墓』にされた。その名の通り『大甕』でね。そして埋められたか、あるいは海に沈められた。埋められたとすれば大甕神社境内で『宿魂石』になり、沈められたとすれば『御根様』の辺りだな」

と言って「御根様」の説明をした。

「なるほどな」

「しかも、例によって建葉槌神も仕事を終えた後で、殺された」

「どうして分かる？」

「静神社は『鎮まる』神社だ。それでなくとも『倭文』には『静かにそこに居れ』という意味があるし、更に『静』には『紙垂《しで》——死垂』の意味もある。また、建葉槌神が勇壮な神であれば、その後の事跡が残っているはずだが、全く何も残されていない。これは明らかにおかしい」

「朝廷にとって、マズイ話ってわけだな。いつも通りの」

「そうだ」

「甕棺墓か」

「間違いなく」

でも、と奈々は尋ねる。

「あの近辺には、海はありませんでしたけど」

「神社近くに古代からあるという池がある」崇は答えた。「目の前の池は溜め池だが、少し離れた場所に大きな、毎年白鳥が何百羽も飛んで来て越冬するという『古徳沼《こどくぬま》』。那珂市の観光名所だ」

「まさか、そこに？」

「おそらくは」崇は首肯した。「『古徳』という名前にも引っかかるが、これは『異国《ことくに》』から来ているのではないかな。そして『静——鎮』神社だ。奈良の大神《おおみわ》神社にも『鎮女《しずめ》池』という名前の不思議な池があったな。そこには、市杵嶋姫が祀られていたが」

「それが本当なら、酷《ひど》え話だが……」小松崎は唸る。「天鈿女命はともかくとして、しかしその時の朝廷に、天香香背男の暗殺を請け負うような女性神がいたってのか」

「いたんだろう」

「そりゃあ、誰だ？」

「『建葉槌』は『武端槌』だという説もある。つまり、建甕槌神の仲間であり、同時に余り重要視されていなかった神だと。ということは、同じ安曇・隼人関係の女神だ」

「安曇・隼人……」

「とすればここで、神武と共に九州からやって来たであろう女性神がいる。正確には安曇族と言い切れないが、やはり同じ海神《わだつみ》であることは間違いない」

「それは、天鈿女だろうが」

「もう一人、日本一有名な『機織りの女神』がいる。俺も、奈々くんに秦氏関係だと言われて気がついた」

「私？」

「女神と言っても、無数にいるからな。それこそ八百万だ。まあ、しかしタタルが言うんだから、そこそこ有名な女神――」

「『おおみか』と聞いて思い浮かばないか？」

「あっ」

奈々は叫んだ。

「まさか……」

そう、と崇は奈々を見た。

「きみが思い当たった、その神だ」

「おい。誰だよ奈々ちゃん」

「天照《あまてらす》……おおみかみ、です」

「なんだと！　そんなバカな」

「いや。俺もそう思う」

崇は言った。

「建葉槌神を祀っている大甕倭文神社も『神宮』だった。そして、静神社――倭文神社に至っては『太神宮』だった。『神宮』はともかく『太神宮』に祀られる女神といえば、一人しかいないだろう」

「天照大神……」

「本当かよ！」

ハンドルを握りながら叫ぶ小松崎の後で、崇は続ける。

「但し、初代の天照大神である卑弥呼《ひみこ》は、北九州で暗殺されている。また、二代目の天照大神の台与《とよ》は、やはり宇佐《うさ》で殺害された。だから、常陸国までやって来たのは、何代目の天照大神かは分からない。しかし、朝廷が奉祭する『天照大神』だったことは間違いない。その彼女が天香香背男——何代目かの『素戔嗚尊』を暗殺したおかげで、常陸国は平定された。しかし、その後に自分も殺された。だから、とても大切に祀られているんだろう」

「おお……」

「岡田精司は」と崇は続けた。「『東国の鎮めの鹿島にアマテラス大神を祭って』いないことが不思議だと言っている。そしてその理由として、天照大神は『臣下が直接祭ったりする』ことのできない大神だったと述べているが、これでは現在の状況と大きく矛盾してしまう」

　確かにそうだ。

　国策の一つだったとしても、今は多くの個人宅にさえ天照大神は祀られている。

「しかし事実として、常陸国では影が薄い。というのもそれは——」

「建葉槌神として祀られていたから！」

「そういうことだ」

　崇は奈々に向かって頷いた。

「一緒に見て来たように、香取神宮の奥宮は女神を祀る造りになっていた」

「はい」

「実を言うと、地元には、この奥宮は天照大神を祀っている社なのではないかという言い伝えがあったという。だが、誰もがその伝承を否定し、俺もここに来るまでは、荒唐無稽な話として全く参考にもしていなかった。ところが実際にやって来てみると、その言い伝えは真実だったと確信したんだ。というのも、あの奥宮は北北東——大甕倭文神社を向いていたから」

「建葉槌神が主祭神の！」

そういうことだ、と崇は首肯する。

「天照大神は、元は卑しい身分の女性神で、素戔嗚尊の一族のことはお互いに良く知っていて、倭文《しとり》――『しづおり』で機織りの神。彼女ならば、素戔嗚尊の一族を倒すのに、打ってつけだったろう。『天照大甕み』ならばね」

「それじゃあ『おおみかみ』の『み』は何なんだよ、『み』は」

「もちろん『霊《み》』だ。海神《わだつみ》、月夜見《つくよみ》、山祇《やまつみ》などの『み』と同じく」

「あっ」

「この『み』はやがて、接頭語となって『神・天皇・宮廷のもの』を表すようになっていった。神酒《みき》、御生《みあれ》、御祖《みおや》などのね」

「そう……なのか」

「そう考えてみると『延喜式神名帳』の三つの『神宮』――伊勢・鹿島・香取に共通していることが分かる」

「三つしか『神宮』がないのに、そのうちの二つが東国にあるって話だな」

「そうだ」

「その理由は何だ」

「祭神だよ」

「祭神？」

「ああ、これら三つの神宮には『饒速日命＝安曇磯良＝武甕槌神』と『猿田彦神』、そして『天照大神』がいる」

「ああ……」

呆然とする奈々の隣で、

「これで」崇は言った。「証明終わり《Q.E.D.》」

車が高速を快調に走り出すと、

「そう言えば」と崇が窓の外の景色を眺めながら言う。「霞ヶ浦北西部に『土浦《つちうら》』という地名がある。実は、この地名も謎で『津浦《つうら》』が訛ったのだろうとか、『土屋藩《つちや》』から来ているのだろうとか、果ては『津々浦々』から来ているんじゃないかというものまであった」

「確かに」小松崎も首を捻った。「土の浦——ってのも、変な言い回しだ。それで、タタルはどう思ったんだ？」

「昨日の『猿田水産』で聞いたんだ」

「息栖神社の近くのか」

ああ、と崇は答えた。

「元々住みついていた人々は、地元訛りで土浦を『チチュウラ』と呼ぶんだそうだ」

「チチュウラ？」

「おそらく『チチュウ』——蜘蛛《いい》のことだろう」

「土蜘蛛か！」

「旧石器時代から人が住みついていた土地だったというから、きっと彼らも朝廷に『討伐』されてしまったんだろうな」

そういうことだ。

奈々は頷く。

その結果「常世の国」——楽天地で神仙境だった国が『常夜の国』となってしまった。

「でも」奈々は言った。「その、討伐した朝廷側の武甕槌神たちも、やはり黄泉の国に送られてしまったんですね……悲しいことに」

すると、

「そうだ！」崇が思い出したように言う。

「やはり今度は、志賀島——志賀海神社に行かなくてはならないな。安曇磯良の本拠地に」崇が流れる景色を見ながら言う。「前回は、和布刈《めかり》神社も早足でまわってしまったから、きちんとゆっくり見てみたいし」

「そうですね」奈々は、ニッコリと微笑んだ。「小松崎さんの都合さえつけば、また三人で出かけましょうか」

「それは良い提案だ」

頷く崇と奈々をチラリと見て、

「しかしなあ……」小松崎は困ったように言う。

「それは何ともな……」

「御都合がつきそうにないんですか？」

「いや、奈々ちゃんと一緒じゃ、また殺人事件に巻き込まれるのは避けられねえぞ。しかも、今回みたいな複雑怪奇なやつに」

「ど、どうして私が関係するんですか！」

いやいや、と小松崎は笑った。

「下手すりゃ、こんな話をしてる間に、もう起こっちまってるかも知れない」

「また、そんな冗談ばっかり」

奈々は笑ったが――。

この小松崎の言葉が、あながち間違いではなかったことを、後日、奈々たちは知ることになるのであった。

《エピローグ》

明越ナエは仏壇の前に座って手を合わせ、朝からずっと泣いていた。どうしてこんなに涙が出るんだろう。体中の水が、全て涙になって流れ出ているんじゃないか。

長年の決まり事とはいえ、まさか自分が、そしていいこんな時に「立た」ねばならないなんて。

しかし、父が畳に頭をこすりつけて泣きながら頼んできた以上、もう、どうしようも逃げようがない。せめて、母が他界していたことだけが救いだ。こんな話を耳にしたら、それこそ母も倒れてしまっただろう。

再び大粒の涙が、ナエの頰を濡らす。

その時。

スッと襖《ふすま》が開いた。

振り返るとそこには、二歳年上のヨシが立っていた。表情が、普段よりもやけに硬く、思い詰めたように青ざめている。

「姉ちゃん……」

ナエが呼びかけると、ヨシはナエに近づいてしっかり抱きしめ、

「静かに」と囁いた。「今から私が言うことを、良く聞いて」

頷くナエの耳元に、ヨシは口を近づけた。

「ナエ。あんたは逃げなさい。私が代わりに『立つ』から」

一瞬、意味が分からなかったナエは、

「え……」ヨシを見た。「どういうこと?」

そのままよ、とヨシは小声で言う。

「あんたに代わって、私が行く」

「お、お姉ちゃん! そんなこと……」

「あんた」ヨシは真剣な眼差しで、ナエを見た。

「お腹に、子供がいるんでしょう」

「ど、どうしてそれを——」

「気づかないわけない」ヨシは春風のように微笑んだ。「たった一人の妹なんだから」

「お姉ちゃん！」

「父親は、畔河《くろが》の千吉さんね」

「……う、うん」

「とっても良い人ね」ヨシはナエを強く抱きしめた。「だから、あんたたちは、こんな村を出て、二人で幸せになるの。いいわね。後は私が全部引き受ける」

「無理！　そんなこと、お姉ちゃんに頼めない」

「私の言いつけが聞けないの？」

「でも——」

「あんたは生きて。いい？　自分一人の問題じゃないのよ。分かってる？」

「だって……だって……」

「相変わらず聞き分けのない子ね」ヨシは苦笑しながら、ナエの髪を優しく撫でた。「でも、これだけは分かって。私があんたの代わりに『立つ』。そう決めたの」

「お姉ちゃん……」

あんなに涙が出たのに、まだ溢れてくる。

でも、今度は温かい涙だった。

「私は生まれつき体も弱かった」ヨシは言う。「その分、強がっていたけどね。だから私の分まで生きて、ナエ。あなたの代わりに、私が大瓶に入る。頭に手拭いを被って俯いてね。暗い夜だし、絶対に誰も気づかない」

「でも、お姉ちゃんがいないことは分かる」

「平気よ。私は、その数日前から具合が悪いって言って、家に引き籠もるから」

「そんな……」

「ちょっと先にあの世に往くだけ」ヨシは、蓮の花のように美しく笑った。「人間の世界の五十年は、あの世の一日なんですって。あっと言う間ね。あんたが来るのを待ってる」

「お姉ちゃん……」

ナエはそれ以上何も言えずに、ただ泣いた。ヨシもナエの体を抱きしめて泣いた。


数日後の月明かりもない夜。

ヨシは、あんど川に沈んだ。

その翌日、ナエと千吉は信濃国まで逃げ、そこで苗字を「黒川《くろかわ》」と変えて夫婦になった。

それは、明治十八年（一八八五）に常陸国を襲った大きな災害もようやく収まり、これから暑い夏を迎えようとしている頃だった。

参考文献

『古事記』次田真幸全訳注／講談社
『日本書紀』坂本太郎・家永三郎・井上光貞・大野晋校注／岩波書店
『続日本紀』宇治谷孟全現代語訳／講談社
『続日本後紀』森田悌全現代語訳／講談社
『古事記　祝詞』倉野憲司・武田祐吉校注／岩波書店
『延喜式祝詞（付）中臣寿詞』粕谷興紀注解／和泉書院
『魏志倭人伝・後漢書倭伝・宋書倭国伝・隋書倭国伝』石原道博編訳／岩波書店
『万葉集』中西進校注／講談社
『風土記』武田祐吉編／岩波書店
『常陸国風土記』秋本吉徳全訳注／講談社
『出雲国風土記』荻原千鶴全訳注／講談社
『播磨国風土記』沖森卓也・佐藤信・矢嶋泉編著／山川出版社
『古語拾遺』斎部広成撰／西宮一民校注／岩波書店
『古今著聞集』西尾光一・小林保治校注／新潮社
『土佐日記　蜻蛉日記　紫式部日記　更級日記』長谷川政春・今西祐一郎・伊藤博・吉岡曠校注／岩波書店
『今昔物語集』池上洵一編／岩波書店

『和漢三才図会6』寺島良安／島田勇雄・竹島淳夫・樋口元巳訳注／平凡社
『雨月物語』上田秋成／高田衛・稲田篤信校注／筑摩書房
『新訂増補　国史大系第四巻　日本三代実録』黒板勝美編／吉川弘文館
『神道辞典』安津素彦・梅田義彦編集兼監修／神社新報社
『神社辞典』白井永二・土岐昌訓編／東京堂出版
『日本史広辞典』日本史広辞典編集委員会／山川出版社
『日本の神々の事典――神道祭祀と八百万の神々』薗田稔・茂木栄監修／学研プラス
『日本古典文学大系3　古代歌謡集』土橋寛・小西甚一校注／岩波書店
『日本思想大系20　寺社縁起』「八幡愚童訓　甲」／桜井徳太郎・萩原龍夫・宮田登校注／岩波書店
『鬼の大事典』沢史生／彩流社
『闇の日本史――河童鎮魂』沢史生／彩流社
『常陸国河童風土記――古代史の騙りごととマツリゴトの今昔』沢史生／彩流社
『日本伝奇伝説大事典』乾克己・小池正胤・志村有弘・高橋貢・鳥越文蔵編／角川書店
『日本架空伝承人名事典』大隅和雄・西郷信綱・阪下圭八・服部幸雄・廣末保・山本吉左右編／平凡社
『日本民俗大辞典』福田アジオ・神田より子・新谷尚紀・中込睦子・湯川洋司・渡邊欣雄編／吉川弘文館
『日本俗信辞典　動物編』鈴木棠三／KADOKAWA
『語源辞典』山口佳紀編／講談社
『隠語大辞典』木村義之・小出美河子編／皓星社

『古代地名語源辞典』楠原佑介・桜井澄夫・柴田利雄・溝手理太郎編著／東京堂出版
『柳田國男全集　第二巻』「遠野物語拾遺」／柳田國男／筑摩書房
『妹の力』柳田國男／角川書店
『人柱の話』南方熊楠／ゴマブックス
『人身御供と人柱』喜田貞吉／青空文庫POD
『神社の古代史』岡田精司／筑摩書房
『蛇――日本の蛇信仰』吉野裕子／講談社
『江戸っ子気質と鯰絵』若水俊／角川学芸出版
『諏訪大社と御柱の謎』守屋隆／諏訪文化社
「芸術新潮」1996年3月号／新潮社
『香取神宮志』香取神宮社務所（国立国会図書館デジタルコレクション）
『琉球神道記』袋中（国立国会図書館デジタルコレクション）
『太平記』（国立国会図書館デジタルコレクション）
「倭姫命御聖跡巡拝の旅」倭姫宮御杖代奉賛会
「新鹿島神宮誌」鹿島神宮社務所
「香取神宮」香取神宮社務所
「東国三社　息栖神社略記」息栖神社社務所
「走水神社誌」走水神社社務所

「アマビエ攷——甦る海神（わだつみ）の系譜——」富田弘子

＊作品中に、冊子等より引用した形になっている箇所がありますが、それらはあくまで創作上の都合であり、全て右参考文献からの引用によるものです。

＊作品の時代設定が平成十八年（二〇〇六）五月のため、現在とは異なっている描写があります（その五年後に起きた東日本大震災で倒壊し再建された鳥居など）が、できる限り当時の状況・景観によりました。

長きにわたり公私共に親しくさせていただき、
数限りない啓蒙、薫陶を受けて参りました、
沢史生さんが、
令和二年（二〇二〇）十一月十五日、九十三歳で逝去されました。
はからずも今回、ご出生地である茨城が舞台となりましたことを、
今生のご縁と感じ入り、
ここに衷心よりご冥福をお祈り申し上げます。

作品中に登場する寺社に関して、
舞台となった「河鹿郡三神村」「三神神社」「安渡川」、
及び、その地における風習は作者の想像の産物ですが、
それらを除いた寺社及び地名は、全て実在します。
但し、作品自体は完全なるフィクションであり、
実在する個人名・団体名・地名等が登場することに関し、
それらについて論考する意図は全くないことを、
ここにお断り申し上げます。

高田崇史オフィシャルウェブサイト『club TAKATAKAT』
URL：https://takatakat.club　管理人：魔女の会
twitter：「高田崇史@club-TAKATAKAT」
facebook：高田崇史Club takatakat　管理人：魔女の会

N.D.C.913　258p　18cm　ISBN978-4-06-526792-9

QED《キューイーディー》　神鹿《しんろく》の棺《ひつぎ》

二〇二二年三月十七日　第一刷発行

定価はカバーに表示してあります

KODANSHA NOVELS

著者―高田崇史《たかだたかふみ》
© Takafumi Takada 2022 Printed in Japan
発行者―鈴木章一

発行所―株式会社講談社

東京都文京区音羽二-一二-二一

郵便番号一一二-八〇〇一

編集〇三-五三九五-三五〇六

販売〇三-五三九五-五八一七

業務〇三-五三九五-三六一五

本文データ制作―講談社デジタル製作

印刷所―豊国印刷株式会社　製本所―株式会社若林製本工場

落丁本・乱丁本は購入書店名を明記のうえ、小社業務あてにお送りください。送料小社負担にてお取替え致します。なお、この本についてのお問い合わせは文芸第三出版部あてにお願い致します。本書のコピー、スキャン、デジタル化等の無断複製は著作権法上での例外を除き禁じられています。本書を代行業者等の第三者に依頼してスキャンやデジタル化することはたとえ個人や家庭内の利用でも著作権法違反です。

KODANSHA

KODANSHA NOVELS 講談社ノベルス

超絶トリック
六とん2　蘇部健一

シリーズ最高の迷作(?)誕生!
六とん3　蘇部健一

シリーズ最上級の面白さ!
六とん4　一枚のとんかつ　蘇部健一

第11回メフィスト賞受賞作!!
銀の檻《おり》を溶かして　薬屋探偵妖綺談　高里椎奈

ミステリー・フロンティア
黄色い目をした猫の幸せ　薬屋探偵妖綺談　高里椎奈

ミステリー・フロンティア
悪魔と詐欺師　薬屋探偵妖綺談　高里椎奈

ミステリー・フロンティア
金糸雀《カナリア》が啼《な》く夜　薬屋探偵妖綺談　高里椎奈

ミステリー・フロンティア
緑陰の雨　灼《や》けた月　薬屋探偵妖綺談　高里椎奈

ミステリー・フロンティア
白兎《はくと》が歌った蜃気楼　薬屋探偵妖綺談　高里椎奈

ミステリー・フロンティア
本当は知らない　薬屋探偵妖綺談　高里椎奈

ミステリー・フロンティア
蒼い千鳥　花霞に泳ぐ　薬屋探偵妖綺談　高里椎奈

ミステリー・フロンティア
双樹《そうじゅ》に赤　鴉《からす》の暗《くろ》　薬屋探偵妖綺談　高里椎奈

ミステリー・フロンティア
蟬《せみ》の羽　薬屋探偵妖綺談　高里椎奈

ミステリー・フロンティア
ユルユルカ　薬屋探偵妖綺談　高里椎奈

ミステリー・フロンティア
雪下に咲いた日輪と　薬屋探偵妖綺談　高里椎奈

ミステリー・フロンティア
海紡《つむ》ぐ螺旋《らせん》　空の回廊　薬屋探偵妖綺談　高里椎奈

シリーズ初の短編集!
深山木薬店説話集　薬屋探偵妖綺談　高里椎奈

〝薬屋探偵〟待望の新シリーズ!!
ソラチルサクハナ　薬屋探偵怪奇譚　高里椎奈

ミステリー&ファンタジー
天上の羊　砂糖菓子の迷児《まよいご》　薬屋探偵怪奇譚　高里椎奈

ミステリー&ファンタジー
ダウスに堕ちた星と嘘　薬屋探偵怪奇譚　高里椎奈

ミステリー&ファンタジー
遠《とお》に呱々《ここ》泣く八重の繭　薬屋探偵怪奇譚　高里椎奈

ミステリー&ファンタジー
童話を失《な》くした明時《あかとき》に　薬屋探偵怪奇譚　高里椎奈

ミステリー&ファンタジー
来鳴《きな》く木菟《みみずく》　日知り月　薬屋探偵怪奇譚　高里椎奈

ミステリー&ファンタジー
星空を願った狼の　薬屋探偵怪奇譚　高里椎奈

ミステリー&ファンタジー
君にまどろむ風の花　薬屋探偵怪奇譚　高里椎奈

創刊20周年記念特別書き下ろし
それでも君が　ドルチェ・ヴィスタ　高里椎奈

〝ドルチェ・ヴィスタ〟シリーズ第2弾!
お伽話のように　ドルチェ・ヴィスタ　高里椎奈

〝ドルチェ・ヴィスタ〟シリーズ完結編!
左手をつないで　ドルチェ・ヴィスタ　高里椎奈

新シリーズ、開幕!
孤狼と月　フェンネル大陸　偽王伝　高里椎奈

〝フェンネル大陸　偽王伝〟シリーズ第2弾!
騎士の系譜　フェンネル大陸　偽王伝　高里椎奈

"フェンネル大陸　偽王伝"シリーズ第3弾！
虚空の王者　フェンネル大陸　偽王伝　高里椎奈

"フェンネル大陸　偽王伝"シリーズ第4弾！
闇と光の双翼　フェンネル大陸　偽王伝　高里椎奈

"フェンネル大陸　偽王伝"シリーズ第5弾！
風牙天明　フェンネル大陸　偽王伝　高里椎奈

"フェンネル大陸　偽王伝"シリーズ第6弾！
雲の花嫁　フェンネル大陸　偽王伝　高里椎奈

"フェンネル大陸　偽王伝"シリーズ第7弾！
終焉の詩　フェンネル大陸　偽王伝　高里椎奈

王道ファンタジー新章開幕！
草原の勇者　フェンネル大陸　真勇伝　高里椎奈

王道ファンタジー
太陽と異端者　フェンネル大陸　真勇伝　高里椎奈

王道ファンタジー
雪の追憶　フェンネル大陸　真勇伝　高里椎奈

冒険は激動のクライマックスへ！
黄昏に祈る人　フェンネル大陸　真勇伝　高里椎奈

心揺さぶる冒険譚、ここに完結!!
星々の夜明け　フェンネル大陸　真勇伝　高里椎奈

"王道ファンタジー"珠玉の裏話全11編！
天球儀白話　フェンネル大陸　外伝　高里椎奈

ファンタジー新シリーズ！
アケローンの邪神　天青国方神伝　高里椎奈

"冒険&謎解き"王道ファンタジー
バラトルムの功罪　天青国方神伝　高里椎奈

"冒険&謎解き&感動"王道ファンタジー
カエクスの巫女　天青国方神伝　高里椎奈

学園ファンタジー
祈りの虚月　高里椎奈

世界一優しい名探偵
雰囲気探偵　鬼鶇航《きのつぐみわたる》　高里椎奈

第9回メフィスト賞受賞作！
QED　百人一首の呪《しゅ》　高田崇史《たかふみ》

書下ろし本格推理
QED　六歌仙の暗号　高田崇史

書下ろし本格推理
QED　ベイカー街の問題　高田崇史

書下ろし本格推理
QED　東照宮の怨《えん》　高田崇史

創刊20周年記念特別書き下ろし
QED　式の密室　高田崇史

書下ろし本格推理
QED　竹取伝説　高田崇史

書下ろし本格推理
QED　龍馬暗殺　高田崇史

書下ろし本格推理
QED　鬼の城伝説　高田崇史

書下ろし本格推理
QED　神器封殺　高田崇史

書下ろし本格推理
QED　河童伝説　高田崇史

書下ろし本格推理
QED　諏訪の神霊　高田崇史

書下ろし本格推理
QED　出雲神伝説　高田崇史

書下ろし本格推理
QED　伊勢の曙光《あけぼの》　高田崇史

書下ろし本格推理
QED　憂曇華《うどんげ》の時　高田崇史

講談社ノベルス
KODANSHA NOVELS

KODANSHA NOVELS 講談社ノベルス

書下ろし本格推理
QED 源氏の神霊 高田崇史

書下ろし本格推理
QED～ventus～ 鎌倉の闇《くらやみ》 高田崇史

書下ろし本格推理
QED～ventus～ 熊野の残照 高田崇史

書下ろし本格推理
QED～ventus～ 御霊将門 高田崇史

書下ろし本格推理
QED～flumen～ 九段坂の春 高田崇史

書下ろし本格推理
QED～flumen～ ホームズの真実 高田崇史

書下ろし本格推理
QED～flumen～ 月夜見《つくよみ》 高田崇史

書下ろし本格推理
QED～ortus～ 白山の頻闇《しきやみ》 高田崇史

御名形史紋の名推理！
毒草師 QED Another Story 高田崇史

御名形史紋がまたも活躍！
毒草師 白蛇の洗礼 高田崇史

論理パズルシリーズ開幕！
試験に出るパズル 千葉千波の事件日記 高田崇史

書き下ろし！ 第2弾!!
試験に敗けない密室 千葉千波の事件日記 高田崇史

「千波くんシリーズ」第3弾!!
試験に出ないパズル 千葉千波の事件日記 高田崇史

「千波くんシリーズ」第4弾!!
パズル自由自在 千葉千波の事件日記 高田崇史

「千波くんシリーズ」第5弾!!
化けて出る 千葉千波の怪奇日記 高田崇史

衝撃の新シリーズスタート！
麿の酩酊事件簿 花に舞 高田崇史

本格と酒の芳醇な香り
麿の酩酊事件簿 月に酔 高田崇史

QEDの著者が贈るハートフルミステリ!!
クリスマス緊急指令 ～きよしこの夜、事件は起こる！～ 高田崇史

忠勇無双の歴史ファンタジー！
鬼神伝 高田崇史

飛竜乗雲の歴史ファンタジー！
鬼神伝 龍の巻 高田崇史

歴史アドベンチャー開幕！
カンナ 飛鳥の光臨 高田崇史

〝神の子〟天草四郎の正体とは？
カンナ 天草の神兵 高田崇史

呪術者『役小角』の実体は？
カンナ 吉野の暗闘 高田崇史

伝説の猛者「アテルイ」降伏の真相は？
カンナ 奥州の覇者 高田崇史

天岩戸で『天照大神』は暗殺された!?
カンナ 戸隠の殺皆 高田崇史

鎌倉源氏はなぜ三代で滅んだのか？
カンナ 鎌倉の血陣 高田崇史

菅原道真は本当に大怨霊だったのか!?
カンナ 天満の葬列 高田崇史

なぜ出雲大社は素戔嗚尊を追放したのか!?
カンナ 出雲の顕在 高田崇史

歴史アドベンチャーシリーズ堂々完結！
カンナ 京都の霊前 高田崇史

歴史ミステリの最高峰、シリーズ開幕！
神の時空《とき》―鎌倉の地龍― 高田崇史

歴史ミステリの最高峰、第2弾！
神の時空―倭《やまと》の水霊―　高田崇史

歴史ミステリの最高峰、第3弾！
神の時空―貴船の沢鬼―　高田崇史

歴史ミステリの最高峰、第4弾！
神の時空―三輪の山祇《やまつみ》―　高田崇史

歴史ミステリの最高峰、第5弾！
神の時空―嚴島《いつくしま》の烈風―　高田崇史

歴史ミステリの最高峰、第6弾！
神の時空―伏見稲荷の轟雷―　高田崇史

歴史ミステリの最高峰、第7弾！
神の時空―五色不動の猛火―　高田崇史

歴史ミステリの最高峰、第8弾！
神の時空―京の天命―　高田崇史

歴史ミステリの最高峰、第9弾！
神の時空 前紀―女神の功罪―　高田崇史

『QEDパーフェクトガイドブック』収録！
QED〜flumen〜 ホームズの真実　高田崇史

歴史ミステリの金字塔
QED〜flumen〜 月夜見《つくよみ》　高田崇史

歴史ミステリ、新シリーズ開幕！
古事記異聞 鬼棲む国、出雲　高田崇史

書き下ろし歴史ミステリ
古事記異聞 オロチの郷、奥出雲　高田崇史

書き下ろし歴史ミステリ
古事記異聞 京の怨霊、元出雲　高田崇史

書き下ろし歴史ミステリ
古事記異聞 鬼統べる国、大和出雲　高田崇史

デビュー20周年記念短編集
試験に出ないQED異聞 高田崇史短編集　高田崇史

書下ろし歴史ホラー推理
蒼夜叉　高橋克彦

超伝奇SF
総門谷R 阿黒篇　高橋克彦

超伝奇SF「総門谷R」シリーズ
総門谷R 白骨篇　高橋克彦

長編本格推理
匣《はこ》の中の失楽　竹本健治

奇々怪々の超ミステリ
ウロボロスの偽書　竹本健治

KODANSHA NOVELS 講談社ノベルス

『偽書』に続く迷宮譚
ウロボロスの基礎論　竹本健治

人気シリーズ完結篇！
ウロボロスの純正音律　竹本健治

講談社ノベルス25周年記念復刊！
狂い壁 狂い窓　竹本健治

衝撃と翻弄の本格ミステリ
汎虚学研究会　竹本健治

青春ミステリ
ツグミはツグミの森　竹本健治

講談社ノベルス25周年記念復刊！
〈移情閣〉ゲーム　多島斗志之

第25回メフィスト賞受賞作！
それでも、警官は微笑《わら》う　日明《たちもり》 恩《めぐみ》

新米消防士・雄大が事件に奔走！
鎮火報 Fire's Out　日明 恩

待望の凸凹最強タッグが復活!!
そして、警官は奔《はし》る　日明 恩

私立伝奇学園高等学校民俗学研究会 その1
蓬莱《ほうらい》洞の研究　田中啓文

KODANSHA NOVELS 講談社ノベルス

私立伝奇学園高等学校民俗学研究会　その2
邪馬台洞の研究　田中啓文

私立伝奇学園高等学校民俗学研究会　その3
天岩屋戸《あめのいわやど》の研究　田中啓文

書下ろし長編伝奇
創竜伝1〈超能力四兄弟〉　田中芳樹

書下ろし長編伝奇
創竜伝2〈摩天楼の四兄弟〉　田中芳樹

書下ろし長編伝奇
創竜伝3〈逆襲の四兄弟〉　田中芳樹

書下ろし長編伝奇
創竜伝4〈四兄弟脱出行〉　田中芳樹

書下ろし長編伝奇
創竜伝5〈蜃気楼都市〉　田中芳樹

書下ろし長編伝奇
創竜伝6〈染血の夢〉　田中芳樹

書下ろし長編伝奇
創竜伝7〈黄土のドラゴン〉　田中芳樹

書下ろし長編伝奇
創竜伝8〈仙境のドラゴン〉　田中芳樹

書下ろし長編伝奇
創竜伝9〈妖世紀のドラゴン〉　田中芳樹

書下ろし長編伝奇
創竜伝10〈大英帝国最後の日〉　田中芳樹

書下ろし長編伝奇
創竜伝11〈銀月王伝奇〉　田中芳樹

書下ろし長編伝奇
創竜伝12〈竜王風雲録〉　田中芳樹

書下ろし長編伝奇
創竜伝13〈噴火列島〉　田中芳樹

書下ろし長編伝奇
創竜伝14〈月への門〉　田中芳樹

書下ろし長編伝奇　完結
創竜伝15〈旅立つ日まで〉　田中芳樹

驚天動地のホラー警察小説
東京ナイトメア　薬師寺涼子の怪奇事件簿　田中芳樹

書下ろし短編をプラスして待望のノベルス化!
魔天楼　薬師寺涼子の怪奇事件簿　田中芳樹

タイタニック級の兇事が発生!
クレオパトラの葬送　薬師寺涼子の怪奇事件簿　田中芳樹

避暑地・軽井沢は魔都と化す!
霧の訪問者　薬師寺涼子の怪奇事件簿　田中芳樹

メガヒット警察ホラー
魔境の女王陛下　薬師寺涼子の怪奇事件簿　田中芳樹

異世界ファンタジー
西風の戦記《ゼピュロシア・サーガ》　田中芳樹

長編ゴシック・ホラー
夏の魔術　田中芳樹

長編サスペンス・ホラー
窓辺には夜の歌　田中芳樹

長編ゴシック・ホラー
白い迷宮　田中芳樹

長編ゴシック・ホラー
春の魔術　田中芳樹

傑作冒険小説
ラインの虜囚《りょしゅう》　田中芳樹

中国大河史劇
岳飛伝　一、青雲篇　編訳田中芳樹

中国大河史劇
岳飛伝　二、烽火篇　編訳田中芳樹

中国大河史劇
岳飛伝 三、風塵篇 編訳 田中芳樹

中国大河史劇
岳飛伝 四、悲曲篇 編訳 田中芳樹

中国大河史劇
岳飛伝 五、凱歌篇 編訳 田中芳樹

傑作スペースオペラ
DVD付き初回限定版 タイタニア 1〈疾風篇〉2〈暴風篇〉3〈旋風篇〉 田中芳樹

宇宙叙事詩の金字塔
タイタニア 1〈疾風篇〉2〈暴風篇〉3〈旋風篇〉 田中芳樹

一族を二分した内乱の行方は？
タイタニア 4〈烈風篇〉 田中芳樹

伝説的スペースオペラ、完結篇
タイタニア 5〈凄風篇〉 田中芳樹

第48回メフィスト賞受賞作！
愛の徴 天国の方角 近本洋一

戦慄の小学校ミステリ
マーダーゲーム 千澤のり子

慄然の中学校ミステリ
シンフォニック・ロスト 千澤のり子

ロマン本格ミステリー！
アリア系銀河鉄道 柄刀《つかとう》 一《はじめ》

至高の本格推理
奇蹟審問官アーサー 柄刀 一

奇蹟と対峙する至高の本格推理！
奇蹟審問官アーサー 死蝶天国《バグズ・ヘブン》 柄刀 一

アーサーが「月と館」の謎に挑む！
月食館の朝と夜 奇蹟審問官アーサー 柄刀 一

13歳の「特任教授」Drショーイン登場！
バミューダ海域の摩天楼 柄刀 一

講談社ノベルス25周年記念復刊！
急行エトロフ殺人事件 辻 真先

時間を超える、少年少女探偵団！
未来S高校航時部《ミクラス》レポート TERA小屋探偵団 辻 真先

タイムトラベル・ミステリー！
未来S高校航時部レポート 戦国OSAKA《オーサカ》夏の陣 辻 真先

タイムトラベル・ミステリー完結！
未来S高校航時部レポート 新撰組EZO《エゾ》で戦う！ 辻 真先

第31回メフィスト賞受賞！
冷たい校舎の時は止まる(上) 辻村深月

第31回メフィスト賞受賞！
冷たい校舎の時は止まる(中) 辻村深月

第31回メフィスト賞受賞！
冷たい校舎の時は止まる(下) 辻村深月

各界待望の長編傑作!!
子どもたちは夜と遊ぶ(上) 辻村深月

各界待望の長編傑作!!
子どもたちは夜と遊ぶ(下) 辻村深月

家族の絆を描く〝少し不思議〟な物語
凍りのくじら 辻村深月

切なく揺れる、小さな恋の物語
ぼくのメジャースプーン 辻村深月

新たなる青春群像の傑作
スロウハイツの神様(上) 辻村深月

新たなる青春群像の傑作
スロウハイツの神様(下) 辻村深月

チヨダ・コーキ、鮮烈なデビュー作！
V.T.R. 辻村深月

まだ見ぬ道を歩む、〝彼ら〟の物語
ロードムービー 辻村深月

KODANSHA NOVELS 講談社ノベルス

KODANSHA NOVELS 講談社ノベルス

青春は、事件の連続！
光待つ場所へ　辻村深月

講談社ノベルス25周年記念復刊！
新　顎十郎捕物帳　都筑道夫

血の衝撃！
芙路魅　Fujimi　積木鏡介

至芸の時刻表トリック
水戸の偽証　三島着10時31分の死者　津村秀介

講談社ノベルス25周年記念復刊！
火の接吻《キス・オブ・ファイア》　戸川昌子

新・本格鉄道サスペンス
鉄血の警視　警視庁鉄道捜査班　豊田　巧

新・本格鉄道サスペンス
鉄路の牢獄　警視庁鉄道捜査班　豊田　巧

ミステリ界の鬼才、ノベルス初登場!!
人事系シンジケート　T-REX失踪　鳥飼否宇《とりかいひう》

幻惑の本格ミステリ！
物の怪　鳥飼否宇

本格ミステリ作家クラブ会長・辻真先推薦！
憑き物　鳥飼否宇

驚異の本格〈生物〉ミステリ
生け贄《にえ》　鳥飼否宇

一撃必読！　格闘ロマンの傑作！
牙の領域　フルコンタクト・ゲーム　中島　望

21世紀に放たれた70年代ヒーロー！
十四歳、ルシフェル　中島　望

人造人間〝ルシフェル〟シリーズ
地獄変　中島　望

著者初のミステリー
クラムボン殺し　中島　望

こどもたちに忍び寄る恐怖の事件!!
一角獣幻想《ユニコーンナイトメア》　中島　望

講談社ノベルス25周年記念復刊！
消失！　中西智明

霊感探偵登場！
九頭龍神社殺人事件　天使の代理人　中村うさぎ

これぞ〝新伝綺〟！
空《から》の境界（上）　奈須きのこ

これぞ〝新伝綺〟！
空の境界（下）　奈須きのこ

妖気漂う新本格推理の傑作
地獄の奇術師　二階堂黎人《にかいどうれいと》

人智を超えた新探偵小説
聖アウスラ修道院の惨劇　二階堂黎人

著者初の中短篇傑作選
ユリ迷宮　二階堂黎人

会心の推理傑作集！
バラ迷宮　二階堂蘭子推理集　二階堂黎人

恐怖が氷結する書下ろし新本格推理
人狼城の恐怖　第一部ドイツ編　二階堂黎人

蘭子シリーズ最大長編
人狼城の恐怖　第二部フランス編　二階堂黎人

悪魔的史上最大のミステリ
人狼城の恐怖　第三部探偵編　二階堂黎人

世界最長の本格推理小説
人狼城の恐怖　第四部完結編　二階堂黎人

新本格作品集
名探偵の肖像　二階堂黎人

正調「怪人対名探偵」
悪魔のラビリンス　二階堂黎人

世紀の大犯罪者VS.美貌の女探偵！
魔術王事件 二階堂黎人

魔獣vs.名探偵！
双面獣事件 二階堂黎人

〈二階堂蘭子VS.ラビリンス〉最後の戦い
覇王の死 二階堂蘭子の帰還 二階堂黎人

宇宙を舞台にした壮大な本格ミステリー
聖域の殺戮 二階堂黎人

〝頭脳刺激〟系ミステリー
増加博士の事件簿 二階堂黎人

二階堂蘭子、完全復活
ラン迷宮 二階堂蘭子探偵集 二階堂黎人

作家生活25周年記念特別書き下ろし
巨大幽霊マンモス事件 二階堂黎人

合作ミステリー
レクイエム 私立探偵・桐山真紀子 二階堂黎人 千澤のり子

第23回メフィスト賞受賞作
クビキリサイクル 西尾維新

新青春エンタの傑作
クビシメロマンチスト 西尾維新

維新を読まずに何を読む！
クビツリハイスクール 西尾維新

〈戯言シリーズ〉最大傑作
サイコロジカル（上） 西尾維新

〈戯言シリーズ〉最大傑作
サイコロジカル（下） 西尾維新

白熱の新青春エンタ！
ヒトクイマジカル 西尾維新

大人気〈戯言シリーズ〉クライマックス！
ネコソギラジカル（上） 十三階段 西尾維新

大人気〈戯言シリーズ〉クライマックス！
ネコソギラジカル（中） 赤き征裁VS.橙なる種 西尾維新

大人気〈戯言シリーズ〉クライマックス！
ネコソギラジカル（下） 青色サヴァンと戯言遣い 西尾維新

JDCトリビュート第一弾
ダブルダウン勘《かん》繰《ぐ》郎《ろう》 西尾維新

JDCトリビュート第二弾
トリプルプレイ助悪郎《スケアクロウ》 西尾維新

維新、全開！
きみとぼくの壊れた世界 西尾維新

維新、全開！
不気味で素朴な囲われた世界 西尾維新

維新、全開！
きみとぼくが壊した世界 西尾維新

維新、全開！
不気味で素朴な囲われたきみとぼくの壊れた世界 西尾維新

新青春エンタの最前線がここにある！
零崎双識の人間試験 西尾維新

新青春エンタの最前線がここにある！
零崎軋識の人間ノック 西尾維新

新青春エンタの最前線がここにある！
零崎曲識の人間人間 西尾維新

新青春エンタの最前線がここにある！
零崎人識の人間関係 匂宮出夢との関係 西尾維新

新青春エンタの最前線がここにある！
零崎人識の人間関係 無桐伊織との関係 西尾維新

新青春エンタの最前線がここにある！
零崎人識の人間関係 零崎双識との関係 西尾維新

新青春エンタの最前線がここにある！
零崎人識の人間関係 戯言遣いとの関係 西尾維新

KODANSHA NOVELS 講談社ノベルス

KODANSHA NOVELS

講談社ノベルス

魔法は、もうはじまっている！
新本格魔法少女りすか　西尾維新

魔法は、もうはじまっている！
新本格魔法少女りすか2　西尾維新

魔法は、もうはじまっている！
新本格魔法少女りすか3　西尾維新

魔法は、もうはじまっている！
新本格魔法少女りすか4　西尾維新

最早只事デハナイ想像力ノ奔流！
ニンギョウがニンギョウ　西尾維新

西尾維新が辞典を書き下ろし！
ザレゴトディクショナル　戯言シリーズ用語辞典　西尾維新

原点回帰にして新境地
少女不十分　西尾維新

最長巨編！
悲鳴伝　西尾維新

新たなる伝説の幕開け
悲痛伝　西尾維新

生き延びれば、それだけで伝説
悲惨伝　西尾維新

人類は、絶滅前に自滅する
悲報伝　西尾維新

英雄には、作れない伝説もある
悲業伝　西尾維新

秘められた真実なんて、ない
悲録伝　西尾維新

空々空の英雄譚、新たなる展開へ！
悲亡伝　西尾維新

戦争はここからが佳境
悲衛伝　西尾維新

空々空の冒険譚、クライマックスへ！
悲球伝　西尾維新

きみは呼ぶ。この結末を「伝説」と。
悲終伝　西尾維新

《最強》シリーズ、開幕！
人類最強の初恋　西尾維新

《最強》シリーズ、第二弾！
人類最強の純愛　西尾維新

《最強》シリーズ、第三弾！
人類最強のときめき　西尾維新

《最強》シリーズ、完結！
人類最強のsweetheart《スイートハート》　西尾維新

15人の絵師による豪華挿絵を収録！
りぽぐら！　西尾維新

神麻嗣子の超能力事件簿
念力密室！　西澤保彦

神麻嗣子の超能力事件簿
夢幻巡礼　西澤保彦

神麻嗣子の超能力事件簿
転・送・密・室　西澤保彦

神麻嗣子の超能力事件簿
人形幻戯　西澤保彦

神麻嗣子の超能力事件簿
生贄《いけにえ》を抱く夜《よ》　西澤保彦

神麻嗣子の超能力事件簿
ソフトタッチ・オペレーション　西澤保彦

書下ろし長編
ファンタズム　西澤保彦

著者初の非ミステリ短編集
マリオネット・エンジン　西澤保彦

京太郎ロマンの精髄
竹久夢二 殺人の記　西村京太郎

西村京太郎初期傑作選I
太陽と砂　西村京太郎

西村京太郎初期傑作選II
午後の脅迫者　西村京太郎

西村京太郎初期傑作選III
おれたちはブルースしか歌わない　西村京太郎

大長編レジェンド・ミステリー
十津川警部 愛と死の伝説(上)　西村京太郎

大長編レジェンド・ミステリー
十津川警部 愛と死の伝説(下)　西村京太郎

超人気シリーズ
十津川警部 帰郷・会津若松　西村京太郎

超人気シリーズ
十津川警部 姫路・千姫殺人事件　西村京太郎

超人気シリーズ
十津川警部「荒城の月」殺人事件　西村京太郎

超人気シリーズ
十津川警部「悪夢」通勤快速の罠　西村京太郎

超人気シリーズ
十津川警部 五稜郭殺人事件　西村京太郎

超人気シリーズ
十津川警部 湖北の幻想　西村京太郎

超人気シリーズ
十津川警部 幻想の信州上田　西村京太郎

超人気シリーズ
十津川警部 金沢・絢爛《けんらん》たる殺人　西村京太郎

超人気シリーズ
十津川警部 トリアージ 生死を分けた石見銀山　西村京太郎

講談社創業100周年記念出版
悲運の皇子《みこ》と若き天才の死　西村京太郎

超人気シリーズ
十津川警部 西伊豆変死事件　西村京太郎

超人気シリーズ
十津川警部 君は、あのSLを見たか　西村京太郎

超人気シリーズ
十津川警部 箱根バイパスの罠　西村京太郎

超人気シリーズ
十津川警部 猫と死体はタンゴ鉄道に乗って　西村京太郎

超人気シリーズ
十津川警部 長野新幹線の奇妙な犯罪　西村京太郎

超人気シリーズ
十津川警部 愛と絶望の台湾新幹線　西村京太郎

超人気シリーズ
十津川警部 山手線の恋人　西村京太郎

超人気シリーズ
十津川警部 両国駅3番ホームの怪談　西村京太郎

歴史の闇に挑む渾身作!
沖縄から愛をこめて　西村京太郎

「里見埋蔵金」探しに挑んだ先は!
内房線の猫たち 異説里見八犬伝　西村京太郎

時空を超えて明らかになる真相とは?
SL銀河よ飛べ!!　西村京太郎

豪快探偵走る
突破 BREAK　西村 健

ノンストップアクション
劫火(上)　西村 健

ノンストップアクション
劫火(下)　西村 健

KODANSHA NOVELS
講談社ノベルス

KODANSHA NOVELS

講談社ノベルス

世紀末本格の大本命！
鬼流殺生祭　貫井徳郎

書下ろし本格ミステリ
妖奇切断譜《ようきせつだんふ》　貫井徳郎

究極のフーダニット
被害者は誰？　貫井徳郎

あの名探偵がついにカムバック！
法月綸太郎の新冒険　法月綸太郎《のりづきりんたろう》

「本格」の嫡子が放つ最新作！
法月綸太郎の功績　法月綸太郎

痛快×爽快な冒険ミステリ！
怪盗グリフィン、絶体絶命　法月綸太郎

「法月綸太郎」シリーズ最新長編！
キングを探せ　法月綸太郎

初登場！　ファンタジック異色ミステリー
½の騎士 ～harujion～　初野　晴

新感覚タイムトラベル・ミステリ！
トワイライト・ミュージアム　初野　晴

第50回メフィスト賞受賞作
○○○○○○○○殺人事件　早坂　吝《やぶさか》

らいちシリーズ、第二弾
虹の歯ブラシ 上木《かみき》らいち発散　早坂　吝

らいちシリーズ、第三弾
誰も僕を裁けない　早坂　吝

らいちシリーズ、第四弾
双蛇密室　早坂　吝

らいちシリーズ、第五弾
メーラーデーモンの戦慄　早坂　吝

青春バトルミステリ！
RPGスクール　早坂　吝

噂の新本格ジュヴナイル作家、登場！
少年名探偵　虹北恭助《こうほくきょうすけ》の冒険　はやみねかおる

はやみねかおる入魂の少年「新本格」！
少年名探偵　虹北恭助の新冒険　はやみねかおる

はやみねかおる入魂の少年「新本格」！
少年名探偵　虹北恭助の新・新冒険　はやみねかおる

はやみねかおる入魂の少年「新本格」！
少年名探偵　虹北恭助のハイスクール☆アドベンチャー　はやみねかおる

はやみねかおる入魂の少年「新本格」！
少年名探偵　虹北恭助の冒険　フランス陽炎村事件　はやみねかおる

小学6年生、ひと夏の大冒険！
ぼくと未来屋の夏　はやみねかおる

はやみねかおるの大人向けミステリ
赤い夢の迷宮　勇嶺《はやみね》　薫《かおる》

書下ろし本格推理・トリック&真犯人
十字屋敷のピエロ　東野圭吾

書下ろし渾身の本格推理
宿命　東野圭吾

フェアかアンフェアか!?　異色作
ある閉ざされた雪の山荘で　東野圭吾

異色サスペンス
変身　東野圭吾

究極の犯人当てミステリー
どちらかが彼女を殺した　東野圭吾

未曾有のクライシス・サスペンス
天空の蜂　東野圭吾

名探偵・天下一大五郎登場！
名探偵の掟　東野圭吾

これぞ究極のフーダニット！
私が彼を殺した　東野圭吾

KODANSHA NOVELS 講談社ノベルス

『秘密』『白夜行』へ至る東野作品の分岐点！
悪意　東野圭吾

純粋本格ミステリ
密室ロジック　氷川　透

第36回メフィスト賞受賞作
ウルチモ・トルッコ　犯人はあなただ！　深水黎一郎《ふかみれいいちろう》

芸術×本格推理のクロスオーバー
エコール・ド・パリ殺人事件　レザルティスト・モウディ　深水黎一郎

芸術探偵・瞬一郎の事件レポート
トスカの接吻　オペラ・ミステリオーザ　深水黎一郎

驚愕のトリックに挑む「芸術探偵」シリーズ
花窗《はなまど》玻璃《はり》　シャガールの黙示　深水黎一郎

新たな「本格」の傑作！
倒叙の四季　破られたトリック　深水黎一郎

暗黒警察小説
ダーク・リバー　暴力犯係長 葛城《かつらぎ》みずき　二上《ふたかみ》　剛《ごう》

暗黒警察小説
暗黒捜査　警察署長　綾部早苗　二上　剛

錯綜する時間軸と事件の手がかり。その行方は!?
監禁　福田栄一

執拗に傷つけられた眼に一体何が?!
狩眼《しゅがん》　福田栄一

〝法医学教室奇談〟シリーズ
暁天の星　鬼籍通覧　椹野道流《ふしのみちる》

〝法医学教室奇談〟シリーズ
無明の闇　鬼籍通覧　椹野道流

〝法医学教室奇談〟シリーズ
壷中の天　鬼籍通覧　椹野道流

〝法医学教室奇談〟シリーズ
隻手の声　鬼籍通覧　椹野道流

〝法医学教室奇談〟シリーズ
禅定《ぜんじょう》の弓　鬼籍通覧　椹野道流

〝法医学教室奇談〟シリーズ
亡羊《ぼうよう》の嘆《たん》　鬼籍通覧　椹野道流

〝法医学教室奇談〟シリーズ
池魚《ちぎょ》の殃《わざわい》　鬼籍通覧　椹野道流

〝法医学教室奇談〟シリーズ
南柯《なんか》の夢　鬼籍通覧　椹野道流

新本格レジェンド作家大集結！
7人の名探偵　新本格30周年記念アンソロジー　文芸第三出版部・編

斬新奇抜タイムリープミステリ！
404 Not Found　法条《ほうじょう》　遥《はるか》

少女幻視探偵　三上汀！
空き家課まぼろし譚　ほしおさなえ

本格ミステリの精髄！
本格ミステリ02　本格ミステリ作家クラブ・編

2003年本格短編ベスト・セレクション
本格ミステリ03　本格ミステリ作家クラブ・編

2004年本格短編ベスト・セレクション
本格ミステリ04　本格ミステリ作家クラブ・編

2005年本格短編ベスト・セレクション
本格ミステリ05　本格ミステリ作家クラブ・編

2006年本格短編ベスト・セレクション
本格ミステリ06　本格ミステリ作家クラブ・編

2007年本格短編ベスト・セレクション
本格ミステリ07　本格ミステリ作家クラブ・編

2008年本格短編ベスト・セレクション
本格ミステリ08　本格ミステリ作家クラブ・編

2009年本格短編ベスト・セレクション
本格ミステリ09　本格ミステリ作家クラブ・編

会員制読書クラブ

メフィスト
リーダーズクラブ誕生！

Mephisto Readers Club

月額**550**円
年額**5500**円
（税込）

Mephisto Readers Club〈MRC〉は
謎を愛する本好きのための読書クラブです。
入会していただいた方には、
会員限定小説誌として生まれかわった
「メフィスト」を年４回（10月、1月、4月、7月）
郵送にてお届けします！
（ウェブサイト上でもお読みいただけます）
さらに限定オンラインイベントのご案内、
限定グッズの販売などお楽しみ盛り沢山で
みなさまの入会をお待ちしています！

＊月額会員か年額会員を
お選びいただけます

◀詳細と会員登録は
こちらから

https://mephisto-readers.com/

メフィスト賞募集

京極夏彦さんが先鞭をつけ、森博嗣さん、西尾維新さん、
辻村深月さんなどミステリー、エンターテインメントの異才を
世に送り出してきたのがメフィスト賞です。
砥上裕將さん『線は、僕を描く』、五十嵐律人さん『法廷遊戯』など、
新人のデビュー作も大ヒットを記録し注目を集めています。
編集者が直接選び、受賞すれば書籍化を約束する
唯一無二の賞は新しい才能を待っています。

「メフィスト賞」
応募詳細は
こちらから▼

https://tree-novel.com/author/mephisto/

KODANSHA